KAI & ANNABELL

VERONIKA MAUEL

Von dir besessen

im.press

Kai & Annabell, Band 2: Von dir besessen

Im.press
Ein Imprint der CARLSEN Verlag GmbH
Oktober 2016

Lektorat: Ulrike Schuldes
Umschlagbild: shutterstock.com / © coka
Umschlaggestaltung: formlabor
Schrift: Alegreya, gestaltet von Juan Pablo del Peral, Great Vibes / TypeSETit
Satz und Umsetzung: readbox publishing, Dortmund
Druck und Bindung: BoD, Hamburg
ISBN 978-3-551-30070-6

Printed in Germany
www.carlsen.de/impress

Alle Bücher im Internet: www.carlsen.de

Warum hört dieses Kind nicht auf zu schreien? Tag und Nacht lässt es mir keine Ruhe. Ich bin kurz davor durchzudrehen. Wieso habe ich es überhaupt auf die Welt gebracht! Aber es war notwendig, um meinen Plan in die Tat umzusetzen. Dieses Schwein soll bluten. Sein Leben lang! Ich wollte nie ein Kind. Außer vielleicht, wenn es dazu einen Mann gegeben hätte, der mich bedingungslos liebt. Doch ich wurde noch nicht einmal respektiert.

Mit zitternden Händen öffne ich das Kuvert und ziehe ein Blatt hervor. Das ist meine große Chance auf ein halbwegs gesichertes Leben. Vorsichtig falte ich den Zettel auseinander. Die langen Erläuterungen interessieren mich nicht. Für mich ist nur der letzte Satz ausschlaggebend.

»Die Vaterschaft ist zu 99,98 Prozent ausgeschlossen.«

Was? Das kann nicht sein! Meine Hand zerknüllt das Blatt und ich werfe dem Balg, das mittlerweile ruhig geworden ist und aus der Flasche trinkt, hasserfüllte Blicke zu. Wie kann mich das Schicksal nur so bestrafen! Es war alles umsonst! Und dafür habe ich nun dieses ständig plärrende Bündel am Hals. Wutentbrannt greife ich mir ein Kissen vom Sofa hinter mir und presse es auf das kleine runde Gesicht. Ich kann es nicht länger sehen! Nicht länger ertragen!

Das Kind ist ganz still und wehrt sich nicht einmal.

Plötzlich schießt ein Gedanke durch meinen Kopf. Ich reiße das Kissen von seinem Gesicht, es sieht mich aus runden Augen freundlich an.

Ich knülle den Vaterschaftstest zu einer kleinen Kugel und stopfe ihn in die kleine Zuckerdose, die ganz oben auf dem Wohnzimmerschrank vor sich hin staubt. Dies wird für immer mein Geheimnis bleiben. Der Arsch hat es verdient, dass er zahlt. Ich werde ihm jede Menge Geld dafür abknöpfen.

Ich greife nach dem Hörer des Telefons und wähle mit einem selbstzufriedenen Grinsen die Nummer von Manfred Beck.

1. Kapitel

Annabell

Ich bin so froh, dass sich zwischen Kai und mir alles geklärt hat. Wie konnte ich meine Liebe zu ihm so lange leugnen? Trotzdem beunruhigt mich immer noch, dass sich mein Vater zu der ganzen Sache nicht äußert. Kai hat ihm eindeutig gedroht und mein Dad ist keiner, der so etwas einfach hinnimmt. Er gehört zur obersten Gesellschaftsschicht dieser Stadt und seine Kontakte reichen von der Polizei bis zur Staatsanwaltschaft. Mir graut vor dem Nachspiel, das es mit Sicherheit irgendwann geben wird. Vorerst schiebe ich diesen Gedanken jedoch weit von mir weg und kuschele mich zu Hause in mein Bett. Endlich darf ich mir erlauben von Kai zu träumen, ohne Angst vor meinen oder seinen Gefühlen haben zu müssen. Niemals hätte ich gedacht, dass er für mich seine Gang aufgibt und mir eine ehrliche Liebeserklärung macht.

Verträumt male ich Kringel auf meine Bettdecke und denke an unseren letzten Kuss.

***

Als ich am Morgen in die Schule gehe, bin ich noch immer ganz aufgeregt vor Glück. Ich muss mich mehrfach beherrschen, keinen schwülstigen Schlager vor mich hin zu trällern. Am liebsten würde ich die Schule sausenlassen und sofort zu Kai gehen, der den Unterricht mit seinen fürchterlichen Blessuren wohl nicht besuchen wird. Doch es hilft nichts, ich muss da hingehen, schon allein um meinen Vater gnädig zu stimmen.

Luise, Eva und Charlotte warten bereits an der Bushaltestelle und blättern in der neusten Ausgabe der *Vogue*. Als meine beste Freundin mich sieht, kommt sie sofort auf mich zu. Anscheinend sieht man mir mein Glück an, denn Luise lächelt und umarmt mich.

»Alles klar zwischen euch?«, flüstert sie in mein Ohr.

»Ja.« Ich lächle selig. »JA!«, brülle ich und drehe mich lachend im Kreis.

Eva und Charlotte sehen mich an, als ob ich durchgeknallt wäre.

»Stehst du etwa schon morgens unter Drogen?«, fragt Eva spöttisch.

Ich übergehe ihre spitze Bemerkung, denn ich bin im Moment einfach zu gut drauf, um mich ärgern zu lassen.

Im Unterricht muss ich mehrmals zur Konzentration ermahnt werden und von Frau Lang heimse ich fast eine Strafarbeit ein, weil ich während einer Frage, die an mich gerichtet war, geträumt habe. Doch das alles kann mir meine Hochstimmung nicht verderben.

»Sieht Kai eigentlich wirklich so schlimm aus, wie Ben erzählt hat?«, fragt Luise, als wir nach dem Unterricht zum Bus gehen.

»Er sieht ziemlich übel aus«, erwidere ich ernst.

Luise schüttelt den Kopf. »Diese Idioten gehören eigentlich angezeigt. Weißt du, ob Kai da irgendwas unternehmen wird?«

»Ich weiß nicht, aber so, wie ich ihn einschätze, wohl eher nicht.«

Luise stößt ein verächtliches Schnauben aus. Wir haben die Haltestelle schon fast erreicht.

»Männer! Das hat bestimmt wieder so einen dämlichen Grund wie ein Ehrenkodex oder so was, dass er den Mund nicht aufmacht.«

Ich zucke die Schultern, weil ich wirklich keine Ahnung habe. Außerdem ist es mir im Moment auch total egal. Ich will jetzt sofort zu ihm. Ungeduldig knackse ich mit den Fingerknöcheln.

»Luise? Bist du mir böse, wenn wir heute Nachmittag doch nicht zum Shoppen in die Stadt gehen?«

»Du willst zu Kai, stimmt's?«

Ich lächle entschuldigend. »Es tut mir leid, aber ...«

»Du brauchst dich nicht zu entschuldigen, Bella. Ich verstehe das. Richte Kai gute Besserung und liebe Grüße aus. Ich hoffe, wir können bald wieder etwas zu viert unternehmen.«

»Luise, du bist die beste Freundin der Welt!« Stürmisch falle ich ihr um den Hals und drücke ihr einen Schmatzer auf die Wange. Luise schiebt mich lachend von sich.

»Heb dir deine Küsse lieber für Kai auf. Ich wette, er freut sich drauf und kann es kaum erwarten, dich wiederzusehen.«

Zu Hause angekommen, pfeffere ich meine Schultasche in die Ecke und mache mich mit einem Maikäfergrinsen auf den Weg zu Kai, der sicher schon auf mich wartet.

Kai

Ich habe die Nacht auf einer Parkbank verbracht, was meinem geschundenen Körper alles andere als gutgetan hat. Ich komme mir vor wie ein echter Penner. Seit den frühen Morgenstunden geistere ich orientierungslos durch diese beschissene Stadt. Mein Magen knurrt und meine Kehle brennt vor Durst. Ich wühle in meiner Hose nach Geldstücken und stoße auf meinen Motorradschlüssel. Das Bike steht immer noch vor dem Quartier der Gang. Ich will mich dort nicht sehen lassen. Vielleicht hilft Ben mir noch ein letztes Mal und holt das Teil für mich. Ich beschließe ihn später zu fragen.

Meiner gebrochenen Rippe tut das Laufen gut. Solange ich stehe und mich langsam bewege, sind die Schmerzen einigermaßen erträglich. Wenn ich liege, ist es am schlimmsten. Heute Nacht auf der Parkbank dachte ich, dass ich vor Schmerzen umkomme. Aber egal, morgen werde ich wieder in die Schule gehen. Ohne Krankmeldung kann ich es mir nicht leisten, noch länger zu fehlen, vor allem weil ich in letzter Zeit wegen Annabell so oft geschwänzt habe.

Heilige Scheiße! Allein bei dem Gedanken an ihren Namen zittert mein ganzer Körper vor Begehren. Ständig frage ich mich, ob ich ihr reinen Wein einschenken oder die Wahrheit für mich behalten soll.

Ich lehne mich an den Brunnen am Marktplatz und schöpfe Wasser mit der hohlen Hand. Eine alte Frau geht an mir vorbei und zieht missbilligend die Augenbrauen in die Höhe.

»Is' was?«, schnauze ich sie an.

»Siehst du nicht, dass das kein Trinkwasser ist?« Sie weist mit ihren knöchrigen Fingern auf ein Schild, das am Brunnenrand angebracht ist.

»Kümmere dich um deinen eigenen verfickten Scheiß!«, herrsche ich sie an und stemme die Hände in die Seite, wobei mich meine schmerzende Rippe fast umbringt.

Angst spricht aus den Augen der alten Frau und sie huscht schnell davon.

Die Sonne brennt heiß vom Himmel und ich schwitze. Ich lehne mich an den Brunnenrand und genieße die Kühle, die der Stein noch von der Nacht gespeichert hat.

Ich kann Annabell nicht sagen, was Sache ist, schießt es mir durch den Kopf. In Gedanken male ich mir aus, was passieren würde, wenn sie die Wahrheit wüsste.

Annabells Familie, ihre ganze Welt würde zerbrechen. Sie wäre Gesprächsthema Nummer eins in der Schule und würde es wahrscheinlich nicht akzeptieren, dass ich ihr nie mehr nahe sein kann.

Und mit beschissenen Vorschlägen nach dem Motto »Dann lass uns eben Freunde sein!« kann ich echt nichts anfangen. Um ehrlich zu sein, darauf scheiß ich! Ich will sie ganz oder gar nicht.

Ich bin doch kein kranker Idiot, der neben seiner Schwester sitzt und ständig daran denkt, wie es wäre, sie zu vögeln. Außerdem weiß ich, dass es sie innerlich auffressen würde, wenn ich nur ein Scheißfreund für sie sein könnte.

Ich muss sie im Unklaren lassen und das bedeutet, dass ich mit ihr Schluss machen muss, was alles andere als leicht werden wird.

Ich möchte nicht, dass sie leidet. Es reicht schon, wenn einer von uns beiden das tut. Ich muss sie dazu bringen, dass sie mich hasst. Dann wird es einfacher für sie, mich gehen zu lassen. Es fällt mir nicht leicht, ihr wehzutun, doch es bleibt mir ja nichts anderes übrig.

Warum muss ich eigentlich immer die Arschkarte ziehen?

2. Kapitel

Annabell

Beschwingt springe ich vom Fahrrad, noch bevor es richtig zum Stehen gekommen ist, und angle mir die Bäckertüte mit den Schokomuffins vom Gepäckträger.

Ich schicke ein Stoßgebet zum Himmel, dass seine Mutter nicht zu Hause ist. Diese Frau macht mir Angst und wenn sie auftaucht, jagt es mir jedes Mal einen Schauer über den Rücken. Außerdem empfinde ich ihr gegenüber nichts als Verachtung. Ich verstehe nicht, wie eine Mutter ihr eigenes Kind in so einer Hölle aufwachsen lassen kann.

Erstaunt stelle ich fest, dass die Haustür heute verschlossen ist. Normalerweise macht sich hier niemand die Mühe. Ich hole tief Luft, drücke auf die Klingel und nehme mir fest vor, mich von seiner Mutter nicht abwimmeln zu lassen.

Trotzdem pocht mein Herz unnatürlich schnell.

Nichts regt sich. Ich klingele noch einmal und merke, wie ich nervös werde. Ungeduldig trete ich von einem Fuß auf den anderen.

Beim dritten Klingeln regt sich die Sorge in mir. Wo ist Kai?

In seinem Zustand kann er unmöglich das Haus verlassen haben. Ob ihn seine Mutter wohl wieder eingeschlossen hat? Ich gehe um das Haus herum und hebe drei kleine Steinchen vom Boden, die ich nacheinander an seine Fensterscheibe werfe.

Grottentiefe Stille. Meine Sorge verwandelt sich allmählich in Angst. Obwohl ich es nicht will, regen sich leichte Zweifel in mir. Steht doch noch etwas zwischen uns? Ich dachte, Kai und ich hätten alles geklärt ... Warum versteckt er sich? Warum macht er die Tür nicht auf?

Ich kann mir einfach keinen Reim darauf machen, was mit Kai da oben los ist. Vielleicht liegt er auch seelenruhig in seinem Bett und hat keinen Bock darauf mich zu sehen. Meine Euphorie von heute Morgen ist gänzlich verflogen. Lähmende Leere macht sich in mir breit.

War etwa doch alles nur Lüge? Dabei hat es aus seinem Mund so wahr geklungen. Ist ihm etwas passiert? Braucht er meine Hilfe? So viele Fragen und auf keine davon eine Antwort. Die Einzige, die Bescheid wissen könnte, ist seine Mutter, doch die ist offenbar nicht zu Hause.

Ich lehne mich an mein Fahrrad und bin kurz davor, in Tränen auszubrechen, als mir einfällt, was Kai erzählt hat. Der Imbissstand ist der Ort, an dem seine Mum häufig anzutreffen ist. Auch wenn ich eine Heidenangst davor habe, Kais Mutter anzusprechen – die Angst, dass ihm etwas passiert sein könnte oder dass er doch nur mit mir spielt, ist weitaus größer.

Ich setze mich auf mein Fahrrad und trete in die Pedale. Nur mit Mühe gelingt es mir, die Tränen zu unterdrücken. Aber ich will mir nicht die Blöße geben, Kais Mutter als heulendes Elend gegenüberzutreten.

Kurze Zeit später komme ich vor dem Imbiss zum Stehen. Kais Mutter sitzt tatsächlich auf einem der alten Klappstühle. Vor ihr auf dem Tisch stehen einige leere Bierdosen und ein Teller, auf dem Reste von Ketchup und ein paar Pommes zu erkennen sind.

Mein Herz pocht so laut, dass ich Angst habe, sie könnte es hören, als ich näher trete. Die Frau sieht so ... verwahrlost aus. Das fettige Haar hängt ihr strähnig ins Gesicht und in ihre Wangen und die Stirn haben sich tiefe Falten gegraben. Ihr Blick wirkt orientierungslos und lässt darauf schließen, dass sie einige Promille im Blut hat. Angespannt knete ich meine Finger, während ich an ihren Tisch trete.

»Hallo, Frau Kestner!«

Sie ignoriert mich völlig, sieht durch mich hindurch, als wäre ich gar nicht vorhanden. Ich bin mir nicht sicher, ob das nur am Alkohol liegt oder ob sie mich absichtlich disst.

Ich komme mir total dämlich vor. Doch wenn ich wissen will, warum bei ihr zu Hause niemand öffnet, muss ich über meinen Schatten springen und sie zum Reden bringen.

Ich atme tief ein.

»Frau Kestner, ich ... äh, haben Sie eine Ahnung, wo Kai ist? Bei Ihnen zu Hause macht niemand auf und ich dachte, wenn ...«

Sie dreht ihren Kopf und wirft mir ein so eiskaltes Lächeln zu, dass ich an den Armen Gänsehaut bekomme.

»Kai?« Sie lacht hämisch auf. »Du meinst Kai? Meinen Sohn?« So, wie sie es sagt, wirkt es fast wie eine Beleidigung.

»Ja, Kai. Wo ist er?« Meine Stimme klingt flehend.

»Er ist weg!«, lallt sie und kichert.

Mein Herz krampft sich zusammen.

»Was meinen Sie damit?« Ich sehe sie argwöhnisch an.

»Er ist weggegangen. Für immer! Und jetzt sieh zu, dass du Land gewinnst, du kleine Schlampe! Du hast doch nicht ernsthaft geglaubt, dass er sich für dich interessiert?« Wieder lacht sie, als ob sie irre wäre, und vielleicht ist sie das ja auch.

Aber sagen Kinder und Betrunkene nicht immer die Wahrheit?

Und falls es stimmt, was sie sagt ... Gott! Daran will ich nicht einmal denken. Warum ist er weg und wohin ist er gegangen?

»Verpiss dich, du Flittchen, und lass dich nie wieder blicken!«, schreit sie mich an.

Jetzt kommen mir tatsächlich die Tränen. Mich hat noch nie jemand Flittchen genannt und dass Kai angeblich fort sein soll, macht mich völlig fertig.

Mit hochrotem Kopf und von Tränen verschmiertem Gesicht steige ich auf mein Fahrrad und fahre nach Hause. Aber ich bin weder dazu fähig, meine Hausaufgaben zu erledigen, noch sonst irgendetwas in Angriff zu nehmen. Wie eine leblose Hülle liege ich auf meinem Bett und heule mir die Augen aus dem Kopf. Diesen Schmerz, diese Trauer! Ich kann sie nicht ertragen. Wieso tut er mir das an? Ich liebe ihn so sehr. Ich fühle mich wie eine Marionette, von unsichtbaren Fäden gezogen, während ich in den Weinkeller meines Vaters gehe und mir wahllos eine Flasche herausgreife.

Zurück in meinem Zimmer schraube ich sie auf, mache mir nicht einmal die Mühe ein Glas zu holen und nehme direkt aus der Flasche einen tiefen Zug.

Die Leere in meinem Magen füllt sich augenblicklich und je mehr ich trinke desto versöhnlicher werde ich. Kais Mutter hat sicher gelogen. Er ist bestimmt beim Arzt gewesen. Oder er war in der Apotheke, um Schmerzmittel zu besorgen. Oder er hat tief und fest geschlafen. Oder ... In meinem alkoholisierten Zustand fallen mir noch eine ganze Reihe von »Oders« ein.

Ich trinke, bis nichts mehr übrig ist. Dann schiebe ich die Flasche mit letzter Kraft unter das Bett und falle in einen komatösen Schlaf.

***

Als mein Wecker klingelt, wage ich es fast nicht, mich zu bewegen. Ich habe Angst vor den hämmernden Kopfschmerzen und der lähmenden Übelkeit. Schon wieder habe ich meinen Kummer im Alkohol ertränkt. Mir fällt Kais Mutter ein, die aussieht wie ein Zombie, weil die ständige Sauferei hässliche Spuren bei ihr hinterlassen hat. Ich will nicht so enden wie sie. Meine Trinkerei muss ein Ende haben. Doch wenn ich an gestern denke und an die nagende Ungewissheit, würde ich am liebsten die nächste Flasche köpfen.

»Annabell! Steh auf!« Meine Mutter reißt die Tür auf und funkelt mich wütend an. »Hast du mal auf die Uhr gesehen? Du kommst zu spät zum Unterricht! In zehn Minuten bist du am Frühstückstisch!«

Geräuschvoll trampelt sie die Treppe nach unten.

Keine Ahnung, warum sie um diese Uhrzeit schon so wütend ist.

Mühsam quäle ich mich aus dem Bett und schleppe mich ins Bad. Ich habe absolut keine Energie. Wenigstens sind die Nachwirkungen meines Alkoholkonsums diesmal einigermaßen erträglich. Offenbar vertrage ich Wein besser als andere Sachen. Mit einem flauen Gefühl im Magen und leicht schwindelig steige ich kurz unter die Dusche, putze mir die Zähne und finde mich wenig später am Küchentisch wieder.

»So willst du gehen?« Meine Mutter hebt mit spitzen Fingern meinen noch feuchten Pferdeschwanz in die Höhe.

»Guten Morgen, Mum. Tut mir leid, ich hatte keine Zeit mehr fürs Fönen.«

»Dann musst du eben früher aufstehen. Jetzt gehst du nach oben, trocknest deine Haare und schminkst dich ordentlich.«

»Aber dann komme ich wirklich zu spät zur Schule.« Ich sehe sie genervt an.

»Keine Widerrede, Annabell! Ich fahre dich heute.«

Willenlos schleiche ich mich zurück und tue, was meine Mutter von mir erwartet. Ich blicke in den Spiegel, doch ich sehe mich nicht wirklich. In Gedanken bin ich weit weg. Werde ich Kai jemals wiedersehen?

Kai

Ich habe es nicht über mich gebracht Ben anzurufen, obwohl ich mein Bike wirklich gerne wiederhätte. Immerhin ist es alles, was ich jetzt noch besitze. Doch wie könnte ich einen Freund von Annabell in diese ganze Sache mit hineinziehen? Wenn ich diese Show abziehe, wird nicht nur Annabell mich hassen, sondern auch ihre ganze Clique.

Ich bin scheißfroh, wenigstens an meinen Schulrucksack gedacht zu haben, als ich abgehauen bin. Das erspart mir die Peinlichkeit, noch einmal zu Hause auflaufen zu müssen.

Diese Nacht habe ich im Pausenhof unserer Schule verbracht. Nicht weil ich sie so sehr liebe, sondern weil darin eine gepolsterte Hollywoodschaukel steht, die allemal besser ist als die beschissene Parkbank von vorgestern.

Gefroren habe ich trotzdem wie ein Hund, so ohne Decke. Die Tage sind megaheiß, aber in den Nächten kriecht die Kälte einem trotzdem in alle Glieder.

Seit sechs bin ich schon wach. Schließlich wollte ich verhindern, dass mich der Hausmeister oder irgendein bescheuerter Pauker aufgreift, der an einem Frühaufstehersyndrom leidet.

Jetzt sitze ich auf der Bank an der Bushaltestelle vor der Schule und starre unglücklich vor mich hin. Mir bleiben weniger als zwei Stunden, bevor ich ihr über den Weg laufen werde. Meine schmerzende Rippe ist ein Dreck gegen das, was ich bei der Begegnung mit Annabell empfinden werde. Es ist alles so übel gelaufen, aber jetzt kann ich nicht mehr zurück.

Die Zeit vergeht viel zu schnell und der Bus rollt an der Haltestelle ein. Im ersten Moment will ich aufstehen und davonrennen. Wer weiß, wie sie reagiert, wenn ich auf sie zugehe?

Doch ich bringe es nicht über mich. Wie fest zementiert sitze ich auf der Bank. Mein Herz rast und mit angehaltenem Atem warte ich, bis die ersten Schüler nach einer quälend langen Minute endlich aus dem Fahrzeug steigen.

Ich ziehe mir die dunkle Kapuze tief ins Gesicht, damit ich nicht in Versuchung komme, ihr direkt in die Augen zu sehen. Außerdem will ich die anderen vor der Rocky Horror Picture Show bewahren, die sie beim Anblick meines zerschrammten Gesichtes erleben würden.

Ich muss aufstehen! Ihr aus dem Weg gehen! Doch ich bringe es nicht fertig, weil sich mein beschissenes Herz mit jedem Schlag mehr nach ihr verzehrt.

»Hallo, Kai!«

Shit! Ich hebe den Kopf. Es ist Luise, die vor mir steht und mich freundlich anlächelt. Mein Blick huscht wie von selbst umher, doch von Ann keine Spur.

Heilige Scheiße, hoffentlich ist ihr Vater – mein widerlicher Erzeuger – nicht doch noch ausgerastet. Es kostet mich verdammt viel Überwindung, nicht sofort loszulaufen, um bei ihr zu Hause nach ihr zu sehen. Doch das alles geht mich nichts mehr an. Es darf mich nicht mehr berühren.

»Hey!« Ich ringe mir ein gequältes Lächeln ab.

»Großer Gott! Du siehst ja wirklich aus, als wärst du von einem Laster überrollt worden.« Luise schlägt sich die Hand vor den Mund.

Ich zucke die Schultern. Meine polierte Fresse ist mein geringstes Problem.

»Willst du wirklich so da hinein?« Sie deutet auf die Schule.

»Sieht ganz so aus!« Ich will, dass sie verschwindet. Nach dem, was ich ihrer besten Freundin antun werde, wird sie sowieso fertig mit mir sein. Dieser Small Talk hier ist nichts als vergeudete Zeit.

»Wartest du auf Annabell?«

Scheiße! Fuck! Fuck! Fuck! Was soll ich jetzt antworten?

Mein verficktes Herz sagt: *Ja, ich warte auf sie und kann es kaum erwarten sie zu sehen.*

»Annabell geht mir am Arsch vorbei und jetzt verzieh dich.«

Völlig perplex starrt sie mich an.

»Sag mal, spinnst du? Das kann doch eben nicht dein Ernst gewesen sein.«

»Fick dich, Luise!«, fahre ich sie wütend an. Dann wuchte ich mich, meine schmerzende Rippe ignorierend, in die Höhe und lasse sie stehen.

»Du dämliches Arschloch!«, schreit sie mir hinterher und ich zeige ihr den erhobenen Mittelfinger.

3. Kapitel

Annabell

Ich komme fast zu spät. In letzter Minute gelingt es mir, ins Klassenzimmer hineinzuschlüpfen, und ich versuche den mahnenden Blick unseres Mathelehrers nicht zu beachten.

Ich fühle mich nach wie vor seltsam benommen und ich hoffe, dem Unterricht wenigstens halbwegs folgen zu können.

»Wo warst du?«, zischt Luise mir zu.

»Meine Mum hat mich zur Schule gefahren.«

»Hatte das einen bestimmten Grund?«, will sie wissen und schaut verstohlen zum Lehrer nach vorne.

Ich verdrehe die Augen. »Nein, ich hab verschlafen und meine Mum war mit meinem Erscheinungsbild nicht ganz zufrieden.«

Luise feixt. »Oh, wie entsetzlich! Fräulein Beck hat mal nicht so ausgesehen wie aus dem Ei gepellt.« Gespielt bestürzt schlägt sich meine Freundin die Hand vor den Mund und ich muss grinsen, was mir sofort einen mahnenden Blick von Herrn Schmidt einbringt.

Ich räuspere mich, stütze den Kopf in die Hände und heuchle Aufmerksamkeit, um nicht gerügt zu werden.

»Kai ist hier!«, flüstert Luise weiter. Und sofort hat sich meine Aufmerksamkeit für den Matheunterricht verflüchtigt wie Nebel unter der aufgehenden Sonne.

»Was?«, quieke ich und schlage mir sofort die Hand vor den Mund.

Herr Schmidt zuckt zusammen. »Annabell und Luise! Entweder ihr passt jetzt auf oder ihr bekommt beide einen Eintrag ins Klassenbuch und könnt den Rest der Stunde draußen auf dem Gang verbringen. Verstanden?«

Wir nicken entschuldigend, wobei es mir eigentlich ganz recht wäre, wenn er uns hinauswerfen würde. Ich muss unbedingt mit Luise reden.

Wieso ist Kai hier? Ist er tatsächlich im Unterricht? Immerhin ist er ziemlich verletzt und sollte besser nicht in der Gegend herumgeistern.

Seine Mum hat mich angelogen, so viel steht fest. Kai ist nicht weggegangen und vielleicht – ich spüre ein nervöses Flattern im Magen ist er ja hierhergekommen, um mich zu sehen.

»Hast du mit ihm gesprochen?«, wispere ich und behalte dabei vorsichtshalber Herrn Schmidt im Auge.

Luise antwortet nicht. Ich kneife sie in die Seite, woraufhin sie erschrocken »Aua!« schreit, was Herrn Schmidt natürlich nicht entgeht.

Mit finsterem Gesichtsausdruck kommt er auf uns zu und knallt die Hand auf den Tisch. »Es reicht, meine Damen! Ihr bekommt beide einen Eintrag ins Klassenbuch – und jetzt raus mit euch!«

Wir murmeln eine halbherzige Entschuldigung, packen unsere Sachen zusammen und gehen in den Flur hinaus.

Luise schimpft. »Nur wegen deinem blöden Kai hab ich jetzt einen Eintrag bekommen.«

»Jetzt tu mal nicht so«, versuche ich mich zu verteidigen, »Es ist schließlich nicht dein erster.«

»Ja, eben!« Luise seufzt theatralisch.

»Hast du mit Kai gesprochen?« Nervös fummele ich am Saum meines rosa Sommerkleides herum.

Luise geht ein paar Schritte den Gang entlang und studiert scheinbar interessiert einige Wasserfarbbilder der Fünftklässler, die hier an der Wand hängen.

»Luise! Jetzt sag schon!« Warum redet sie nicht?

Meine Freundin hebt beschwichtigend die Hände. »Hör zu, Bella, was ich dir jetzt sage, wird dir nicht gefallen.«

Oh Gott, was kommt denn jetzt?

»Kai ist ein Riesenarsch!«

Ich ziehe die Brauen in die Höhe und sehe sie verwundert an.

»Was soll das denn nun wieder? Ich dachte, du kannst ihn gut leiden.«

»Glaub mir einfach.« Sie sieht mich eindringlich an.

»Du hast also wirklich mit ihm gesprochen«, stelle ich fest und Luise nickt, sieht mir aber nicht in die Augen.

»Was hat er gesagt?« Mein Herz fängt an schneller zu schlagen.

Luise schluckt und sieht mich traurig an. »Er hat gesagt, dass du ihm am Arsch vorbeigehst und dass ich mich verziehen soll.«

Meine Gesichtszüge entgleisen. Ich kann nicht glauben, was sie mir da erzählt, obwohl ich weiß, dass Luise mich niemals belügen würde.

»A…aber wieso? Ich meine …« Tränen schießen mir in die Augen.

Luise fasst mich sanft am Arm. »Bella, es tut mir so leid, dass ich dir das sagen muss.«

»Aber warum sagt er so was?« Ich sehe sie ungläubig an.

»Ich weiß es nicht, wir haben nicht länger gesprochen. Das war alles.«

Ich gehe zur Treppe, setze mich und schlage die Hände vors Gesicht.

»Habt ihr euch etwa gestritten?« Luise zieht mir sanft die Hände weg.

»Nein, eben nicht. Zum ersten Mal war alles so klar zwischen uns. Zumindest dachte ich das.«

Luise hebt hilflos die Schultern. »Dann weiß ich auch nicht, was er hat, Süße.«

»Ich muss in der Pause mit ihm reden.«

Meine Freundin wiegt bedächtig den Kopf. »Ich weiß nicht, ob das so eine gute Idee ist. Er war ziemlich aggro drauf.«

»Wie soll ich sonst wissen, woran ich bin?«

Luise zuckt mit den Schultern. »Ich habe jedenfalls ein Scheißgefühl im Bauch.«

»Nicht nur du«, gebe ich zu.

***

Als es zur zweiten Stunde läutet, gehen wir reumütig an Herrn Schmidt vorbei ins Klassenzimmer zurück.

Die Englischstunde wird ein ähnliches Fiasko. Frau Lang scheint es heute besonders auf mich abgesehen zu haben. Ständig löchert sie mich mit Fragen, holt mich zu Grammatikübungen an die Tafel und scheint beinahe Spaß daran zu haben, dass ich so gut wie blank bin. Doch nach einer Dreiviertelstunde ist auch diese Hölle überstanden.

Meine Hände zittern wie Espenlaub, als ich nach meiner Wasserflasche greife und Luise in die Pause folge.

»Soll ich mitkommen?«, fragt sie mitfühlend.

Ich schüttle schnell den Kopf. Einerseits wünsche ich mir, dass sie an meiner Seite ist, andererseits kenne ich Kai nur allzu gut. Wenn außer mir noch ein anderer vor ihm steht, markiert er den Coolen und zieht alles ins Lächerliche.

Wenn ich also wirklich wissen will, was los ist, bleibt mir nichts anderes übrig als ihm allein gegenüberzutreten.

Als ich auf den Pausenhof komme, sehe ich ihn sofort. Er lehnt mit dem Rücken zu mir an einem der Gebäudepfeiler im hinteren Teil des Hofs. Obwohl es sicher an die dreißig Grad hat, trägt er einen langärmeligen Kapuzenpullover. Ich nehme an, um seine Blessuren zu verstecken.

Als ich auf ihn zugehe, merke ich wie meine Hände vor Aufregung und Nervosität feucht werden.

Behutsam ziehe ich am Zipfel seines Pullis.

»Kai?« Eigentlich sollte meine Stimme fest klingen, fordernd, doch sie ist nicht mehr als ein Hauch.

Wie von der Tarantel gestochen fährt er herum und presst sich augenblicklich die Hand in die Seite. Er muss höllische Schmerzen haben und ich frage mich zum wiederholten Mal, was er in der Schule zu suchen hat.

Kai

Da steht sie vor mir. Meine Schwester. Schon bei dem Wort könnte ich kotzen. Sie sieht einfach bezaubernd aus, meine kleine Disney-Prinzessin. Scheiße, das sind sicher die Folgen der Schläge auf meinen Kopf. Sonst würde mir so ein schwules Wort wie »bezaubernd« doch gar nicht einfallen.

Wie von selbst breiten sich meine Arme aus, um sie zu umarmen. Als mir das bewusst wird, lasse ich sie schnell sinken und weiche einen Schritt zurück. Verfluchte Scheiße, das wird meine persönliche Hölle. Ein vorgezogenes Fegefeuer.

Als sie mich mit ihren großen Augen ansieht, in denen es feucht glitzert, knicke ich fast ein.

Doch ich muss stark sein und an ihre Zukunft denken. Nur wenn sie mich hasst, wird sie mich loslassen können und niemals erfahren, dass ihr Vater der größte Wichser ist, den man sich vorstellen kann.

Eigentlich will ich sie anschreien, dass sie sich verpissen soll. Doch ehe ich es verhindern kann, schlüpft ein müdes »Hey!« über meine Lippen.

»Alles okay mit dir ... und mit uns?«

Scheiße, ich kann ihrem Blick nicht länger standhalten. Sie sieht so abgrundtief traurig und so hilflos aus. Ich sehe das stumme Flehen in ihren Augen – ich soll ihr sagen, dass alles in Ordnung ist.

Ich stoße meine Hände tief in die Hosentaschen und balle sie zu Fäusten. Ich sterbe tausend qualvolle Tode auf einmal in diesem Moment.

»Kai? Rede mit mir. Was machst du hier überhaupt? Du musst doch wahnsinnige Schmerzen haben.«

Sie klingt ernsthaft um mich besorgt und das macht es mir unendlich schwer, ihr wehzutun.

»Komm, ich bring dich nach Hause. Du gehörst ins Bett.«

Sie nimmt meinen Arm und ein Beben geht durch meinen ganzen Körper. Fast gewaltsam reiße ich mich los. Himmel, der verletzte Ausdruck, der jetzt auf ihrem Gesicht erscheint, gibt mir den Rest.

Ich lasse sie einfach stehen und gehe ins Gebäude zurück. Hoffentlich ist diese verfickte Pause bald vorbei.

In der Toilette trinke ich aus einem der Wasserhähne und lasse mir das kühle Nass übers Gesicht rinnen. Mein Blick fällt in den Spiegel. Ich sehe so was von scheiße aus und mich wundert, warum keiner der Lehrer die Bullen oder meine Mutter angerufen hat.

Der Schmidt, den ich in der zweiten Stunde hatte, hat kurz nachgefragt. Doch als ich ihm gesagt habe, dass er sich um seinen eigenen Dreck kümmern soll, gab's einen Eintrag ins Klassenbuch und der Fall war für ihn erledigt. Wahrscheinlich hat er mich trotz meiner guten Noten sowieso längst abgeschrieben.

Es läutet. Zum Glück.

Als ich aus der Jungentoilette trete, fallen mir fast die Augen aus dem Kopf. Annabell! Verdammt, sie ist wirklich hartnäckig!

Ich will an ihr vorbei, doch sie fasst nach dem Saum meines Pullovers. Vermutlich stinke ich wie ein Schwein, weil ich seit gefühlten hundert Jahren nicht mehr geduscht habe.

Wenn es wirklich so ist, lässt sie es mich aber nicht spüren.

»Kai, bitte. Was ist los? Ich dachte, es wäre alles klar zwischen uns.«

Fuck! Ich komme aus der Sache tatsächlich nur raus, wenn ich deutlich werde.

»Nichts ist klar! Absolut nichts!«, fahre ich sie an. »Ich will dich nicht mehr sehen, verstehst du? Lass mich verdammt noch mal in Ruhe und häng nicht ständig wie eine verfluchte Klette an mir dran!«

Ich hole tief Luft, diese Sätze haben mir alles abverlangt.

Tränen glitzern in ihren Augen wie kleine Diamantensplitter.

Heilige Scheiße, ich muss hier weg, sonst tue ich noch etwas Unüberlegtes. Meine rechte Hand zuckt bereits nach oben, um ihr die Tränen aus den Augenwinkeln zu wischen.

»Wieso sagst du so etwas, Kai? Ich weiß doch, dass du mich liebst.«

Okay, sie braucht es also wirklich auf die harte Tour.

»Dich lieben?«, höhne ich. »Du hast mich doch die ganze Zeit nur benutzt. Erst war ich gut genug, um dir beim Kotzen zu helfen, dann hast du mich gebraucht, weil dein Alter dir die Fresse poliert hat, und am Ende durfte ich noch dabei zusehen, wie du vor meinen Augen mit diesem Großkotz rummachst.«

Eine einzelne Träne löst sich von ihren Wimpern und läuft ihr funkelnd die Wange hinunter.

»Du weißt, dass das nicht stimmt. Ich liebe dich, Kai!«, flüstert sie.

Das alles hier wird immer schlimmer. Ich hatte gehofft, dass sie mich anschreit und sich wehrt, dass sie mir vorwirft, dass ich nicht besser bin als sie, weil ich mit Lil gevögelt und ihre Eltern überfallen habe und noch vieles mehr.

Aber was tut sie? Sie nimmt alles stillschweigend hin und sagt, dass sie mich liebt.

Das ist zu viel, selbst für einen harten Kerl wie mich. Ich pack das nicht! Ich kann nicht ertragen, wie sie hier vor mir steht und heult. Und das alles nur wegen mir.

Ich stoße sie zur Seite und haste davon. Manchmal wäre sterben leichter als mein Leben zu ertragen. Es ist hart und ich habe Angst, dass ich zu weich dafür geworden bin.

4. *Kapitel*

Annabell

Lautlos rinnen Tränen über meine Wangen, doch innerlich schreie ich.

Er hat ja Recht, ich bin ständig zu ihm gekommen, wenn ich Hilfe brauchte. Mehr als einmal habe ich ihn ausgenutzt. Doch ich dachte, das hätte er gern für mich getan. Und unsere Liebe könnte solche Klippen leicht überwinden.

Verschwommen sehe ich durch einen Tränenschleier, wie er in seinem Klassenzimmer verschwindet und die Tür hinter sich zuknallt. Er hat nicht ein einziges Mal zu mir zurückgesehen.

Wir haben beide viele Fehler gemacht, doch ich trage ihm seine nicht nach, wieso tut er es bei mir? Und warum so plötzlich? Was hat ihn dazu gebracht, es sich anders zu überlegen?

Irgendetwas stimmt da nicht, da bin ich mir absolut sicher. Und ich bin jetzt auch überzeugt, dass seine Mutter die Wahrheit gesagt hat und Kai tatsächlich von zu Hause abgehauen ist.

Als er vorhin neben mir stand, habe ich bemerkt, wie muffig und ungewaschen er roch, als hätte er die letzten Nächte auf der Straße verbracht.

Oh mein Gott, und wenn es tatsächlich so war? Wieso ist er von zu Hause fortgegangen? Was ist vorgefallen?

Ich habe zwar gehört, was er gesagt hat, doch seine Augen haben eine ganz andere Sprache gesprochen. Ich liebe Kai, und so kampflos gebe ich ihn nicht auf. Nicht nach allem, was passiert ist.

***

Als die Schulglocke zum Ende des Unterrichts läutet, stürze ich aus dem Klassenzimmer nach draußen, um eine der Ersten an der Bushaltestelle zu sein. Ich muss ihn einfach sehen. Immer wieder streiche ich mir nervös die langen Locken aus dem Gesicht und lasse meinen Blick schweifen.

»Er kommt nicht, das siehst du doch«, sagt Luise, als sie neben mich tritt.

»Vielleicht verspätet er sich nur«, erwidere ich und kaue nervös auf meiner Unterlippe.

Luise schüttelt den Kopf. Ich weiß, dass sie mich nicht versteht. Aber würde sie nicht das Gleiche tun, wenn es um ihren Freund Ben ginge?

»Wollt ihr jetzt einsteigen oder nicht?«, fragt der Busfahrer in einem leicht angesäuerten Ton. Mein Blick jagt zwischen der Bustür und dem Schulhof hin und her.

»Na komm schon, Bella!« Luise zieht mich in den Bus und lässt sich auf einen der freien Sitze fallen. Auffordernd klopft sie auf den Platz neben sich, doch ich ignoriere ihre Bemühungen und starre aus dem Fenster, bis die Schule aus meinem Sichtfeld verschwunden ist. Charlotte und Eva drängen sich zu uns durch.

»Ist jemand gestorben, oder warum schaust du so traurig drein?«, feixt Eva.

»So ähnlich«, murmele ich und sehe zu Boden.

Charlotte verzieht das Gesicht. Dann stößt sie mich aufmunternd in die Seite. »Habt ihr nicht mal wieder Bock, was zu unternehmen? Morgen steigt eine fette Beachparty am Baggersee«, verkündet sie.

»Klar, wieso nicht? Wir waren schon ewig nicht mehr weg, oder Bella?« Luise sieht mich fragend an.

»Ja, mal sehen«, antworte ich ausweichend. Diese Beachparty interessiert mich momentan kein Fünkchen.

»Na los, raff dich auf und komm morgen mit. Oder willst du dich das ganze Wochenende zu Hause verkriechen?« Luise streicht mir liebevoll über die Schulter.

»Ja, vielleicht will ich das.«

Luise rollt die Augen. »Mensch, Annabell, vergiss doch den Typen. Er ist es nicht wert. Eine Zeit lang dachte ich wirklich, dass er es ernst meint, aber nach dem, was er heute abgezogen hat …« Sie steckt den Finger in den Mund und gibt Würgegeräusche von sich.

»Ich verstehe ihn einfach nicht, er …«

»Jetzt halt mal die Luft an! Er ist ein Arsch, und das ist er schon immer gewesen. Ich hab's dir von Anfang an gesagt und meine Vorahnung, dass er dich verletzen wird, hat sich leider bestätigt.« Sie rutscht näher an mich heran und gibt mir einen aufmunternden Rempler.

»Aber ...«

»Schluss jetzt, ich habe lange genug bei diesem Spielchen zugesehen. Schlag dir Kai aus dem Kopf! Und morgen werde ich dich Punkt sechs zur Beachparty abholen, ob du willst oder nicht. Notfalls schleppen Ben und ich dich ins Auto.«

***

Zu Hause vergrabe ich mich tatsächlich, so wie Luise es vorausgesagt hat, in meinem Bett und starre die Wand an. Bei jedem Geräusch von draußen springe ich auf und renne ans Fenster, weil ich die Hoffnung nicht aufgeben kann, dass Kai doch noch auftaucht und mir alles erklärt. Mehr als einmal denke ich daran, mich wieder über die Weinvorräte meiner Eltern herzumachen. Ich stehe bereits vor dem Regal und halte eine der Flaschen in der Hand, als oben die Tür aufgeht.

»Annabell?«

Schnell schiebe ich die Flasche zurück und gehe hinauf.

»Was hast du denn im Keller gemacht?«, fragt meine Mutter verwundert.

»Ach, ich habe nur nachgesehen, ob mein rosa Sweatshirt schon gewaschen ist.«

»Äh, in Ordnung. Aber jetzt komm, wir müssen los!«, sagt sie und wirft einen gehetzten Blick auf ihre Uhr.

»Los? Wohin?«

»Ich habe doch einen Friseurtermin für dich ausgemacht.«

»Muss das ausgerechnet heute sein? Ich habe keine Lust. Und außerdem gefallen mir meine langen Haare.« Entnervt ziehe ich eine Schnute.

»Lange Haare sind ja schön und gut, wenn sie gepflegt aussehen. Aber das kann man von deinen wirklich nicht behaupten.« Mit spitzen Fingern zupft sie an meinen Haarspitzen herum, als hätte sie nie etwas Abscheulicheres gesehen.

Ergeben folge ich ihr zum Auto.

Kai

Nachdem ich gewartet habe, bis der Bus abgefahren ist, habe ich mich aus dem Schulgebäude geschleppt. Eine weitere Begegnung mit ihr hätte ich heute nicht verkraftet. Ihre traurigen Augen verfolgen mich noch immer.

Ich hocke mich auf das Bänkchen an der Haltestelle und starre Löcher in die Luft, weil ich keine Ahnung habe, wohin ich jetzt gehen soll. Mittlerweile schiebe ich so einen Kohldampf, dass mir regelrecht übel ist. Ich muss zurück zu meiner Gang. Schon seit gestern denke ich daran. Wenn ich überleben will, bleibt mir gar nichts anderes übrig. Verdammte Scheiße! Wenn meine verfickte Rippe nicht so wehtun würde, könnte ich vor Wut dieses miese Bushäuschen eintreten.

Plötzlich hält ein Auto vor mir und die Fensterscheibe fährt herunter.

»He, Kai, kann ich dich irgendwo absetzen?« Es ist unser Mathelehrer.

Was will dieser Penner von mir? Sich einschleimen? Einen auf Superpädagogen machen? Vielleicht bin ich sein nächstes Sozialprojekt und er kann ein dickes Lob von der Schulleitung dafür einheimsen.

»Nein, ich komm schon klar!«

Wenn er nur endlich abdampfen würde. Aber der Schmidt, der kleine Pisser, steigt tatsächlich aus, setzt sich neben mich auf die Bank und macht einen auf Gutmensch.

»Na los, sag schon. Wo willst du hin?« Er stupst mich leicht in die Seite, woraufhin ich vor Schmerz fast in die Luft gehe und laut aufstöhne.

Erschrocken weicht er zurück. »Kai! Was ist denn mit dir passiert? Warum lassen deine Eltern dich in diesem Zustand in die Schule gehen?«

Eltern? Meint er etwa diese versoffene Schlampe, die sich meine Mutter nennt? Ts, ts, ts, Herr Schmidt scheint seine Hausaufgaben nicht gemacht zu haben, sonst wüsste er, dass bei mir kein Vater existiert.

Na ja, bis vor zwei Tagen war das so, um genau zu sein. Aber das wird auf ewig mein kleines, schmutziges Geheimnis bleiben. Eigentlich müsste Annabells Vater mir dafür dankbar sein. Vielleicht sollte ich Schweigegeld verlangen wie meine schmierige Mutter, dann käme ich besser über die Runden. Doch lieber verrecke ich, als von diesem Wichser auch nur einen Cent zu nehmen.

»Ich habe Ihnen heute schon einmal gesagt ...«

»Dass mich das nichts angeht. Ich weiß.« Der Lehrer sieht mich prüfend von der Seite an.

»Warum verpassen Sie mir nicht gleich den nächsten Eintrag? Das geht mir so was von am Arsch vorbei!« Herausfordernd sehe ich ihn an. Aber leider lässt er sich nicht provozieren.

Schmidt bleibt ruhig auf der Bank sitzen und schüttelt nur den Kopf. »Du bekommst keinen Eintrag, Kai. Ich will dir wirklich helfen. Warum wehrst du dich so dagegen?«

Mann, dieses pädagogische Geschwafel geht mir ziemlich auf die Eier. Aber vielleicht kann er mich ja zu meiner Gang bringen. Ich habe nämlich keine Ahnung, wie ich es in diesem Zustand bis zum Baggersee schaffen soll. In der Hitze heute hängen sie bestimmt dort am Strand herum und saufen und kiffen. Vielleicht haben sie auch Verpflegung dabei. Noch einen Tag ohne was zu essen stehe ich einfach nicht durch.

»Sie sagten, sie können mich mitnehmen?«

»Klar, komm, steig ein!«

Vorsichtig lasse ich mich auf den Beifahrersitz nieder und ziehe dabei scharf die Luft ein. Scheiße, tut das weh!

Herr Schmidt legt sorgenvoll die Stirn in Falten. »Soll ich dich ins Krankenhaus fahren?«

»Nein, bloß nicht!«

Der Pisser seufzt. Was hat er denn erwartet? Dass er Ersatzdaddy spielen kann?

»Also, wo wohnst du?«

»Am Sandstrand, direkt beim Baggersee.«

Schmidt kann ein Lächeln nicht verbergen. »Kai, bitte! Deine Adresse?«

»Fahren Sie mich jetzt dahin oder nicht? Wenn nicht, kann ich auch zu Fuß gehen.« Ich greife nach dem Türgriff.

»Nein, bleib. Ist ja schon gut.«

Schmidt fährt mich tatsächlich zum See. Ich fasse es nicht. Er versucht ein paarmal mit mir ein Gespräch anzufangen, doch als er sieht, dass seine Bemühungen vergeblich sind, seufzt er und hält endlich die Klappe.

»Danke!«, sage ich, als er auf dem Waldparkplatz am See hält.

Gerade als ich aussteigen will, hält mich der Alte zurück.

»Kai, wenn irgendwas ist, kannst du mich jederzeit anrufen, okay?« Er hält mir eine Visitenkarte entgegen.

Mein Blick fällt darauf. Detlef Schmidt. Pädagoge. Scheiße, ist das spießig – und dieser Vorname …! Ich kann mir ein Grinsen nicht verkneifen.

»Detlef? Das klingt irgendwie schwul.«

Der Schmidt zuckt mit den Achseln. »Man kann sich seinen Namen leider nicht aussuchen.«

»Genauso wenig wie seine Eltern«, sage ich und steige aus dem Wagen.

***

Sie sind alle da. Luke, Toto, Mike, Bea, Faust und natürlich Lil. Sie liegen auf bunten Handtüchern etwas abseits des bunten Badebetriebs. In ihrer Mitte steht ein Bierkasten, der bereits zur Hälfte geleert ist.

Fuck, ich komme mir vor wie der größte Loser, als ich direkt auf sie zuhalte. Lil scheint meine Zurückweisung gut verkraftet zu haben, denn sie knutscht wild mit Luke. Es fehlt nicht mehr viel und sie treiben es vor den Augen der Badegäste.

Scheiße, sie widern mich alle an, mehr als je zuvor. Trotzdem sind sie meine einzige Überlebenschance und sie werden mir helfen, Annabell endgültig aus meinem Gehirn zu vertreiben.

»Sieh mal einer an, wer da angekrochen kommt!«, tönt Toto höhnisch.

Fuck! Am liebsten würde ich umdrehen. Wegen dieser Idioten wäre ich fast draufgegangen.

»Na, Kai, hast du etwa genug vom Schickimicki-Dasein? Hat dich die kleine Pussy in die Wüste geschickt?«

Zur Hölle, wie gerne würde ich jedem Einzelnen von ihnen die Fresse polieren, wenn ich nicht so dermaßen auf sie angewiesen wäre.

Lil klettert augenblicklich von Lukes Schoß, auf dem ein mächtiger Ständer zu sehen ist. »Kai, schön, dass du wieder da bist!«, schnurrt sie.

»He, was soll das?«, beschwert sich Luke. Er will Lil zurückziehen, doch sie schüttelt ihn ab wie eine lästige Fliege, kommt auf mich zu und umarmt mich.

»Verfluchte Bitch!«, schimpft Luke. Er steht auf und stürzt sich in den Baggersee, um sich abzukühlen.

Ich winde mich aus Lils Umklammerung und lasse mich auf eine der Decken nieder.

»Bist du wieder an Bord, Kai?«, fragt Mike und reicht mir ein Bier.

»Darauf kannst du einen lassen!«, sage ich und öffne mit meinen Zähnen den Kronkorken.

Mike grinst mich schmierig an. Hinterhältigkeit blitzt in seinen Augen und ich befürchte, dass ich für meine Rückkehr in die Gang noch teuer bezahlen muss. Ich komme mir vor wie der größte Loser auf Erden. Ausgerechnet bei diesen abgefuckten Vollpfosten muss ich zu Kreuze kriechen!

Lil setzt sich hinter mich und knetet meinen Nacken. Scheiße, tut das gut! Die zwei Nächte im Freien haben meine Muskeln entsetzlich verspannt. Ich schließe die Augen und gebe mich ganz Lils massierenden Händen hin.

5. Kapitel

Annabell

Meine Mutter drückt mich in einen der Sessel und gibt der Friseurin Anweisungen, wie mein neuer Haarschnitt aussehen soll.

Ich wage ab und zu einen Einwurf, weil sie doch tatsächlich einen kinnlangen Bob vorgeschlagen hat. Ich liebe meine langen hellblonden Haare, die schon immer mein Markenzeichen waren. Ich trage sie meistens offen. Und wenn ich verlegen bin oder mich schäme, lasse ich sie wie einen Vorhang vors Gesicht fallen. Auch bei Schulaufgaben erweisen sie sich häufig als hilfreich. Dahinter kann ich einen verstohlenen Blick auf Luises Arbeit werfen, ohne dass der Lehrer meine Augen sieht.

Nach langem Hin und Her einigen wir uns schließlich auf schulterlang, wobei das für mich eigentlich immer noch viel zu kurz ist.

Als ich am Waschbecken sitze und die Kur einwirken lasse, beginnt meine Mutter das Verhör, das ich schon lange erwartet habe.

»Was ist mit diesem Jungen, Annabell? Triffst du dich noch mit ihm? Immerhin hat es dir dein Vater strengstens verboten!«

Ich zucke mit den Schultern. Ich hätte gerne den Mut gehabt Ja zu sagen oder die Kraft für ein Nein. Doch zu diesem Zeitpunkt gibt es keines von beiden. Egal, was ich sage, es käme einer Lüge gleich.

»Du weißt, dass dein Vater sehr enttäuscht wäre, wenn du ihn hinter unserem Rücken treffen würdest.«

Enttäuscht? Dass ich nicht lache! Das ist wohl die Untertreibung des Jahrhunderts. Es würde Prügel geben und zwar nicht wenig.

Ich versuche mich zusammenzureißen und die gute Tochter zu spielen. »Du musst dir keine Sorgen machen, Mum. Die Sache ist vorbei!«

Meine Mutter stößt einen Seufzer der Erleichterung aus.

Als die Friseurin endlich fertig ist, schaue ich auf und wage vorsichtig einen Blick in den Spiegel. Mein Haar fällt dicker und die Locken kräuseln sich noch stärker. Ich kann mein Gesicht nach wie vor dahinter verstecken, trotzdem habe ich mir vorher besser gefallen.

Wie Kai es wohl findet?

Mein Herz stolpert, als sein Name durch meinen Kopf schießt. Es wird ihm wahrscheinlich scheißegal sein, wenn er es denn überhaupt bemerkt.

Kais verletzende Worte haben mein Herz in Stücke gerissen, auch wenn ich mir eingebildet habe, dass sie nicht ehrlich waren. Wieso verlässt er mich nach allem, was passiert ist?

»Gefällt es dir?«, fragt meine Mutter, die neben mir steht und mir aufmunternd zulächelt.

Nicht wirklich. »Ja, es geht so.«

»Jannik wird begeistert sein.«

Abscheu durchflutet mich. Ist das Thema Jannik für meine Eltern immer noch nicht beendet?

»Seine Eltern und er kommen morgen Abend zum Grillen vorbei. Und damit wir deinen Vater nicht enttäuschen, gehen wir jetzt noch eine Runde shoppen und kaufen dir was Hübsches.«

Ich verdrehe die Augen, ich hasse shoppen mit meiner Mutter. »Mum, bitte …«

»Keine Widerrede.«

Sie bezahlt und zieht mich an der Hand zur Tür hinaus.

***

Als wir zwei Stunden später unsere Einkäufe in den Kofferraum legen, bin ich ziemlich genervt. Meine Mutter hat mir ein Teil nach dem anderen aufgeschwatzt und meine Wünsche dabei weitgehend ignoriert.

»Mum«, beginne ich vorsichtig, als wir nach Hause fahren. »Ich wollte eigentlich mit Luise, Charlotte und Eva morgen Abend zur Beachparty gehen. Meinst du, ihr könntet ausnahmsweise auf mich verzichten?«

Meine Mutter zieht die Stirn kraus und überlegt, dann legt sich ein Lächeln auf ihre Lippen.

»Aber das ist doch kein Problem, Annabell. Natürlich kannst du mit deinen Freundinnen auf die Party gehen.«

Ich traue meinen Ohren nicht. So leicht lässt sie mich gehen und ich muss nicht einmal betteln?

»Danke, Mama. Das ... das ist wirklich sehr nett von dir.« Ich kann es kaum fassen, wie einfach das war.

»Aber gerne doch, mein Kind.« Sie klopft mir gönnerhaft auf die Schulter. »Dann nimmst du Jannik einfach mit. Er wird sicher eine Menge Spaß haben und dein Vater und ich können mit seinen Eltern in Ruhe ein paar berufliche Dinge besprechen.«

Mein Herz rutscht mir in die Hose. Ich hätte es mir denken können! Sie lässt mich gehen und schickt Mr LoverLover als Aufpasser mit. Wie kann sie mir das antun? Wieso respektieren meine Eltern nicht, dass ich ihn nicht haben will?

Weil es ihnen egal ist und weil sie nur an sich selber denken, meldet sich meine innere Stimme zu Wort.

Den Rest der Fahrt über schweige ich. Es bleiben noch zwei Schultage, dann bekommen wir unsere Zeugnisse und die Ferien beginnen. Der Zeugnistag wird als Sterbedatum auf meinem Grabstein stehen, denn ich weiß jetzt schon, was unter meinem Zeugnis steht: »Sie hat nur knapp das Klassenziel erreicht.« Mein Vater wird ausrasten und mich umbringen.

Und für meine letzten Stunden kann ich mir wirklich Schöneres vorstellen, als sie mit diesem Widerling zu verbringen.

Ich sehne mich nach Kai, nach seinen sanften Berührungen und sogar nach seinen albernen Sprüchen und dem arroganten Grinsen, das so oft um seine Lippen spielt.

Ich versuche mit aller Macht, die aufkeimenden Gefühle zu unterdrücken, obwohl mich die Sehnsucht nach ihm fast um den Verstand bringt. Es scheint, als würde Luise Recht behalten. Er will mich nicht, denn hätte er sich sonst nicht längst gemeldet und mir erklärt, warum er sich so verhält?

Kai

Ich bin stockbesoffen. Das Bier hat auf meinen nüchternen Magen schnell seine Wirkung entfaltet. Ich lehne mit bloßem Oberkörper gegen einen Bierkasten, da mein Rippe beim Liegen immer noch schmerzt. Es ist heiß und ich spüre, dass ich einen Sonnenbrand bekomme. Doch ich bin so prall, dass ich nicht in der Lage bin aufzustehen. Dass Lil auf meinem Schoß sitzt und mir ständig ihre Zunge in den Hals steckt, bekomme ich nur wie durch dichten Nebel mit. Ich bin mir nicht einmal sicher, ob sie es wirklich tut oder ob ich es mir nur einbilde.

Ich zische noch ein Bier und schließe erschöpft die Augen. Die anderen wollen diese Nacht am Strand pennen und vorher noch den mitgebrachten Einweggrill anschüren. Obwohl ich ewig nichts mehr gegessen habe, fällt es mir schwer meinen Arsch zu bewegen, um mir ein Steak zu holen. Glücklicherweise erledigt Lil das für mich. Für etwas ist die Alte also doch zu gebrauchen.

Ständig geistert Anns unglückliches Gesicht in meinen Gedanken herum. Es scheint, als würde sie mich überallhin verfolgen. Weder in der Realität noch im Schlaf oder im Vollrausch kann ich ihr entkommen.

Verschwommen nehme ich wahr, dass die meisten Badegäste inzwischen gegangen sind, nur noch ein paar Grüppchen Jugendliche, die wohl die gleiche Idee hatten wie wir, sind hiergeblieben.

Plötzlich spüre ich, wie eine Hand in meine Jeans schlüpft und meinen Schwanz reibt. Ich schließe die Augen und stelle mir ein anderes Mädchen vor. Ich sollte das nicht tun, aber ... In diesem Moment stützt sich Lil an meinem Bauch ab, um sich in Position zu bringen. Ich schreie vor Schmerz, als sie genau auf meine gebrochene Rippe drückt. Mit einer einzigen brutalen Handbewegung wische ich sie von mir herunter. Mein Atem geht heftig, während ich laut stöhne und Sternchen vor meinen Augen tanzen.

Diese verfluchte Schlampe! Wie konnte ich überhaupt zulassen, dass sie mich anfasst, nachdem sie mitgeholfen hat, mich beinahe ins Jenseits zu befördern?

Lil scheint dermaßen geil auf mich zu sein, dass ihr meine miese Behandlung nicht allzu viel ausmacht. Sie kniet sich neben mich, murmelt ein heiseres »Sorry« und presst ihre Hand wieder in meinen Schritt.

Ich packe ihr Handgelenk und drücke so fest zu, dass sie vor Schmerz aufkeucht.

»Was soll das, Kai? Du tust mir weh!«

Ich stoße ihre Hand heftig zur Seite. »Mach's dir selbst, du Schlampe! Verstanden?«

»Fick dich, Kai! Du bist doch das Letzte!«, brüllt sie mich an. Dann steht sie auf und hastet davon.

Ich sehe ihr an, wie verletzt und gedemütigt sie sich fühlt. Aber, verfluchte Scheiße, ist sie noch ganz dicht?

Sie kann mich doch nicht erst stiefeln und dann erwarten, dass ich sie ficke!

Ich hieve mich auf einen der alten Liegestühle, die jemand mitgebracht hat, und stelle ihn auf Sitzposition. Diese Haltung verursacht mir am wenigsten Schmerzen und schließlich kann ich eindösen.

***

Als ich erwache, ist es früher Morgen. Alle anderen pennen noch. Mir ist kotzübel. Der viele Alkohol auf meinen leeren Magen hat mir alles andere als gutgetan. Ich schwanke auf den Baggersee zu und lege mich ins seichte Wasser. Die kühlen Wellen, die über meinen Körper schwappen, verringern die Übelkeit und lassen meinen Geist klarer werden. Ich liege ewig so da und genieße die frühmorgendliche Ruhe. Meine Augen verlieren sich in der Weite und ich sehe, wie die Morgensonne glutrot in den Himmel steigt.

Ann hätte das sicher romantisch gefunden. Hier, zusammen mit mir!

Ah, geht mir dieses Mädchen denn nie aus dem Kopf?

Ich muss mich mit irgendetwas ablenken, bevor die Gedanken an sie meinen Schmerz erneut aufflammen lassen.

Ich stehe auf. Sanft weht der Morgenwind über meinen nassen Körper und ich genieße es, dass ich endlich wieder einigermaßen sauber bin.

Aus einer der verstreut herumliegenden Plastiktüten fische ich mir ein trockenes Brötchen. Langsam kaue ich darauf herum. Nach der Hälfte merke ich, wie gut es sich anfühlt, etwas im Magen zu haben.

Toto ist einer der Ersten, der aus dem Koma aufwacht. Gähnend erhebt er sich, steckt sich eine Kippe in den Mundwinkel und kommt lässig zu mir herübergeschlendert. Einen Schritt vor mir geht er in die Hocke und schnippt seine Zigarette in meine Richtung.

»Lass den Scheiß, Idiot!«, zische ich und werfe das Teil zurück.

»Hey, Alter, du bist doch nicht etwa angepisst, weil wir dir eine kleine Massage verpasst haben?« Toto grinst und deutet auf meinen geschundenen Körper.

Massage verpasst? Was für ein gehirnamputierter Schwachkopf!

»Ich wäre beinahe draufgegangen, du Drecksack!«

Toto lacht, zieht an seiner Kippe und bläst mir den Rauch ins Gesicht. Wütend balle ich die Hände zu Fäusten und kämpfe meinen brodelnden Hass nieder.

»Wir wollten dich nur vor einer Dummheit bewahren, was uns scheinbar ganz gut gelungen ist. Du passt nicht in diese Glitzer-Glimmer-Rosa-Rüschen-Scheißhauswelt. Und unsere Clique verlässt oder verrät niemand! Du wusstest, dass wir dich nicht einfach so gehen lassen würden. Dafür hast du viel zu viel Insiderwissen.« Er grinst hinterhältig.

»Fick dich einfach, Toto!«

»Welcome back, Kai, oder wie sagt man so schön: *Back to the roots!* Ich wusste, dass du zurückkommen würdest. Du bist einer von uns und wirst es auch immer bleiben.« Mit diesen Worten schlägt Toto mir auf die Schulter und verschwindet in den Büschen, wo er entweder pisst oder seiner Morgenlatte den Garaus macht.

Der letzte Satz nagt schwer an mir. Ich werde immer einer von ihnen sein, sagt Toto. Dabei ist es das Letzte, was ich will, und ich hoffe, dass mir meine guten Noten in der Schule eine Tür öffnen werden und mich vor einem solchen Leben bewahren. Allerdings ist es auch gut möglich, dass ich mir durch meine Scheißaktionen irgendwann selbst eine Grube schaufle. Allein die Tatsache, dass die Gang nachts auf Raubzug geht und ich jetzt wieder mit von der Partie bin, ist nicht gut für meine Zukunft.

Nach und nach werden auch die anderen fertigen Typen wach. Lil versucht immer noch mich anzumachen und geht splitternackt an mir vorbei, bevor sie sich in den See stürzt. Lasziv rekelt sie sich im Wasser und wirft mir auffordernde Blicke zu.

»Na komm, gib ihr, was sie braucht!« Luke grinst anzüglich zu mir herüber.

»Geh doch du!«, wimmele ich ihn ab. »Immerhin bist du gestern nicht zum Zuge gekommen.«

Luke verdreht die Augen, wälzt sich auf die andere Seite und beginnt sofort laut zu schnarchen. Scheinbar hat er seinen Rausch noch nicht vollständig ausgepennt.

Lils Annäherungsversuche gehen mir gewaltig auf den Sack. Vielleicht auch, weil ich die leise Ahnung habe, dass ich irgendwann wieder darauf eingehen werde.

Das Mädchen, das ich über alles liebe, kann ich niemals haben. Aber heilige Scheiße, wahrscheinlich würde ein kleiner Fick mit Lil mir helfen auf andere Gedanken zu kommen und mein Hirn zum Schweigen zu bringen. Leider komme ich mir schon bei der Vorstellung, es mit ihr zu treiben, wie der größte Heuchler und Betrüger vor.

Und da ich mich sowieso schon schlecht fühle, will ich es lieber bleibenlassen.

6. *Kapitel*

Annabell

Meine Eltern haben sich für ihren Grillabend aufgebrezelt, als ginge es zu einem Galadinner. Und natürlich reicht da kein normales Bratwürstchen auf dem Rost, sondern es braucht irgendwelchen Schnickschnack aus dem Feinkostladen. Beim Anblick des Grillkäses, der über der Kohle vor sich hin schmort, rollen sich mir die Zehennägel auf.

Hauptsache exquisit! Die vielen Salate und Brötchen, die bereitstehen, stammen auch vom Catering-Service. Meine Mutter hatte einzig und allein die Arbeit alles nett anzurichten. Aber wahrscheinlich ist es auch besser so, denn ihre Kochkünste beschränken sich auf Obstsalat und Spiegelei, wobei Letzteres nicht selten seltsam angekokelt daherkommt.

Ich stehe unendlich lange vor dem Kleiderschrank, auf der Suche nach dem richtigen Outfit. Wenn es in meinem Inneren schon dunkel und traurig aussieht, muss ich das äußerlich wettmachen, denn ich weiß, dass meine Eltern von mir erwarten, dass ich schick und hübsch bin.

Zu sehr will ich mich allerdings auch nicht stylen. Am Ende kommt Jannik auf die Idee, dass ich seinetwegen so tief in die Klamotten-Schmink-Kiste gegriffen habe.

Nach langem Überlegen entscheide ich mich für dunkle, enge Röhrenjeans, ein weißes Tanktop mit Spitzenborte und darüber eine leichte dunkelblaue Strickjacke.

Ich schminke mich dezent, zwirbele die Haare zu einem Dutt hoch und schlüpfe in die dunklen Ballerinas, die schon am Fuß der Treppe stehen.

Brav finde ich mich am Pool ein, wo bereits der Tisch gedeckt und das Buffet aufgestellt ist.

»Hübsch siehst du heute Abend aus.«

Ich fahre erschrocken herum. Hinter mir steht mein Vater und mustert mich.

»Äh ... danke!«, stottere ich verlegen. Von ihm bin ich alles andere als Komplimente gewöhnt. Normalerweise mäkelt er nur an mir herum.

Um meine Befangenheit zu überspielen, nehme ich eines der mundgeblasenen Gläser und gieße Wasser ein.

Mein Vater räuspert sich umständlich und kommt auf mich zu. Er wirkt aus irgendeinem Grund bedrohlich. Das Glas in meiner Hand beginnt zu zittern. Verzweifelt frage ich mich, was ich falsch gemacht haben könnte. Aber sosehr ich mir auch das Gehirn zermartere, mir fällt nichts ein.

»Annabell!«

»Ja, Papa.« Meine Stimme ist nicht mehr als ein Hauch. Meine Augen huschen über den Boden, als wäre ich auf der Suche nach etwas, das mich aus dieser beklemmenden Situation befreien könnte.

»Ich habe mit deiner Mutter gesprochen«, sagt er gefährlich leise. »Sie sagt, dass du endlich Vernunft angenommen hast und dich von diesem Asozialen losgesagt hast.«

Mein Herz flattert. Asozialer ist eine andere Bezeichnung für die Liebe meines Lebens. Aber nicht ich habe mich von ihm losgesagt. Er ist es, der nicht mehr mit mir spricht und mir das Herz bricht. Doch ich weiß, dass meinen Vater diese Details nicht wirklich interessieren. Wichtig ist für ihn nur, dass ich Kai nicht wiedersehen werde.

»Annabell!« Die herrische Stimme meines Vaters dröhnt jetzt in meinem Kopf.

Ich sehe ihm vorsichtig in die Augen.

»Ist das richtig, was deine Mutter behauptet?«

»Ja, Papa«, wispere ich und wende sofort den Blick ab.

»Gut, dass du selbst zur Vernunft gekommen bist, denn glaube mir, ich hätte es nicht geduldet, dass du dich weiter mit solchem Abschaum herumtreibst.«

Meine Hände beginnen so stark zu beben, dass das Wasser aus dem Glas schwappt. Ich kann mir denken, welche Konsequenzen es nach sich gezogen hätte.

Mein Vater kommt noch einen Schritt auf mich zu. »Du bist Jannik einiges schuldig, Fräulein, und ich erwarte, dass du deine Fehltritte so rasch wie möglich ausbügelst, sonst ...«

Er hebt drohend die Hand. Vollkommen verschüchtert ziehe ich den Kopf zwischen die Schultern und warte auf den ersten Schlag.

»Manfred, sieh doch mal, unser Besuch ist da!«, ruft da meine Mutter plötzlich.

Ein Lächeln erscheint auf dem Gesicht meines Vaters, als hätte jemand einen Schalter bei ihm umgelegt. Grinsend dreht er sich um, breitet die Arme aus und nimmt seine Gäste in Empfang. Die perfekte Familie!

Ich atme tief durch und versuche mein galoppierendes Herz zu beruhigen.

»Hallo, Annabell!« Jannik drückt mir ein Begrüßungsküsschen auf die Wange und reicht mir eine rote Gerbera.

Ich hasse Rot noch immer, oder besser gesagt, immer mehr. Trotzdem heuchle ich Freude über die bescheuerte Blume und lasse es zu, dass er meine Hand ergreift. Ich weiß, dass mein Vater jede meiner Bewegungen genau beobachtet. Ich wünsche mir nichts mehr, als diesen schrecklichen Abend endlich hinter mich zu bringen. Dadurch dass ich Jannik mit zur Beachparty nehmen muss, hat die Veranstaltung jeglichen Reiz für mich verloren.

Nach dem gemeinsamen Essen sitze ich am Pool und plansche mit den Beinen im Wasser. Es ist ein wunderbar lauer Sommerabend. Der warme Wind spielt mit meinen Haaren und die Grillen zirpen im hohen Gras hinter unserem Garten.

Wo Kai wohl gerade ist? Mit wem hängt er ab? Ob er zur Gang zurückgekehrt ist? Oder zu Lil? Beim Gedanken an Lil beschleunigt sich mein Puls und mein Magen fühlt sich an, als wäre ein dicker Stein darin, der nur darauf wartet, mich in die Tiefe zu ziehen.

Ich hasse Lil, dieses berechnende Miststück – sie würde alles dafür tun, Kai für sich zu gewinnen. Ich spüre, wie die Tränen in mir aufsteigen, und versuche verzweifelt sie fortzublinzeln.

Ich vermisse Kai.

Das Klingeln an der Haustür reißt mich aus meinen Gedanken.

Ich stehe auf und trockne meine Füße. Sekunden später kommen Ben und Luise durch die hintere Tür. Während Ben seine Eltern begrüßt und kurzen Small Talk mit meinen Eltern führt, kommt Luise lächelnd auf mich zu.

»Bist du startklar?«

Ich zucke seufzend mit den Achseln.

»Na komm schon, sei keine Spaßbremse. Das wird bestimmt lustig.«

»Nicht mit Jannik im Schlepptau«, sage ich zerknirscht und werfe ihm hinterrücks einen wütenden Blick zu.

»Ben hat mir schon gesagt, dass sein Bruder mit von der Partie ist.« Luise streichelt mir tröstend über den Arm.

»Er widert mich an«, zische ich ihr leise zu. »Ich will mich nicht von ihm betatschen und abschlecken lassen. Was mein Vater da von mir verlangt, ist abartig.« Schon wieder spüre ich, wie ich in Tränen schwimme.

Meine Freundin nimmt mich in den Arm. »Ich verspreche dir, dass Ben und ich ein Auge auf ihn haben und dafür sorgen werden, dass er seine Grabschfinger bei sich behält. In Ordnung?«

Ich nicke dankbar. Dabei habe ich sowieso keine andere Wahl.

Kai

Was war das nur für ein Scheißtag! Schon vor zehn Uhr morgens war der Badestrand gerappelt voll. Vor allem diese plärrenden Bälger haben mir fast den letzten Nerv geraubt. Schließlich habe ich eines von ihnen dumm angemacht und ihm gedroht, es mit dem Kopf voraus im Baggersee zu versenken, wenn es nicht augenblicklich mit seinem Gebrüll aufhört.

Die Mutter ist ausgeflippt und hat mich aufs Übelste beleidigt. Doch ich war sowieso in Stänkerlaune und deshalb nicht böse, dass sie einen Streit vom Zaun gebrochen hat. Nur leider war der viel zu schnell beendet.

Als ich ihr nämlich sagte, dass sie eine frustrierte, alte Kuh wäre, die dringend mal wieder gevögelt werden müsste, und ich mich gerne opfern würde diesen undankbaren Job zu übernehmen, hat sie ihre Kinder und die Decke gepackt und sich wortlos einen anderen Platz gesucht.

Luke und Mike haben vorgeschlagen heute Nacht einen kleinen Bruch zu machen, doch als am Rande des Sees eine große Bühne aufgebaut wurde, hat Bea solange gebettelt, dass wir hierbleiben, bis alle einverstanden waren.

Auf einer Party ist es leicht, Leute abzuziehen. Spätestens wenn die Meute besoffen ist, ist es eine Kleinigkeit, an ihre Geldbeutel und Handys zu gelangen. Die meisten checken überhaupt nicht, dass sie beklaut wurden, sondern denken, dass sie ihre Gegenstände im Suff verloren haben.

»Na, Kai, warum bist du zurück? Hast wohl gemerkt, dass die Pussy der Kleinen doch nicht aus Gold ist!«

Zornig funkele ich Luke an, der schlaftrunken aus seiner Ecke wankt. Er hat endlich seinen Rausch ausgeschlafen. Ich werfe eine volle Bierdose nach ihm, in der Hoffnung ihn an seinem verfickten Schädel zu treffen. Leider fängt sie der Arsch problemlos auf.

»Leck mich, Alter!«, knurre ich. »Kümmere dich um deinen eigenen Dreck!«

»Alter, das hättest du dir denken können, dass das so endet. Sie lässt sich ihr goldenes Fötzchen lieber von einem lecken, der mit einem silbernen Löffel im Schnabel zur Welt gekommen ist!«

Alle lachen dreckig und ich schwöre, ich bringe ihn um, wenn er noch einmal sein Maul aufreißt und es wagt, irgendein Wort über sie zu verlieren. Vorerst begnüge ich mich damit aufzustehen, ihn zu fixieren und ihm, ehe er checkt, was ich vorhabe, meine Faust in den Kiefer zu rammen.

Schmerzgeplagt taumelt er zurück und presst sich die Hand an die Stelle, wo ich ihn getroffen habe.

»Ich hab das Gefühl, dass die Abreibung, die wir dir verpasst haben, zu soft ausgefallen ist, du Arschloch!«, presst Luke zwischen den Zähnen hervor.

»Halt einfach dein verfluchtes Maul, Sackgesicht!«, brülle ich ihn an.

Die anderen johlen begeistert. Das ist es, was sie wollen, genauso wollen sie mich sehen: aggressiv, rücksichtslos und auf Krawall gebürstet.

Ich kann mir denken, warum Luke über meine Rückkehr wenig erfreut ist. Außerdem vermute ich, dass Lils »Fürsorge« während meiner Abwesenheit auf ihn übergegangen ist, was ihm sicher nicht unangenehm war.

Von mir aus kann er sie behalten, sie soll ihm das Hirn rausvögeln, bis er nicht mehr denken kann. Es interessiert mich einen feuchten Kehricht, aber das muss er ja nicht unbedingt wissen.

***

Lil seilt sich am Abend ab, um in einem der Billigdiscounter Grillfleisch zu holen. Luke biedert sich geradezu an mitkommen zu dürfen. Wäre ich nicht so scheiße drauf, würde ich über sein unterwürfiges Verhalten lauthals lachen. Pech für ihn, dass Lil ihn absolut nicht dabeihaben will, sondern lieber mich.

Sie gibt wohl niemals auf. Im Moment kommt mir das jedoch gerade recht, denn das ist die Gelegenheit mein Bike zurückzuholen. Bei dem Gedanken daran, dass es seit Tagen in einer völlig heruntergekommenen Gegend steht, ist mir alles andere als wohl. Ich hoffe, dass es sich nicht bereits jemand unter den Nagel gerissen hat.

So schnell, wie es meine gebrochene Rippe mir erlaubt, gehe ich hinter Lil her zum Wagen. Lukes Augen verwandeln sich in Feuerwerfer, aus denen er Flammen in meine Richtung abschießt.

Ich kann nicht anders, als ihm ein überlegenes Lächeln zu schenken, auch wenn ich weiß, dass ich ihn damit gnadenlos provoziere. Sicher wartet er nur auf die nächste Gelegenheit mir eins reinzuwürgen.

Im Auto bitte ich Lil, mich auf dem Rückweg bei unserem Gangquartier vorbeizubringen, damit ich mein Motorrad abholen kann.

»Ach, darum bist du mitgefahren«, sagt sie leise und presst die Lippen zusammen.

Heilige Scheiße, kapiert sie es denn nie? Soll ich es mir auf den Arsch tätowieren lassen, dass ich sie nicht will?

»Lil, nimm es endlich hin, wir sind nicht füreinander bestimmt.«

»Ach ja?« Sie zieht eine Augenbraue in die Höhe, wobei das fette Piercing, das darin steckt, fast ihren Haaransatz berührt.

»Ich hatte immer den Eindruck, dass es dir Spaß macht, wenn wir miteinander vögeln.«

Ich seufze und bereue es, mitgefahren zu sein. Dieses Gespräch ist so ziemlich das Letzte, worauf ich jetzt Bock habe.

»Ja, das war nicht schlecht«, gebe ich widerwillig zu. Aber hauptsächlich, weil ich ihr nicht wehtun will.

»Dann lass es uns doch einfach noch mal probieren«, sagt sie und wirft mir einen Seitenblick zu, während ihre Hand an meinem Oberschenkel entlangfährt.

»Ich möchte nicht mit dir zusammen sein. Okay?« Entschieden schiebe ich ihre Hand von meinem Körper weg.

»Wir können doch einfach nur ... vögeln.«

Sie nimmt scheinbar wirklich, was sie kriegen kann. Es ist nicht zu fassen, wie besessen die Kleine von mir ist.

»Ich könnte dir auch einen blasen. Das hat dir doch immer geholfen, wenn du gestresst warst«, fügt sie eifrig hinzu.

Ich lege mir die Hand vor die Augen und atme gleichmäßig ein und aus. Wenn sie noch länger davon redet, kann ich wohl nicht mehr verhindern, dass sich mein Blut in einem ganz bestimmten Körperteil sammelt. Und ich will nicht tun, was ich tun werde, wenn sich mein Gehirn ausschaltet.

Als wir am Supermarkt sind, wuchte ich mich schwerfällig aus dem Wagen. Diese verfickte Rippe!

Während Lil das Fleisch und den Alkohol besorgt, stecke ich in der Drogerieabteilung ein Duschgel und eine Zahnbürste inklusive Zahncreme unter meinen Pullover.

Ich komme mir vor wie ein Stück Scheiße, weil ich trotz meinem Bad im Baggersee stinke und total schmuddelig bin. Weil Lil immer noch nicht aufgetaucht ist – ich nehme mal an, sie besorgt irgendeinen Weiberkram, den die Welt nicht braucht –, schlendere ich zu der winzigen Klamottenabteilung mit der noch winzigeren Umkleidekabine.

Mein Blick schweift über die verschiedenen Kleiderständer und bleibt an einem Wühltisch mit schwarzen Shirts hängen. Ich nehme zwei davon so vom Stapel, dass es aussieht, als hätte ich nur eines in der Hand, und verziehe mich damit in die Umkleidekabine.

Fünf Minuten später komme ich mit einem schwarzen Shirt unter meinem Pullover und dem anderen in der Hand durch den Vorhang. Mit einer ausladenden Geste werfe ich das eine Shirt zurück auf den Wühltisch. Zum Glück hat mich keiner beobachtet.

Endlich kommt Lil zurück. Tatsächlich ist neben Fleisch und Bier einiger Weiberkram im Einkaufskorb, unter anderem ein durchsichtiger Tanga aus lila Spitze.

Ich frage mich, ob sie den absichtlich dazugelegt hat. Ihr herausfordernder Blick, als sie bemerkt, dass ich ihn entdeckt habe, bestätigt meine Vermutung.

»Du bist wirklich krank, Lil!«, sage ich zu ihr, während wir zum Auto gehen.

»Wieso, wer sagt denn, dass du den jemals zu Gesicht bekommen wirst? Luke wird ausflippen, wenn er ihn mir ausziehen darf.«

Ja, klar! Verdammt noch mal, diese Frau ist wirklich nicht ganz dicht.

»Na, dann hoffe ich für dich, dass Luke später noch in der Lage ist, das winzige Ding an dir zu finden.« So, wie ich Luke kenne, ist er längst breit, wenn wir zurück sind.

Lil presst die Lippen aufeinander und starrt stur geradeaus. Ich schließe demonstrativ die Augen und beende somit das Gespräch über Tangas und Lils Sexleben.

***

»Wir sind da!« Unsanft verpasst sie mir einen Rempler gegen den Oberarm.

Erschrocken fahre ich hoch. Ich bin tatsächlich eingedöst.

»Scheiße, Lil. Erschreck mich doch nicht so!«

Lil verdreht die Augen. Offenbar ist sie gekränkt, weil mir ihre Sticheleien total egal sind.

Wie ein hundertjähriger Rentner quäle ich mich aus dem Fahrzeug. Ich will gerade die Tür zuschlagen, als mich Lils Stimme zurückhält.

»Kai?«

Völlig entnervt drehe ich mich um. »Was willst du von mir?«

Sie zupft nervös an ihren pinken Haarsträhnen. »Du bist sauer, weil ich … weil ich da mitgemacht habe, oder? Weil wir dich fertiggemacht haben …«

Sauer? Tickt sie noch richtig? Sauer bin ich wegen ganz anderer Sachen.

»Äh .. Lil, sorry, aber das geht jetzt …«

»Es tut mir leid, Kai. Ich wollte dich nicht so verletzen, aber ich war eifersüchtig wegen dieser kleinen Bitch.«

Wenn sie Ann noch einmal Bitch nennt, vergesse ich meinen Ehrenkodex, niemals eine Frau zu schlagen.

Lil lacht leise. »Dabei hätte ich nur ein bisschen warten müssen. Es hat ja sowieso nicht lange gehalten. Menschen wie deine Kleine leben in einer anderen Welt. Für sie war es wahrscheinlich nur eine Art Mutprobe, mit dem Bad Boy der Schule zusammen zu sein. Ein Fehltritt, um ihren Eltern eins auszuwischen.«

Wie kann sie sich anmaßen solche Behauptungen aufzustellen! Ich könnte kotzen vor Wut. Ich ramme meine rechte Hand in die Hosentasche, um nichts Unüberlegtes zu tun, und knalle die Autotür ins Schloss.

Während der gesamten Rückfahrt auf meinem Motorrad denke ich an mein letztes Gespräch mit Ann zurück. Etwas Nasses benetzt meine Wangen. Verwundert sehe ich zum Himmel, von dem nicht ein einziger Regentropfen fällt. Verfluchte Scheiße, ich heule!

7. Kapitel

Annabell

Auf dem Parkplatz am Baggersee ist die Hölle los. Schnell dränge ich mich neben Luise, damit Jannik nicht auf die Idee kommen kann meine Hand zu ergreifen. Er sieht wie immer aus – wie aus dem Ei gepellt. Das blonde, streng nach hinten gegelte Haar sitzt perfekt und über der weißen Hose trägt er ein hellblaues Hemd und eine dunkelblaue Strickjacke. Die braunen Slipper und die Joop-Brille komplettieren das Outfit. Man sieht ihm an, dass er aus reichem Hause stammt, worauf er bestimmt ungeheuren Wert legt. Im Gegensatz zu seinem Bruder Ben, dem das längere Haar ein wenig wirr ins braungebrannte Gesicht fällt und der in seiner Jeans und dem Poloshirt herrlich unauffällig daherkommt.

Wir gehen in Richtung Baggersee und es wundert mich, dass Jannik die Nummernschilder der Autos auf dem Parkplatz gar nicht fotografiert hat, wie er es sonst gerne tut. Er hat nämlich Angst, dass jemand seiner Luxuskarosse einen Kratzer zufügen könnte.

Als wir aus dem Schatten der Bäume treten, bietet sich uns ein atemberaubendes Bild. Unmittelbar am Wasser befindet sich eine riesige Bühne, auf der eine Rockband gerade ihr Bestes gibt. Bunte Laserlichter schießen in den Abendhimmel und lassen ihn fast bizarr, fern jeglicher Realität erscheinen.

Rund um die wogende Masse aus tanzenden Menschen entdecke ich Handtücher und Decken, auf denen Pärchen am Boden liegen und knutschen oder Jugendliche trinken.

»Verflixt, ich habe die Decke im Auto vergessen«, sagt Ben in diesem Moment. »Bin gleich wieder da.«

»Lass gut sein, Ben. Du willst dich doch nicht ernsthaft in den schmutzigen Sand da setzen?« Jannik rümpft die Nase.

Klar, dass er das nicht will, es bestünde ja die Gefahr, dass seine ariel-reine weiße Hose ein Fleckchen abbekommt! Der Typ ist wirklich so was von zimperlich!

»Ich hab ja auch nicht vor, mich zu *setzen*«, sagt Ben und wirft Luise ein verführerisches Lächeln zu, bevor er davonjoggt.

Ich verdrehe die Augen, so viel zum Thema, dass die beiden Jannik im Blick behalten. Wenn sie sich knutschend im Sand wälzen, wird das kaum möglich sein.

»Ich hole einstweilen etwas zu trinken«, verkündet Jannik. »Haben die Damen einen besonderen Wunsch?«

Allein seine gestelzte Frage nervt mich aufs Neue.

»Eine Cola«, verlangt Luise.

»Für mich einen Caipi.«

Luise runzelt die Stirn, sagt jedoch nichts, was in diesem Moment auch besser ist. Ich bin so gereizt, dass meine Erwiderung alles andere als freundlich ausfallen würde.

Jannik schiebt sich durchs Gedränge und ich will soeben Luise fragen, ob sie mit mir zur Bühne vorgeht, als Ben schon zurückkommt und ihr die Decke um die Schultern legt.

Luise kuschelt sich an ihn und streckt ihm ihr Gesicht entgegen, woraufhin Ben sofort seine Lippen auf ihre legt.

Toll! Super! Was für ein wunderbarer Abend! Ich fühle mich wie das fünfte Rad am Wagen. Und wenn Jannik wieder aufkreuzt, bin ich wohl das fünfte Rad, das mit einem fetten Nagel zu kämpfen hat, dem ihm jemand hineingestochen hat.

Was für rosige Aussichten! Ich könnte kotzen.

Als Jannik auftaucht, reiße ich ihm fast den Caipi aus der Hand und trinke ihn auf der Stelle leer.

Jannik verzieht das Gesicht. »Äh, soll ich jetzt noch mal gehen?« Er deutet fast anklagend auf mein leeres Glas.

»Keine Sorge, ich werde dich schon nicht überstrapazieren.«

Luise tritt mir gegen das Schienbein.

»Was soll das?«, zische ich ihr zu. »Der nervt einfach!«

»Ich weiß, dass dir der Typ lästig ist. Aber reiß dich ein bisschen zusammen, sonst versaust du uns allen die Stimmung.«

»Ihr hättet mich eben nicht überreden sollen mitzukommen.« Ich verziehe genervt das Gesicht.

»Ann, bitte, lass uns einfach Spaß haben. Okay?« Luise wirft mir einen flehenden Blick zu und in mir regt sich das schlechte Gewissen.

»Du hast ja Recht. Es tut mir leid!«

Schwungvoll hakt sie sich bei mir unter und wir gehen ein paar Schritte auf die Bühne zu.

Inzwischen breitet Ben seine Decke im Sand aus und Jannik holt Getränkenachschub.

Nach ein paar Minuten kommt der Großkotz mit einer Flasche Champagner zurück. Weiß der Geier, wo er die aufgetrieben hat.

***

Nachdem wir eine Weile der Musik gelauscht haben, beginnt sich meine Vorahnung zu bestätigen. Luise und Ben liegen heftig knutschend neben uns auf der Decke und scheinen nicht nur mich, sondern auch den Rest der Welt völlig vergessen zu haben.

Ich koche innerlich! Nicht dass ich ihnen ihr Glück nicht gönnen würde, aber müssen sie es ausgerechnet jetzt zur Schau stellen?

Jannik rückt mir immer näher und bald habe ich alle Hände voll damit zu tun, seine plumpen Annäherungsversuche abzuwimmeln.

Als seine Hand schließlich hinten in mein Shirt krabbelt, habe ich die Nase voll.

»Ich geh mal eben zur Toilette«, sage ich und mache mich mit dieser fadenscheinigen Ausrede aus dem Staub.

Ich bin schon ein wenig angeheitert, als ich die Bar erreiche und dort einen weiteren Caipi bestelle.

Mit dem Glas in der Hand dränge ich mich durch die vielen Körper nach vorne zum Bühnenrand. Einer der Tanzenden rempelt mich an und ich gerate ins Straucheln. Verzweifelt versuche ich mein Glas in der Luft zu balancieren und nicht selbst auf den Boden zu stürzen, als eine Hand mich packt und auffängt.

Ich hebe den Kopf und erstarre. Vor mir steht niemand anderes als Kai. Ich betrachte ihn wie eine Fata Morgana oder den Erzengel persönlich.

»Ann?« Er scheint genauso verblüfft zu sein wie ich.

Sein Blick fällt auf das Glas in meiner Hand, dann mustert er mein Gesicht. »Das wievielte ist das?«

AHHH! Ich möchte ihn anschreien, schlagen und vor allem … küssen.

Wie kann er, nachdem er mich schon zwei Tage lang ignoriert hat, so eine geistlose Frage stellen? Ich überlege, ob ich ihm den Inhalt meines Glases über den Kopf gießen soll, als er selbst danach greift und es mir aus der Hand nimmt.

»He, was soll das? Gib das sofort wieder her!«

Doch der Idiot verzieht keine Miene, setzt es an seine Lippen und trinkt es in einem Zug leer. Jetzt will ich ihn nicht mehr küssen, sondern nur noch schlagen. In diesem Augenblick jedenfalls.

»Was soll der Mist!«, fahre ich ihn an, als er mir den leeren Becher in die Hand drückt.

»Ich wollte dich nur vor einer Dummheit bewahren.« Er wendet sich grinsend von mir ab.

Das ist doch der Gipfel! Er tut so, als ob zwischen uns nie etwas gewesen wäre, und mit seiner abartig überheblichen Art treibt er mich in den Wahnsinn.

»Leck mich doch!«, murmele ich vor mich hin, aber der Schmerz sitzt tief in meiner Brust.

Und dann regt sich der Trotz in mir – dem werde ich beweisen, dass er mir überhaupt nichts zu sagen hat!

Als ich mich wieder durch die tanzende Menge dränge, hoffe ich darauf, dass er mir folgt. Doch das tut er nicht.

Es ist mir völlig egal, ob Jannik hinter den Tanzenden auf mich wartet. Mich interessiert es nicht, ob Luise und Ben mich suchen. Wahrscheinlich tun sie das sowieso nicht und schlecken sich nach wie vor nur ab.

Mein Ziel ist wieder die Bar, wo ich diesmal nicht einen, sondern gleich drei Caipis bestelle. Zur Hölle mit irgendwelchen Besserwissern!

»Prost, Kai! Auf dich!«, murmele ich sarkastisch und stürze einen Drink nach dem anderen herunter.

Nachdem mir einer der Barkeeper noch zwei Whisky Sour spendiert hat – wohl in der Hoffnung, dass er dann mit mir flirten kann –, beginnt sich in meinem Schädel alles zu drehen. Endlich setzt die gewünschte Wirkung ein, auch Leck-mich-am-Arsch-Gefühl genannt.

Ich bin jetzt so weit, dass ich Kai nicht nur ein Mal, zwei Mal oder hundert Mal schlagen will. Ich würde ihn am liebsten auf die schlimmste Weise quälen.

Bei der Vorstellung muss ich leise kichern.

»Annabell?«

Mist! Vor mir steht Luise mit einer Cola in der Hand. Anscheinend will sie ihre Zunge heute doch noch in was anderes als Bens Rachen stecken.

»Hallo, beste Freundin!«, giggele ich und lege ihr einen Arm um die Taille, wofür ich einen entsetzten Blick ernte.

»Bella, spinnst du? Du bist ja total dicht.«

Ich kichere. »Ja, und es ist sooo lustig. Willst du auch mal?« Ich strecke ihr den Becher mit dem letzten Rest meines Whisky Sour entgegen.

»Äh, nein danke!« Sie stößt meinen Arm weg, wobei mir der Becher aus der Hand fällt.

»Oh, jetzt ist er leer!«

Luise schüttelt den Kopf. »Dein Vater wird dich umbringen, wenn du so nach Hause kommst. Was hast du dir eigentlich dabei gedacht, dich so volllaufen zu lassen?«

»K...keine Ahnung. Es ist eine Party, da soll man doch Spaß haben, oder nicht?« Ich versuche schwankend das Gleichgewicht zu halten.

Luise rollt mit den Augen. »Man kann den Spaß aber auch übertreiben, findest du nicht?«

Ich zucke mit den Schultern.

»Stell dir vor – Kai ist hier!« Schnell beiße ich mir auf die Lippen, denn eigentlich wollte ich ihr das gar nicht sagen.

Luise seufzt tief. »Daher weht also der Wind.« Sie rüttelt mich an den Schultern. »Wach auf, Bella! Er ist es nicht wert. Sieh nur, wohin er dich gebracht hat. Du warst doch vorher nie so drauf. Komm, ich glaub, du hast jetzt genug. Wir bringen dich nach Hause.«

Ich reiße mich los. »Nein, sicher nicht. Wir sind gerade erst gekommen und ich habe noch lange nicht zu Ende gefeiert!«

Luise schüttelt den Kopf. »Ich hole jetzt Ben, vielleicht kann der dich zur Vernunft bringen.«

»Ja, am besten holst du auch gleich noch Jannik dazu! So hätte er sich unser Rendezvous sicher nicht vorgestellt.« Meine Stimme trieft jetzt vor Sarkasmus.

Von wegen beste Freundin! Pah!

»Ich werde tunlichst vermeiden, dass Jannik dich in diesem Zustand sieht, sonst bist du vollends geliefert. Du kannst von Glück sagen, wenn wir es irgendwie schaffen, dass dein Vater nicht Wind von der Sache bekommt.«

»Ach, mach doch, was du willst«, brumme ich.

Ich bin hier, um mich zu amüsieren, und das werde ich jetzt auch tun, nehme ich mir vor. Ich weiß nur noch nicht, wie. Krampfhaft beginne ich zu überlegen, soweit das mit meinem benebelten Hirn noch möglich ist. Mein Blick schweift suchend herum und bleibt schließlich an der Bühne und der tobenden Meute hängen.

Stagediving! Das ist es! Das wollte ich schon immer mal ausprobieren. Ich fand das auf Konzerten immer cool und habe die Leute bewundert, die es sich getraut haben.

Ich schiebe mich nach vorne zur Bühne und ehe mich jemand aufhalten kann, bin ich schon die Stufen hinaufgeklettert. Ich starre auf das Wasser des Badesees, der so still und ruhig auf der anderen Seite der Wiese liegt, und auf die Menge, die vor mir grölt und rockt, und ehe ich es mir anders überlegen kann, lasse ich mich fallen.

Kai

Mein Blick fällt auf die Bühne und ich werde kreideweiß. Was zur Hölle macht sie dort oben? Dreht sie jetzt völlig durch?

Ich unterdrücke einen Schrei, als sie sich mit dem Gesicht voraus in die Menge fallen lässt.

Mit weit aufgerissenen Augen sehe ich zu, wie die Tanzenden sie auf ihren Händen quer über den Platz balancieren. Ich bin kurz davor, jedem, der ihren Körper berührt, die Faust ins Gesicht zu rammen.

Ich folge ihrem Ritt durch die Menge und bleibe am Rand stehen, um sie als einer der Letzten aufzufangen. Einen Typen, der sie sich greifen will, stoße ich wutentbrannt zur Seite, ich fasse ihre Taille und lasse sie an meiner Brust nach unten rutschen.

Sie macht ein verblüfftes Gesicht, als sie entdeckt, von wem sie gehalten wird.

»Du?«

Sie nuschelt ein wenig und ich ahne, dass meine Aktion mit dem Becher vorhin nicht viel genutzt hat. Ihre Augen wirken glasig und ich bin mir sicher, dass sie erneut getrunken hat.

»Ja, ich! Was für eine Überraschung, nicht wahr?«, sage ich grimmig und überlege, ob ich sie von mir schieben oder das wunderbare Gefühl, ihre Haut zu berühren, genießen soll.

»Das war so geil da oben!«, stammelt sie. »Ich glaube, ich will noch mal!« Mit glänzenden Augen schiebt sie mich zur Seite.

»Hiergeblieben!« Ich erhasche eine ihrer Gürtelschlaufen und ziehe sie zu mir.

»Lass mich los!«, kreischt sie und trommelt mit ihren kleinen Fäusten gegen meine Brust.

Um mich vor weiteren Schlägen zu schützen, ziehe ich sie so nah an mich, dass sie keinen Finger mehr rühren kann.

Ich spüre, wie ihre Gegenwehr erlahmt und sie in meine Arme sinkt.

Verfluchte Scheiße, was ich da gerade mache, ist definitiv nicht die richtige Art, sie von mir fernzuhalten.

Ich fühle ihren Herzschlag an meiner Brust und ihren Atem, der auf meine Schulter trifft und sämtliche Nervenzellen meiner Haut zum Explodieren bringt.

»Mach so einen Scheiß nie wieder. Das kann verdammt böse enden. Es gibt tausend andere Möglichkeiten, das Adrenalin in die Höhe zu treiben, die weit ungefährlicher sind.«

Sie hebt ihren Kopf und blinzelt mich an.

»Oh ja, das stimmt«, haucht sie und ehe ich mich dagegen wehren kann, presst sie ihre unglaublich weichen Lippen auf meinen Mund.

Überrascht halte ich die Luft an. Heilige Scheiße, in was habe ich mich da hineingeritten?

Ich will, nein, ich muss sie von mir stoßen, doch ich bringe es nicht fertig. Ihr warmer Kuss bringt mein Inneres zum Schmelzen und mein Gefühl überwältigt mich.

Ihre Zunge schiebt sich in meinen Mund und ich schmecke den herben Geschmack des Alkohols und ihre herrlich süßen Lippen.

Wie kann sich etwas, das verboten ist, so unglaublich richtig anfühlen?

Ich habe keine Ahnung, wie ich es schaffen soll, das hier zu beenden, bis mir ein Volltrottel im Vorbeigehen den Ellbogen in die Seite stößt und ich vor Schmerz zusammenzucke.

»Alles okay?« Besorgnis spricht aus ihren Augen.

»Es ist nur meine Rippe.« Endlich gelingt es mir, meine Arme von ihr zu lösen.

Sie legt mir ihre Hand an die Wange und sieht mich so liebevoll an, dass ich instinktiv zurückweiche.

Sie scheint es zu bemerken, denn ihre Hand ist auf einmal weg und zurück bleibt nichts als Kälte.

»Was ist passiert, Kai? Warum bist du auf einmal so abweisend?«

Zur Hölle, ich will nicht reden. Ich kann nicht lügen. Wie soll ich etwas aussprechen, das gar nicht zu den Worten passt, die mir auf der Zunge liegen?

Ich kann ihr Gesicht mit den leuchtenden Augen und den vollen Lippen nicht länger ansehen. Ich kann es nicht ertragen. Ich kann sie nicht bei mir haben, ohne ihr nahe sein zu wollen.

Also tue ich das Einzige, was ich gerade tun kann. Ich gehe davon. Ich drehe mich um und lasse sie einfach stehen. Es bricht ihr wahrscheinlich das Herz und ich spüre, wie meines gerade aufhört zu schlagen. Seltsam, wieso ich trotzdem aufrecht weitergehen kann.

8. *Kapitel*

Annabell

Mit brennenden Augen sehe ich, wie er mich erneut ohne Erklärung verlässt.

Für mich bricht die Welt zusammen. Er, von dem ich glaubte, dass er mich liebt, geht einfach, ohne ein Wort.

Ich will ihm hinterherlaufen und ihn anflehen, mit mir zu reden und mich nicht zu verlassen. Ich will ihn bitten, dass er mich festhält, bis in alle Ewigkeit.

Doch ich kann mich nicht von der Stelle bewegen, mein Herz ist so schwer und meine Beine fühlen sich an wie Blei. Nur meine Augen verfolgen ihn, bis er schließlich aus meinem Blickfeld verschwunden ist.

Ich kann nicht verstehen, dass die Leute um mich herum meinen Schmerz nicht wahrnehmen können. Er ist so groß und schwer, dass ich das Gefühl habe, er erdrückt mich. Doch niemand schenkt mir Beachtung, das Leben um mich herum pulsiert und ich bin innerlich ausgebrannt und tot.

Jemand packt mich am Arm und zieht mich mit sich. Durch einen Schleier aus Tränen sehe ich, dass Luise und Ben vor mir hergehen.

Luise wendet sich an Ben. »Sag du ihr, dass sie ihn vergessen soll. Auf mich hört sie nicht. Sieh dir an, was er mit ihr gemacht hat.«

Ben schüttelt fassungslos den Kopf. »Ich ... ich verstehe gar nichts mehr. Kai ...« Er bricht ab und legt mir fürsorglich den Arm um die Schulter. »Komm, wir setzen uns hinten ans Wasser, da ist es ruhiger.«

Willenlos lasse ich mich mitziehen. Die Erde schwankt unter meinen Füßen und ich komme mir vor, als würde ich in einem Karussell sitzen.

Leider scheint jemand Gefallen daran zu haben, das Karussell immer schneller zu drehen, und meine Beine verlieren plötzlich jeglichen Halt. Ich gerate ins Straucheln, stolpere und falle nach vorne. Luise und Ben fangen mich im letzten Moment auf.

»Warum tut er mir das an?«, nuschele ich ununterbrochen. Heiße Tränen sammeln sich zwischen meinen Lippen.

»Wenn du wieder nüchtern bist, werde ich ein Hühnchen mit dir rupfen!«, schimpft meine Freundin.

Ich will etwas erwidern, doch meine Antwort wäre sicher nicht sehr geistreich ausgefallen, da mein Hirn sich anfühlt wie in Watte gepackt. Im selben Moment schmecke ich den säuerlichen Geschmack von Erbrochenem in meinem Mund und der Würgereiz setzt ein. Ehe ich es verhindern kann, ergießt sich ein Schwall davon auf meine Hose und die Schuhe. Oh mein Gott! Nicht schon wieder!

Meine Hände zittern und der Magen flattert. Kraftlos sinke ich zu Boden.

»Bella! Bella, steh auf! Ben, hilf mir doch!«

Es kommt mir wie ein Blick in eine andere Realität vor, als ich sehe, wie Luises Freund auf mich zueilt und mich beide zusammen wieder aufrichten. Mein Kopf fällt auf Luises Schulter und Ben fährt mir mit irgendetwas Nassem über das Gesicht.

»Kai ...«, höre ich mich selbst wie durch einen dichten Nebel schluchzen.

»Du muss ihn suchen und hierher holen!« Meine Freundin klingt verzweifelt. Wen soll er suchen? Ben soll Jannik holen? Diesen Schnösel mit seinen weißen Designerklamottten?

Die Vorstellung von seinem Gesichtsausdruck, wenn ich ihm auf die schneeweiße Hose kotze, amüsiert mich so, dass ich zu kichern beginne. Ich lache immer lauter, wilder, fast hysterisch. Ich kann mich nicht beruhigen.

Luise schüttelt mich. »Dreh nicht durch, Ann. Dreh bitte nicht durch. Er wird gleich kommen, dann könnt ihr reden.«

Reden? Wer will schon mit Jannik reden, geschweige denn ihn sehen.

»Als Erstes werde ich ihm auf seine beschissene Hose kotzen!«, nuschele ich.

Luise greift nach meinen Schultern und richtet mich so weit auf, dass ich gezwungen bin ihr in die Augen zu sehen.

»Du bist wirklich übergeschnappt, beste Freundin! Wieso solltest du so etwas tun, glaubst du, dass er dann auch nur ein einziges Wort mit dir redet?«

»Na und«, antworte ich. »Findest du nicht auch, dass er in seiner weißen Hose irgendwie ... schwul aussieht?« Ich kiekse erneut.

Luise wirft mir einen Blick zu, als hätte sie es mit einem Geistesgestörten zu tun.

»Von wem redest du eigentlich?«

»Na, von Jannik natürlich, diesem Großkotz! Von wem denn sonst?«

Luise streicht mir eine feuchte Haarsträhne aus dem Gesicht.

Verflixt, sogar meine Haare sind voll mit Erbrochenem.

»Jannik ist bereits nach Hause gefahren, Bella.«

»Nach Hause? Aber warum ... was hast du ihm ...?«

Luise legt mir den Finger auf die Lippen. »Es ist alles in Ordnung. Ich habe ihm gesagt, dass du deine Tage bekommen hast und momentan auf der Toilette sitzt. Dass ich mich um dich kümmere und du gerne bei mir übernachten würdest.«

Entsetzt starre ich sie an. »Das hast du nicht wirklich gesagt, oder?«

»Sorry, mir ist auf die Schnelle nichts Besseres eingefallen, um ihn zu vertreiben.«

»Mein Vater ...«

»Den übernehme ich auch. Ich werd ihn gleich anrufen.« Luise grinst komplizenhaft.

Ich will mich gerade bei ihr bedanken, dass sie mir aus der Patsche hilft, als ich erneut würgen muss. Ich kann mich gerade noch rechtzeitig nach vorne lehnen, bevor mir die Soße über das Kinn läuft.

Luise streichelt meinen Rücken.

»Scheiße, Bella. Verfluchte Scheiße. Wenn das nicht besser wird, müssen wir ins Krankenhaus.«

»Auf gar keinen Fall«, keuche ich. »Mein Vater bringt mich um, und das meine ich genau so, wie ich es sage.«

Wie durch einen dichten Nebel höre ich Stimmen, die auf uns zukommen.

»Gott sei Dank. Da ist er!«, höre ich Luise seufzen.

Kai

Als Ben mir erzählt hat, was Sache ist, bin ich beinahe ausgerastet. Dieses dumme Mädchen! Am liebsten würde ich ihr den Hals umdrehen. Kaum wendet man ihr den Rücken zu, macht sie irgendeinen beschissenen Blödsinn.

Trotzdem wollte ich zuerst nicht mit und habe Ben eine Ausrede nach der anderen serviert. Verdammt, ich kann ihm doch nicht sagen, dass ich fast mit meiner Schwester geschlafen hätte! Das klingt so widerwärtig und fühlt sich absolut scheiße an.

Der kleine Pisser hat jedenfalls ganze Überzeugungsarbeit geleistet und irgendwann bin ich doch mit ihm gegangen.

***

Aber schon während wir auf dem Weg zu ihr sind, weiß ich, dass ich gerade den nächsten beschissenen Fehler mache.

Ich sollte mir das »Loser« am besten auf die Stirn schreiben.

Ich könnte ihr den Hals umdrehen dafür, dass sie schon wieder so hacke ist. Die Kleine macht nichts als Ärger. Die Scheiße ist bloß, dass ich verdammt noch mal auf sie stehe.

Ich werde ihr gleich richtig die Meinung geigen, darauf kann sie sich gefasst machen ...

Doch kaum sehe ich sie da am Seeufer bei ihren Freunden liegen, bricht es mir schier das Herz.

Oh! Mein! Gott! Sie hängt elend in Luises Armen und sieht so beschissen aus – und ist dennoch wunderschön. Das Schlimmste für mich ist, dass ich genau weiß, dass ich derjenige bin, der schuld an ihrem Zustand ist. Aber was kann ich dafür, dass ich sie ins Unglück stoßen musste? Ich hatte doch gar keine andere Wahl!

»Ann?«

Ich sehe, wie sie bei meiner Stimme zusammenzuckt, als hätte sie etwas gestochen. Sie liegt auf Luises Schoß und ist ... sternhagelvoll!

»Verzieh dich!«, nuschelt sie. Doch ich sehe, dass sie nicht wirklich meint, was sie sagt. Sie scheint vollkommen neben der Spur.

»Sie ist völlig betrunken, Kai. So kenne ich sie nicht. Ben und ich dachten, dass sie dich jetzt dringend braucht. Wir hatten keine Ahnung, was wir tun sollen.«

Scheiße, woher soll ich denn wissen, was ich jetzt tun soll.

»Sie sieht übel aus. Sie gehört in ein Krankenhaus«, höre ich mich sagen, bevor ich überhaupt registriere, was ich da von mir gebe. Ihr Vater wird sie zu Tode prügeln, falls das alles herauskommt.

»Das habe ich ihr auch schon gesagt, aber sie weigert sich«, erwidert Luise. Sie sieht völlig verzweifelt aus.

»Mensch, Kai, ich dachte, du liebst sie!«, meldet sich nun Ben zu Wort. »Was ziehst du da ab mit ihr? Das hätte ich nicht von dir gedacht ...« Ben steht neben mir und wirft mir vorwurfsvolle Blicke zu. Wenn er wüsste ...

Doch im Moment interessiert mich der Typ einen Scheißdreck.

Ich gehe vor den beiden Mädchen in die Knie und streiche Ann, deren Blick zu Boden gesenkt ist, das Haar hinter die Ohren. Ihre Frisur hat sich völlig aufgelöst und ich sehe, dass sie ihre langen Locken nun ein ganzes Stück kürzer trägt.

»Hey!« ist alles, was ich rausbringe, aber ihr Kopf zuckt ruckartig nach oben. Ich habe noch nie gesehen, wie sich so viele widerstreitende Gefühle binnen Sekunden in einem Gesicht spiegeln können.

»Verzieh dich!«, lallt sie.

Am liebsten würde ich ihr gehorchen, weil ich weiß, dass es das Beste wäre. Doch ich kann nicht.

Sie wirkt so hilflos und verloren und Luise und Ben starren mich an, als wäre ich der Erzengel persönlich. Zur Erde gekommen, um das Mädchen hier zu retten.

»Was machst du nur?«, murmele ich und verberge mein Gesicht in meinen Händen.

Plötzlich spüre ich, leicht wie den Flügelschlag eines Schmetterlings, ihre Finger in meinem Haar. Es war nur für den Bruchteil einer Sekunde und doch ging mein Herz in Flammen auf.

Mir wird klar, dass ich der Einzige bin, der sie aus dieser Katastrophe befreien kann. Sie braucht mich, mehr denn je. Und was wäre ich für ein gottverdammtes Arschloch, wenn ich ihr diese Hilfe verweigern würde.

»Ich kümmere mich um sie«, verspreche ich Luise und sehe ihr fest in die Augen.

Annabells Freundin nickt. »Darauf habe ich gehofft«, sagt sie, legt Annabell behutsam von ihrem Schoß auf das weiche Ufergras und steht auf. »Sie wird sich wieder erholen, aber nur, wenn du bei ihr bist. Weißt du eigentlich, wie sehr sie dich liebt, du Volltrottel?«, fügt sie noch hinzu.

Zur Hölle, weiß Luise eigentlich, wie sehr ich Ann liebe?

Ich sehe, wie Ben neben Annabells Freundin tritt und seine Hand sich in ihre schiebt.

»Bau jetzt bloß keinen Mist, Kai!«, sagt er, ehe er Luise mit sich zieht.

Verflucht! Sie lassen mich tatsächlich mit meiner Schwester alleine ...

»Bleib bei mir«, flüstert sie, ehe ihre Stimme bricht. Ich sehe, wie ihre Lider schwer werden und ihr die Augen zufallen.

Hier kann sie nicht bleiben, ihre Kleidung ist mit Kotze bespritzt und immer wieder kommen Leute vorbei, die uns neugierige Blicke zuwerfen.

Behutsam hebe ich sie hoch und versuche dabei, ihr nicht ins Gesicht zu sehen und mir vorzustellen, ich würde eine andere tragen, die mein Herz nicht in Aufruhr versetzt. Leider scheitern meine Bemühungen, bevor ich überhaupt richtig damit angefangen habe. Wie von selbst gleiten meine Augen über ihre Wangen und ihre Lippen.

Es kostet mich eine große Willenskraft, meinen Mund nicht auf den ihren zu pressen, obwohl sie übel nach Erbrochenem riecht.

Ich setze mich mit ihr unter eine Baumgruppe, die fernab des Geschehens ein Stück hinter der Bühne steht.

***

Keine Ahnung, wie lange ich sie festgehalten und einfach angesehen habe. Jetzt schläft sie. Ruhig und friedlich. Ab und zu tasten ihre Hände nach meinem Oberkörper, als würde sie sich im Schlaf vergewissern wollen, dass ich noch da bin.

Das Schicksal ist wirklich ein Arschloch, dass es uns beiden so etwas antut.

Ich hasse meine Mutter dafür, dass sie nicht von Anfang an Klartext geredet hat. Dann wäre es vielleicht nie so weit gekommen. Ich hätte mich zurückgezogen, bevor ich mich Hals über Kopf in sie verliebt hätte.

Aber es war doch schon zu spät, als du ihr an der Haltestelle zum ersten Mal in die Augen gesehen hast, sagt meine verfickte innere Stimme, der ich am liebsten einen Knebel in den Mund gestopft hätte.

Ich spüre, wie sie im Schlaf leicht zittert.

Zur Hölle, ich kann nicht die ganze Zeit bei ihr sitzen, das steh ich nicht durch. Und wohin, bitte, soll ich heute Nacht mit ihr? Wir haben hier auf den Decken gepennt, aber das ist nicht der richtige Ort für sie. Abgesehen davon werde ich von den anderen wahrscheinlich eins auf die Fresse bekommen, wenn ich sie anschleppe. Dabei sind noch nicht mal meine letzten Blessuren verheilt. Außerdem läuft ihr Vater Amok, wenn sie heute Nacht nicht zu Hause auftaucht.

Ich streiche mir mein Haar aus der Stirn und ehe ich begreife, was ich da tue, hauche ich ihr einen Kuss auf die Wange. Fuck! Fuck! Fuck! Ich halte das nicht aus. Um nicht weiter in Versuchung zu geraten, sie mit Zärtlichkeiten zu überhäufen, lasse ich sie langsam ins Gras gleiten und entferne mich so schnell von ihr, als hätte ich mich an ihr verbrannt.

***

Seitlich der Bühne stoße ich auf Ben und Luise, die betroffen und verwundert zugleich wirken, als sie mich sehen. Wahrscheinlich fragen sie sich, warum ich schon wieder hier bin und das noch dazu alleine.

»Du hast sie einfach da liegenlassen?« Fassungslos starrt Luise mich an.

Heilige Scheiße, wenn die wüsste ... Es war das einzig Richtige für uns beide. Aber jetzt sollte ich wohl besser den Coolen spielen.

Ich stelle mich möglichst lässig vor sie hin und vergrabe die Hände in den Hosentaschen. »Nächstes Mal solltest du dich eben selbst um sie kümmern. Ich hab euch nicht darum gebeten, ihren Babysitter spielen zu dürfen.«

Luise ballt die Hände zu Fäusten, sie funkelt mich böse an.

»Du hast ihre Liebe nicht verdient. Ich habe wirklich keine Ahnung, was sie an einem Idioten wie dir findet.«

»Tja, meine Qualitäten liegen eben in einem anderen Bereich. Du kannst sie gerne mal kennenlernen.« Jetzt ist mir alles egal. Provozierend schaue ich die beiden an und warte darauf, dass Ben mir dämlich kommt.

Doch der lacht bloß. »Lass den Scheiß, Kai. Hör auf, meine Freundin anzumachen, sonst muss ich mich mit dir prügeln, und in deinem Zustand hättest du schlechte Karten.«

Erleichtert grinse ich.

»Warum nimmst du Annabell nicht mit zu dir?«, fährt er fort. »Ihr redet, wenn sie wieder wach ist, und Luise und ich holen sie morgen früh bei dir ab. Luise hat ihrem Vater gesagt, dass sie bei ihr übernachtet.«

»Das geht nicht«, blaffe ich. Mann, ist der Typ nervig.

»Aber zu mir kann sie auch nicht«, sagt Luise. »Wenn meine Eltern aufwachen und sie in diesem Zustand sehen ... dann kriegen wir definitiv Ärger.«

Shit! Das läuft ja wieder wunderbar. Mein Leben ist wie eine Kuhweide, ich trete von einer Scheiße in die nächste.

»Dann gehen wir eben zu mir.« Ben sieht mich an. »Ich wohne im Keller und hab einen extra Eingang. Niemand wird etwas merken.«

War ja klar, dass Prinz Charming über eigene Gemächer verfügt.

***

»Kai? Wo willst du hin?«, fragt Ben, als Ann auf dem Rücksitz seines Wagens liegt, und ich mich gerade verpissen will. Am besten, ich bring das alles möglichst schnell hinter mich und bin weit fort, ehe sie aufwacht und mich mit flehenden Blicken und Fragen bombardiert.

»Bist du etwa meine Mami?«

»Dein Glück, dass ich es nicht bin, denn dann hätte ich dich längst in ein Heim für schwer erziehbare Kinder gesteckt.« Ben hat die Stirn gerunzelt.

Unfreiwillig muss ich grinsen. Mir gefällt seine Schlagfertigkeit und dass er vor mir nicht den Schwanz einzieht.

»Du wirst schön brav mitkommen, Alter. Es ist schließlich deine Freundin.«

Scheiße, das ist sie nicht! Sie ist meine verfickte Halbschwester.

»Wer sagt das?«

Ben steigt auf der Fahrerseite ein und verdreht die Augen. »Mir ist es im Moment ziemlich schnuppe, was da zwischen euch abgeht. Fakt ist, dass es ihr nicht gut geht und dass das Ganze mit dir zu tun hat. Also wirst du schön brav helfen, sie mit ins Haus zu schaffen. Danach kannst du meinetwegen die Biege machen.«

Jetzt wird es mir allmählich zu viel. Ist der noch ganz dicht zu denken, er hätte mir irgendetwas zu befehlen?

»Jetzt komm schon, beweg deinen Arsch ins Auto.«

Murrend steige ich in den Wagen. Als ich Anns Kopf zur Seite schiebe, setzt sie sich schlaftrunken auf.

»Kai?«, murmelt sie und sieht mich mit glasigen Augen an.

»Schlaf weiter«, sage ich grimmig und sehe demonstrativ zum Fenster hinaus.

Bestürzt beobachte ich, wie sie sich auf meinem Schoß zusammenrollt wie ein kleines Kätzchen. Das ist definitiv zu viel Nähe. Zur Hölle, was habe ich nur verbrochen, dass mich das Leben so quält?

»Geh runter!«, zische ich leise und versuche sie von mir wegzuschieben, woraufhin Luise mich mit Blicken förmlich erdolcht.

Resigniert lasse ich die Arme sinken und überlege, wo ich sie ablegen kann, ohne das Mädchen auf mir zu berühren.

Der eine Arm lässt sich ganz gut am Fenster abstützen, doch der andere ...

Mein Oberkörper tobt vor Schmerz bei dieser unbequemen Haltung, so dass mir schließlich nichts anderes übrig bleibt, als die Hand auf Anns Hüfte abzulegen.

Angestrengt starre ich auf die vorbeifliegende Landschaft und versuche zu verdrängen, wie sich ihr Körper unter meinem Arm anfühlt.

Ich erwache aus meiner Erstarrung, als wir das Anwesen der Familie Plank erreichen und Ben den Wagen in der Auffahrt parkt.

»Und wohin jetzt?«, frage ich Ben und kann nicht verhindern, dass meine Stimme genervt klingt. Ich hasse mich dafür, dass ich meine Gefühle nicht unter Kontrolle habe.

»Hier lang!« Ben nickt mit dem Kopf Richtung Garten, schnappt sich Luises Hand und lässt mich wie einen Volltrottel bei Annabell zurück.

Wut steigt in mir auf – er will wohl, dass ich sie alleine schleppe?

Zwei Minuten später muss ich mir eingestehen, dass ich ihn wieder einmal falsch eingeschätzt habe.

»Sorry, ich musste erst aufsperren«, sagt er und greift unter Annabells Arme.

Zusammen tragen wir sie ins Haus und lassen sie auf das Sofa in seinem kleinen Wohnzimmer gleiten. Ich sehe betreten zur Seite, als Luise ihr die vollgekotzte Hose auszieht.

»Du kannst gerne noch hierbleiben, wenn du willst«, bietet Ben mir an, bevor er Luise seinen Arm um die Taille schlingt. »Wir gehen jetzt schlafen, nicht wahr, Baby?«

Ich rolle mit den Augen und stöhne genervt. Ben lacht und dann verschwinden die beiden nebenan, vermutlich im Schlafzimmer.

Als ich alleine in Bens Wohnzimmer stehe, registriere ich erst, wie heftig meine Rippe schmerzt. Die unbequeme Haltung im Auto und die Schlepperei haben meinen Körper mehr beansprucht, als ihm guttut.

»Fuck«, stöhne ich und lasse mich auf den Rand des Sofas sinken, so weit weg von ihr wie möglich.

Das riesige gemütliche Sofa in L-Form lockt mich verführerisch. Diese Couch kommt mir verglichen mit den Orten, wo ich die letzten Nächte gepennt habe, wie ein seidiges Himmelbett vor.

Ich merke, wie die Müdigkeit an mir zerrt. Erschrocken reiße ich die Lider auf. Bin ich völlig durchgeknallt? Ich werde definitiv nicht hier und schon gar nicht neben ihr die Nacht verbringen.

So schnell es mein abgewrackter Körper erlaubt, stehe ich auf. Noch einmal fällt mein Blick auf ihre schlafende Gestalt. Zögernd gehe ich auf sie zu und ärgere mich im gleichen Moment, dass ich es tue.

Ich rede mir ein, dass ich mich nur von ihr verabschieden will, und das für immer und ewig. Ich hebe die Decke auf, die zusammengefaltet auf einem kleinen Sessel liegt, und breite sie behutsam über ihr aus.

Gerade als ich wirklich und endgültig gehen will, entschlüpft ein Seufzer ihrem Mund, und ich höre, wie sie meinen Namen flüstert.

Ich presse die Finger gegen meine Schläfe, als hätte ich Kopfweh. Diese drei Buchstaben aus ihrem Mund bedeuten mir mehr als alle Worte, die ich jemals gehört habe. Unruhig gehe ich im Zimmer auf und ab. Am liebsten hätte ich sie nie gekannt und mir ihre Liebe aus dem Herz gerissen. Doch beides ist leider unmöglich – und Letzteres völlig undenkbar.

Ich setze mich wieder auf das Sofa und kann das verfluchte Gedankenkarussell einfach nicht stoppen. Es dreht sich und dreht sich und wird immer schneller.

In Bens Kellerwohnung ist es kalt und ich greife nach der zweiten Decke. Ich muss gehen. Ich habe hier nichts verloren. Fuck, ich bin so müde!

9. *Kapitel*

Annabell

Ich habe mir geschworen nicht mehr zu trinken, doch diesen Eid habe ich gebrochen.

Mal wieder. Ich fühle mich wie ausgekotzt. Der Schmerz in meinem Kopf ist unbeschreiblich und die Übelkeit schlimmer als bei dem Virus, den ich mir letztes Jahr eingefangen habe. Zu allem Überfluss ruht mein Kopf auf irgendetwas Hartem. Langsam öffne ich die Augen und erstarre. Wo bin ich? Mein Herz beginnt zu rasen und ich hoffe, dass ich in meinem schwachen Geisteszustand keine Dummheit begangen habe.

Bitte, lass mich nicht mit irgendeinem Kerl nach Hause gegangen sein! Wie ein Mantra schießt mir dieser Satz durch meinen pochenden Schädel. Vorsichtig stemme ich mich hoch und taste im Halbdunkel umher.

Scheiße!, ist alles, was ich denken kann, als ich einen Körper hinter mir spüre.

Wie in Zeitlupe drehe ich den Kopf. Ich bin auf das Schlimmste gefasst. Wie konnte ich nur so dämlich sein? Verblüfft stoße ich die Luft aus und reibe mir mehrmals über die Augen, um mich davon zu überzeugen, dass das, was ich sehe, kein Trugbild ist.

Ich danke Gott im Stillen, dass er mein Gebet nicht erhört hat und dass ich doch mit einem Kerl nach Hause gegangen bin! Und dass es ein Kerl ist, mit dem ich tatsächlich überallhin gehen würde …

Was ist letzte Nacht passiert? Sosehr ich mich auch bemühe, ich weiß es nicht mehr. Meine Erinnerung setzt da aus, als Kai sich von mir abgewandt hat und verschwunden ist. Und jetzt liege ich hier neben ihm … okay, eher *auf* ihm, und habe keine Ahnung, in wessen Wohnung wir uns befinden. Bin ich überhaupt ordentlich angezogen? Ich hebe den Zipfel meiner Decke um ein paar Zentimeter. Nur meine Beine sind nackt. Bei dem Gedanken daran, dass ich vielleicht mit ihm rumgemacht haben könnte, wird mir trotz der bohrenden Kopfschmerzen und der Übelkeit ziemlich heiß.

Der Körper unter mir beginnt sich zu regen. Ich beobachte, wie er die Lider hebt, und dann schenkt er mir einen Blick aus seinen schönen Augen.

»Fuck!«, flucht er, als er mich sieht, und fährt hoch. Augenblicklich greift er sich mit der Hand an die Rippen.

Eigentlich hätte ich mir eine andere Begrüßung von ihm gewünscht. Eher einen sanften Kuss, ein leise gehauchtes »Guten Morgen«, und wenn es unbedingt ein Kraftausdruck sein musste, hätte mir ein »Fick mich!« besser gefallen.

Dieses »Fuck!« und dass er bei meinem Anblick aufgesprungen ist, als ob ich an einem tödlichen Virus mit hoher Ansteckungsgefahr leiden würde, verunsichert und verletzt mich zutiefst.

Mein ganzer Körper bebt, als ich mich aufsetze. Umständlich schlinge ich mir die Decke um die Beine.

Kai fährt sich immer wieder durch das Haar, er wirkt aufgeregt oder verstört. Ich versuche verzweifelt, mir die Ereignisse der vergangenen Nacht ins Gedächtnis zu rufen, doch die Erinnerung will nicht zurückkehren.

In mir toben heftige Gefühle und ich habe rasende Kopfschmerzen. Nervös kaue ich auf meiner Unterlippe.

»Ann, ich ...«

Mein Kopf zuckt zu ihm.

Doch bevor er weiterreden kann, öffnet sich eine Tür und Ben erscheint. Alles klar, nun weiß ich auch, in wessen Wohnung wir uns befinden. Als er Kai erblickt, umspielt ein Lächeln seine Lippen.

»Na, sieh mal einer an! Ich wusste doch gleich, dass du hierbleiben wirst!«, sagt Ben triumphierend, während Kai die Augen verdreht.

Die Atmosphäre wirkt wie elektrisch aufgeladen, als ob ein falsches Wort, ein falscher Blick sie zum Explodieren bringen könnte. Ben scheint es auch zu spüren, denn er bleibt stehen, stützt die Hände in die Taille und lässt seinen Blick forschend zwischen Kai und mir hin und her wandern.

»Ich habe keine Ahnung, was hier zwischen euch läuft, und das ist mir auch egal ... ich muss nur mal kurz wohin ...«

Als Kai ihm einen wütenden Blick zuwirft, verschwindet er im Bad. Wenig später steht er wieder im Zimmer und mustert mich. »Annabell?«

»Ja?« Mein Kopf fliegt zu ihm herum, was augenblicklich dröhnende Schmerzen verursacht.

»Ich will ja nichts sagen … aber eine Dusche würde dir wohl ganz guttun … ach, sieh einfach selbst in den Spiegel.«

Scham überrollt mich wie eine riesige Welle. Ich merke, dass ich nicht besonders gut rieche, und wahrscheinlich sehe ich genauso scheiße aus, wie ich mich fühle.

Unsicher taxiere ich Kai. Wie wird er wohl reagieren, wenn ich jetzt einfach duschen gehe, ohne dass wir ein Wort miteinander geredet haben?

»Bist du noch da, wenn ich fertig bin?«, frage ich, die Türklinke bereits in der Hand. Meine Stimme klingt unsicher, doch wie könnte es auch anders sein.

Kai zuckt mit Achseln. »Keine Ahnung!« Er starrt zu Boden.

»Bitte«!, hauche ich und meine Stimme bricht.

Kai hebt den Kopf und sieht mir in die Augen, in denen Tränen schwimmen. »Ja, meinetwegen. Wenn es sein muss«, sagt er, hörbar genervt.

Ich wickle mir die Decke fester um den Körper und drücke mich schnell durch die Tür, bevor er sieht, dass mir die Tränen jetzt über die Wangen laufen.

***

Ein Blick in den Spiegel bestätigt meine Vermutung. Ich sehe schrecklich aus. Das Gesicht wirkt aufgedunsen und die Augen sind glasig. Schmutzige Tränenspuren verlaufen wie ein abstraktes Muster über meine Wangen. Ich ekle mich vor mir selbst. Meine Hände zittern stark vom Restalkohol, als ich unter die Dusche steige.

Eine Viertelstunde später stehe ich wieder vor der Wohnzimmertür und nehme all meinen Mut zusammen, um mich für das Gespräch zu wappnen, das mir bevorsteht. Ich fühle mich nackt und bloßgestellt, als ich mit nichts als einem Handtuch um den Körper das Zimmer betrete. Die stinkenden Klamotten kann ich unmöglich mehr tragen.

Kai hebt vor Verblüffung die Brauen, als er mich kommen sieht. Und ich habe den Eindruck, dass seine Augen seltsam glänzen. Doch den Bruchteil einer Sekunde später ist seine Miene wie versteinert. Völlig reglos steht er vor mir, bemüht, mir ins Gesicht zu sehen.

Ich gehe einen Schritt in seine Richtung. »Darf ich dich …?«

Kai hebt die Hände. »Halt!«

Ich schlucke schwer. Wieder beißen meine Zähne auf die Unterlippe, bis ich einen metallischen Blutgeschmack im Mund habe.

»Es ist aus.« Er sagt es ganz leise und im ersten Moment bin ich nicht sicher, ob ich mir seine Worte vielleicht nur eingebildet habe.

Wie vom Donner gerührt stehe ich da, unfähig zu weinen oder gar zu schreien. Das kann nicht sein Ernst sein. Drei kurze Worte, die meine Welt in tausend Scherben zerbrechen lassen.

»Was ist passiert?«, wispere ich.

»Finde dich einfach damit ab und lass mich in Ruhe. Ich will dich nicht mehr in meiner Nähe haben.« Und mit diesen Worten verlässt er das Zimmer.

***

Er ist fort. Weggegangen, ohne mir noch einmal in die Augen gesehen zu haben.

Und ich starre eine gefühlte Ewigkeit gedankenversunken ins Nichts. Was habe ich nur falsch gemacht? Wie kann ich damit klarkommen?

Luises Reaktion auf Kais Verhalten fällt nicht gerade freundlich aus.

Bescheuertes Arschloch ist noch eine der nettesten Bezeichnungen, die sie für ihn übrighat. Ben hält sich ziemlich zurück. Ich habe den Eindruck, er will nicht weiter in die Sache hineingezogen werden.

***

Um die Mittagszeit stehe ich in Luises Klamotten vor unserer Haustür und hoffe, dass ich mich möglichst schnell auf mein Zimmer verdrücken kann.

Doch als mein Vater mit einem zornigen Funkeln in den Augen die Tür aufreißt, weiß ich, dass ich das vergessen kann.

Ich schaffe es gerade noch bis in den Flur, bevor seine flache Hand heftig auf meine Wange trifft und dort ein schmerzhaftes Brennen hinterlässt.

Erschrocken weiche ich zurück.

»Wo warst du?«, brüllt er mich an und ich sehe, wie sein Hals und sein Gesicht vor Zorn blutrot anlaufen.

Ich stammele nervös herum. Luise hat mir zwar auf dem Heimweg noch eingebläut bei der Lüge zu bleiben, die sie meinem Vater gestern aufgetischt hat, doch scheinbar hat er sie ihr nicht abgenommen.

»Warst du wieder bei diesem Abschaum?« Er brüllt so laut, dass es in meinen Ohren dröhnt.

»Nein, ich ... wir ...«

»Was?«, schreit er.

»Luise und ich haben bei Ben geschlafen.«

»Ben? Bei welchem Ben? Ben Plank?«

Ich nicke, während meine Beine nur noch aus Pudding bestehen und ich das Gefühl habe jeden Moment zusammenzuklappen.

»Wenn du mich anlügst, prügele ich dich windelweich!«

»Ich lüge nicht, Papa. Ehrlich!«

»Warum wusste dann Jannik nichts davon? Er war heute Morgen hier und hat sich nach dir erkundigt. Dass du bei seinem Bruder übernachtet hast, hat er mit keinem Wort erwähnt.«

Jannik! Diese elende Petze! Ich schwöre, wenn er mich das nächste Mal auch nur anfassen will, dann ramme ich ihm mein Knie in seine Kronjuwelen.

»Jannik ist gestern Abend früher gegangen. Es hat ihm nicht gefallen.«

»Seit du mit diesem Versager unterwegs bist, bist du zu einer notorischen Lügnerin geworden. Ich habe keine Ahnung, was gestern Abend vorgefallen ist, aber ich lasse mich von dir nicht für dumm verkaufen!«

Nervös nestele ich am Saum von Luises Shirt und hoffe, dass ihm nicht auch noch auffällt, dass das nicht meine Klamotten sind.

Drohend baut sich mein Vater vor mir auf und ich registriere völlig verängstigt, wie sich seine Hände zu Fäusten ballen. Mein Hals fühlt sich staubtrocken an. Ich schlucke und versuche verzweifelt das kratzige Gefühl, das mich zu ersticken droht, loszuwerden.

»Wo hast du die Nacht verbracht? Und warum bist du nicht nach Hause gekommen? Antworte! Jetzt!« Der Nachhall einer Kirchturmglocke ist leise gegen seine Stimme.

»Mir war ein wenig übel«, wispere ich und hefte meinen Blick auf den Boden, als suchte ich etwas, das mich aus dieser vertrackten Situation befreien könnte.

»Übel?«

Ich spüre, wie er näher kommt und unmittelbar vor mir stehenbleibt. Seine Wut kann ich fast körperlich fühlen.

»Hauch mich an!« In seiner Stimme schwingt ein drohender Unterton mit.

Jetzt ist alles aus, mein Herz klopft so stark, dass ich befürchte, es könne jeden Moment aus meiner Brust springen.

Ich muss noch nicht einmal den Mund öffnen, er erschnuppert die Fahne und meinen Restalkohol ohnehin.

Das ist der Moment, in dem er die Kontrolle verliert. Er packt mein Haar und reißt meinen Kopf nach hinten. Er stößt mich zur Treppe. Ein Stöhnen kommt aus meiner Kehle und die Tränen strömen aus meinen Augen. Durch meinen verschleierten Blick nehme ich wahr, wie er den Gürtel aus seiner Hose zieht. Es tut weh! Nichts war jemals qualvoller. Jeder Hieb hinterlässt ein starkes Brennen, wie tausend Nadelstiche auf einmal.

Ich weiß nicht, wie lange es dauert, doch irgendwann regt sich der Wunsch in mir, sterben zu wollen. Ich sehne mich nach Erlösung, um die Schmerzen nicht länger ertragen zu müssen.

Wie ein angefahrenes Tier lässt er mich liegen.

»Du bist meine Tochter! Vergiss das nie!«, bellt er, bevor er geht.

***

Ich weiß nicht, wie ich in mein Bett gekommen bin. Irgendwann lag ich einfach da.

Mein Körper besteht nur noch aus Schmerz. Bei der kleinsten Bewegung schabt Stoff über meine geschwollene Haut, was mir qualvolle Töne entlockt.

Ich denke an die letzten Male, als mein Vater mich geschlagen hat und Kai mit zärtlichen Berührungen und tröstenden Worten meinen Schmerz ein Stück weit erträglicher gemacht hat. Diesmal wird niemand kommen, um meine Qual zu lindern.

Kai

Noch zwei Tage bis zu den Sommerferien und ich habe keine Ahnung, wie ich die sechs Wochen totschlagen werde. Die Schule ist meine einzige Ablenkung. Beim Jonglieren mit Zahlen oder beim Übersetzen von Texten kann ich gut abschalten, damit kann ich meinem verfickten Alltag entfliehen. Ich penne im Abbruchhaus, dem Treffpunkt unserer Gang. Und weil ich keine Kohle habe, versorgt mich die Clique mit Bier und Chips und ein paar anderen genauso gesunden Lebensmitteln. Wenn ich mich weiter von dem Fraß ernähre, können sie mich bald wie eine fette Kugel durch die Gegend rollen oder ich bekomme Haarausfall.

Doch ich will mich nicht beschweren, ohne die Jungs wäre ich verloren. Sogar die gebrochene Rippe erweist sich inzwischen als Glücksfall, denn momentan verlangt niemand von mir, dass ich krumme Dinger drehe. Die Gefahr erwischt zu werden, weil ich zu unbeweglich und langsam bin, ist einfach zu groß.

Lil baggert nach wie vor, was das Zeug hält, und Luke ist deswegen angepisst. Leider fühle ich, wie mein Widerstand langsam bricht. Immer öfter frage ich mich, wieso ich sie nicht vögeln soll, wenn sie doch so heiß darauf ist.

Auch wenn sich ein kleiner Fick mit Lil absolut falsch anfühlen würde, muss ich mir doch eingestehen, dass er das nicht wäre. Schließlich kann ich nicht darauf hoffen, jemals auch nur eine winzig kleine Chance zu bekommen, Ann zurückzugewinnen. Sie ist meine verfickte Schwester (was für ein grausames Wort!) und daran wird sich nie etwas ändern. Vielleicht ist es für sie sogar leichter ein Ende zu akzeptieren, wenn sie sieht, dass ich wieder mit Lil zusammen bin. Sie wird mich hassen. Aber der Hass wird ihren Schmerz verdrängen.

***

Am vorletzten Tag vor den Ferien lasse ich es zu, dass Lil mich bis zur Schule begleitet. Demonstrativ setze ich mich auf die Bank an der Bushaltestelle und ziehe sie auf meinen Schoß. Ihre lila und pinkfarbenen Strähnen kitzeln an meiner Wange, was mich derart nervt, dass ich sie am liebsten wieder von mir runtergeschubst hätte.

Fuck! Ich nutze sie aus. Andererseits weiß Lil, dass aus unserer Beziehung nie etwas Festes werden wird. Also ist sie doch selbst daran schuld, wenn sie es akzeptiert und das bisschen nimmt, was sie von mir kriegen kann.

Je länger ich darüber nachdenke, desto mehr regt sich der Zweifel in mir, ob es nicht vielleicht sogar umgekehrt ist und Lil diejenige ist, die mich ausnutzt.

Sie kann sich denken, wie scheiße es mir geht, doch sie fragt nie nach. Es ist ihr egal. Hauptsache, ich stehe zu ihrer eigenen Befriedigung zur Verfügung.

Ich seufze und puste ungeduldig eine der grellen Strähnen aus meinem Gesicht. Wahrscheinlich sind wir beide gleich schlimm.

Lils Körper auf mir lässt mich völlig kalt. Da ist nichts – keine Leidenschaft, keine Begierde. Nichts, was meine Gefühle auch nur annähernd in Wallung bringt. Trotzdem ziehe ich sie näher zu mir heran, als der Bus direkt vor uns hält. Mein Herz schlägt Saltos bei der erfreulichen Aussicht, Ann gleich zu sehen. Doch ich muss eine Mauer in mir errichten und setze eine versteinerte Miene auf. Erwartungsvoll blicke ich auf die Bustür. Gleich wird sie herauskommen und Lil und mich sehen, und ihr Hass auf mich wird entflammen.

Nachdem das Fahrzeug den ersten Schwall Schüler ausgespuckt hat, erblicke ich endlich Anns beste Freundin. Luise erstarrt auf der Treppe zur Salzsäule, als sie mich und die abgefuckte Braut entdeckt.

Gleich wird Ann kommen. Gleich wird sie kommen. Lautlos formen meine Gedanken immer den gleichen Satz.

Luise setzt sich langsam wie in Zeitlupe in Bewegung und fixiert mich auf eine äußerst herablassende Weise.

»Bescheuertes Arschloch!«, zischt sie in meine Richtung, als sie an mir vorübergeht. Ihre Beschimpfungen lassen mich kalt. Sie hat Recht mit dem, was sie sagt.

Was mich viel mehr beschäftigt, ist die Tatsache, dass Ann nicht im Bus war. Wo zur Hölle ist sie?

Bilder schießen durch meinen Kopf, die aus einem Horrorthriller der Extraklasse stammen könnten.

Wenn unser Vater ihr auch nur ein Haar gekrümmt hat … ich schwöre, diesmal mache ich ihn fertig.

Wut, Mitleid und tiefe Trauer steigen gleichzeitig in mir auf. Ich muss zu Luise und sie fragen, wo Ann ist.

Ungeduldig schiebe ich Lil von meinem Schoß, die ihre verdammte Zunge gerade in mein Ohr steckt.

»He, du Arsch!«, quiekt sie.

Ich achte nicht darauf. Da Laufen meinem Brustkorb zu viel abverlangt, eile ich Luise mit schnellen Schritten hinterher. Es läutet bereits, als ich sie und Ben vor einem der Klassenzimmer entdecke, vor dem sie gerade einen innigen Kuss austauschen.

Die intime Situation völlig ignorierend ziehe ich Luise von Ben weg.

»He, was soll das? Bist du übergeschnappt?« Sie stemmt die Hände in die Hüfte und blitzt mich böse an. Auch Ben sieht aus, als wolle er mir gleich eine verpassen oder mich beleidigen.

»Wo ist sie?«, frage ich ungeduldig.

»Was geht dich das an?« Luise verschränkt ablehnend die Arme vor der Brust.

»Lass die Spielchen, es geht mich eine ganze Menge an. Das weißt du!«

»Das sehe ich ganz und gar nicht so, du Arschloch!«

Luise erinnert mittlerweile an die böse Fee aus Dornröschen, wie sie so hasserfüllt und mit Funken sprühenden Augen vor mir steht.

Ich runzele die Stirn und sehe sie herausfordernd an. »Du willst mich wohl ins Guinness Buch der Rekorde bringen, was? Das dritte Mal Arschloch innerhalb weniger Minuten. Womit habe ich das verdient?«

»Und das ist noch ausbaufähig«, fügt sie schlagfertig hinzu.

Wow! Sie scheint wirklich mega angepisst zu sein.

Ben nimmt seine Freundin in den Arm und versucht die Situation zu beruhigen. »Leute! Jetzt kriegt euch wieder ein. Immerhin geht es hier um Annabell!«

»Eben! Und dieses Arschloch verletzt sie jeden Tag aufs Neue.«

»Arschloch Nummer vier!«, entgegne ich und halte ihr vier Finger unter die Nase.

Luise schnaubt verächtlich, während Ben die Augen verdreht.

»Luise, weißt du, wo Bella ist?«

Ich kann sehen, wie Luises Widerstand unter Bens warmem Blick förmlich dahinschmilzt wie Wassereis in heißer Sonne.

Ich wende mich ab, um nicht kotzen zu müssen. Scheiße, ist dieses verliebte Getue peinlich.

»Nein«, sagt sie schließlich. »Ich habe mich auch schon gewundert und ihr schon ein paarmal gesimst. Ich hoffe bloß, dass sie keine Probleme bekommen hat wegen gestern.«

Ihrem Gesicht ist anzusehen, was sie über mich denkt, und das ist alles andere als nett. Ich bin mir sicher, in Gedanken hat sie weitaus schlimmere Kosenamen für mich als »Arschloch«.

Ich presse meine Kiefer so fest zusammen, dass ein Knacken in meinen Gelenken zu hören ist.

Hat er ihr etwas angetan? Was soll ich tun? Mein Gehirn läuft auf Hochtouren, kann sich jedoch zu keinem Entschluss durchringen.

In diesem Moment biegt der Oberspießer Schmidt um die Ecke.

Sein Blick huscht zwischen uns dreien hin und her. Bestimmt überlegt er, was ein abgewrackter Loser wie ich mit diesen Snobs zu schaffen hat.

»Darf ich bitten, Herrschaften!«

Luise haucht Ben noch einen Kuss auf die Wange und verabschiedet sich ins Klassenzimmer. Jedoch nicht ohne mir hinter Schmidts Rücken den Mittelfinger zu zeigen. Ich bin perplex, das hätte ich der Kleinen gar nicht zugetraut. Mir stinkt es allmählich, was sie sich mir gegenüber alles traut. Mein Image als brutaler Bad Boy geht noch den Bach runter, wenn die anderen mitbekommen, was ich mir von ihr gefallen lasse.

»Kai?«

»Was?«, zische ich unfreundlich, bevor ich registriere, dass der Besserwisser mit mir spricht.

»Hast du keinen Unterricht?«

Shit, selbst Ben hat sich mittlerweile in sein Klassenzimmer verpisst.

»Ich ... äh ...«

Schmidt mustert mich aufmerksam.

Verdammt, was will der Pauker von mir?

»Willst du reden?«

Scheiße, nein! Was denkt er? Dass ich ihm heulend mein Elend klage?

»Sicher nicht!«

Er nickt. »Schade! Aber wenn du meine Hilfe brauchst, dann ...«

Ich kotz gleich von seiner Süßholzraspelei.

»Begib dich bitte in dein Klassenzimmer, Kai. Der Unterricht hat bereits begonnen.«

Heiß zuckt es durch meinen Körper. Bilder schießen durch meinen Kopf, wie ich sie völlig zusammengeschlagen mit nach Hause genommen habe.

Was zur Hölle mache ich hier? Ich scheiß auf den Unterricht. Sie braucht mich und zwar sofort.

Ich schultere meinen Rucksack und gehe an Schmidt vorbei zum Ausgang des Schulgebäudes.

»Kai, bleib hier!« Er packt mich am Rucksack und hält mich fest.

Wie der Blitz fahre ich herum. »Finger weg, sonst passiert was. Etwas, das ich sicher nicht bereuen werde – aber Sie vielleicht, weil Sie nicht auf mich gehört haben.«

Schmidt zieht die Augenbrauen hoch und glotzt mich überrascht an.

»Willst du mir etwa drohen? Mir, deinem Lehrer?«

»Sieht so aus! Ich werde jetzt gehen und Sie werden mich nicht zurückhalten. Es gibt in diesem Leben Wichtigeres als die verfickte Schule und die Ratschläge aufgeblasener Besserwisser!« Und damit drängele ich mich an ihm vorbei.

»Du weißt, dass du dafür einen Verweis kassieren kannst!«

»Tun Sie sich keinen Zwang an.«

10. Kapitel

Annabell

Völlig betäubt liege ich in meinem Bett. Der Sonntag gestern war die pure Hölle. Ich habe die Zeit damit verbracht, in meinem Bett zu liegen, mich in meinem Schmerz zu suhlen und dabei die Blümchen an der Tapete zu zählen. Die paar Male, die ich aufgestanden bin, um auf die Toilette zu gehen, war ich peinlichst darauf bedacht, meinen Eltern aus dem Weg zu gehen.

Obwohl ich gestern den ganzen Tag gelegen habe, bin ich unendlich müde. Ich schaffe es nicht einmal, ins Bad zu gehen und meine Wunden zu verarzten. Meine Mum ist heute Morgen in mein Zimmer gekommen und hat mir ein Frühstück ans Bett gestellt. Anschließend hat sie lange auf meiner Bettkante gesessen und mich einfach angestarrt. Ich konnte ihren Blick nicht erwidern. Wieso lässt sie es zu, dass er mir so etwas antut?

»Der Einrichtungsberater kommt heute zu deinem Vater in die Praxis, ich habe ihm schon vor längerer Zeit versprochen dabei zu sein, wenn sie die Umgestaltung des Eingangsbereichs planen.«

Ich fragte mich, was sie mir damit sagen wollte. Schließlich ist sie vormittags so gut wie nie zu Hause.

Als ich immer noch schwieg, fuhr sie fort: »Ich bin jederzeit erreichbar, wenn du mich brauchst. Ich versuche mittags wieder hier zu sein, in Ordnung?«

Ich weiß nicht, ob ich mir die leichte Berührung an meiner Wange, kurz bevor sie gegangen ist, nur eingebildet habe oder nicht.

Als ich später aufgewacht bin, habe ich kurz überlegt, ob ich überhaupt noch am Leben bin, doch der Schmerz bei jeder Bewegung hat mich sofort davon überzeugt.

***

Es dauert eine kleine Ewigkeit, bis ich mich aufrichten und das Glas mit dem Orangensaft nehmen kann. Langsam setze ich es an meine Lippen und blende dabei den Schmerz aus, der durch meinen Rücken schießt, als meine Haut das Kissen berührt.

Heute ist der vorletzte Schultag. Morgen gibt es Zeugnisse. Ich bin mir sicher, dass mein Vater mich wegen meiner Noten fertigmachen wird und dass mein Körper seine Misshandlungen nicht überstehen wird. Aber vielleicht ist es auch gut, wenn diese Qual ein Ende hat. Kai hat wenigstens ein wenig Licht in meine dunkle Welt gebracht. Er hat mir geholfen zu vergessen und nach vorne zu sehen, und er hat den Schmerz durch seine Küsse und seidenweichen Berührungen von mir genommen. Durch die letzten drei Worte, die er zu mir gesagt hat, habe ich alles verloren, was meinem Leben noch einen Sinn gab.

Ich gleite in einen trüben Dämmerzustand hinüber, als mich die Glocke an der Haustür hochfahren lässt. Ich beschließe, sie zu ignorieren, halte es jedoch nicht lange durch, weil das penetrante Geklingel einfach nicht verstummt. In der sicheren Annahme, dass es sich um meine Mutter handelt, wuchte ich mich seufzend aus dem Bett. Seit meine Eltern aus Angst vor Einbrechern keinen Ersatzschlüssel mehr unter dem Blumentopf liegen haben, hat sich meine Mum schon zweimal ausgesperrt.

Langsam hangele ich mich die Treppe hinunter. Das schrille Klingeln dröhnt in meinem Kopf und ich will nur noch, dass es aufhört.

Ich greife zum Hörer der Sprechanlage und hauche eine leises »Ja!« hinein.

»Ich bin's. Öffne die Tür.«

Vor Schreck fällt mir fast der Hörer aus der Hand. Es gibt nur einen Idioten auf diesem Planeten, der dermaßen unverschämt mit mir spricht – Kai.

Am liebsten wäre ich sofort zur Haustür gehüpft und hätte sie weit aufgerissen. Doch nicht nur meine Verletzungen hindern mich daran, sondern auch Kais ständige Unentschiedenheit. Warum ist er überhaupt gekommen? Ich dachte, er liebt mich nicht mehr ...

»Ich kann nicht aufmachen!«, antworte ich.

»Warum?«, fragt er und ich kann durch die Sprechanlage hören, wie wichtig es ihm ist.

»Meine Mutter ist im Garten und kommt bestimmt jeden Moment herein.« Ob er mir das abnimmt?

»Wenn du nicht sofort die Tür öffnest, Ann, dann schreie ich so lange, bis mich auch noch der letzte Mensch in dieser Straße hört. Das Auto deiner Mutter steht nicht in der Garage, ich habe nachgesehen. Ich will doch nur wissen, wie es dir geht.«

Ich bemerke den zufriedenen Unterton in seiner Stimme, weil er mich beim Schwindeln erwischt hat. Ich verdrehe die Augen – damit hat er mir schon einmal gedroht, kurz nachdem wir uns kennengelernt haben.

»Lass dir was Neues einfallen, Kai«, sage ich unbeeindruckt. »Und lass mich mit deinen kindischen Spielchen zufrieden!«

Damit knalle ich den Hörer auf die Station. Warum tut er das? Warum verletzt er mich immer wieder aufs Neue, nur um wenig später wieder in meinem Leben aufzutauchen, damit ich ihn bloß nicht vergessen kann.

»Ann! Mach die Tür auf!«, höre ich gedämpft durch das schwere Holz.

»Du kannst mich mal!«, brülle ich, inzwischen ziemlich genervt. Was will ich überhaupt mit ihm? Kann er mich nicht endlich in Ruhe lassen?

Trotz allem will ich nicht leugnen, dass seine Stimme mein Herz höher schlagen lässt.

Zurück in meinem Bett drehe ich mich auf den Bauch, weil der Gürtel meines Vaters dort am wenigsten Striemen hinterlassen hat, und schließe die Augen. Ich verstehe mich selbst nicht mehr richtig. Einerseits habe ich mir nichts sehnlicher gewünscht, als dass Kai hier auftaucht, und kaum geht mein Wunsch in Erfüllung, schicke ich ihn zur Hölle. Mein Herz schimpft mich eine dämliche Idiotin, weil ich ihn weggeschickt habe, und mein Verstand gratuliert mir zu meiner Standhaftigkeit, weil ich seine Spielchen diesmal boykottiert habe.

Ich zupfe nachdenklich an einem losen Faden im Kissen. Ich fühle mich einsam und ausgebrannt. Vielleicht sollte ich nicht allzu viel auf meinen bescheuerten Verstand setzen, der mich zu solch folgenschweren Handlungen verleitet.

Ich könnte mich steinigen, dafür dass ich ihn weggeschickt habe. Mein ganzer Körper, mein ganzes Sein verzehrt sich nach ihm.

»Verflixt noch mal!«, stoße ich hervor und schlage mit der flachen Hand frustriert auf die Bettdecke.

»Na, na, na! Das ist aber alles andere als damenhaft. Bin für solch derbe Kraftausdrücke nicht eigentlich ich zuständig?«

Zutiefst erschrocken fahre ich in die Höhe. »Was ... was machst du denn hier?«

Kai lächelt sein schiefes Grinsen. »Ich recherchiere zum Thema Verhalten in deutschen Schlafzimmern.«

»Idiot!« Ich zucke die Schultern und kann immer noch nicht glauben, dass er hier mitten in meinem Zimmer steht.

»Wo kommst du her?«

Er breitet die Arme aus. »Direkt vom Love Letter Contest zu dir ins Zimmer geflattert!«

Ich verdrehe die Augen. »Haha, sehr witzig, Kai!«

Er setzt sich auf meine Bettkante und sofort wird es in meiner Brust eng. Zu eng. Er ist nah. Zu nah.

Unwillkürlich rutsche ich in Richtung Wand, weil ich nicht fühlen will, was ich fühle, wenn er so unglaublich dicht bei mir ist.

Als mein Rücken an der Wand entlangfährt, entschlüpft mir ein leiser Aufschrei und der Glanz aus seinen Augen verschwindet.

»Du ... du ... du siehst schlimm aus ...« Er streckt die Hand nach mir aus. Aber kurz bevor er mich berührt, zuckt er zusammen, als hätte er an einen unsichtbaren elektrischen Zaun gefasst.

»Ja, ich weiß. Schön ist etwas anderes, aber ich habe dich nicht darum gebeten, hierherzukommen und mich anzusehen.«

Kai schüttelt den Kopf und in seinen Augen spiegelt sich der Schmerz der ganzen Welt.

»Nein, das hast du wirklich nicht. Und glaub mir, ich habe lange mit mir gerungen. Mit gebrochener Rippe an einem Rosenspalier hochzuklettern und in euer Badfenster einzusteigen, ist alles andere als ein Vergnügen.«

»Das hast du getan?«, frage ich völlig verblüfft.

Kai versucht sich an einem Grinsen, das jedoch aussieht wie eine misslungene Grimasse.

»Einmal und nie wieder, das schwöre ich dir. Ich kam mir vor wie der verweichlichte Pisser aus dieser kitschigen Shakespeare-Tragödie.«

Ich reiße die Augen auf. »Du meinst Romeo und Julia?«

Kai zuckt mit den Achseln. »Mir egal, wie der Trottel heißt!«

Ich kneife die Augen zusammen. »Du findest also, Romeo ist ein Trottel?«

Kais Mundwinkel zucken nach unten. »Du etwa nicht?«

Ich atme tief ein. Was will Kai hier? Er ist sicher nicht gekommen, um eine Diskussion über Shakespeares bekanntestes Werk zu führen. Ich weiß nicht, warum, lasse mich aber trotzdem auf dieses Gespräch ein.

»Nein, ich finde nicht, dass Romeo ein Trottel ist«, erwidere ich. »Er steht zu seiner Liebe. Bedingungslos. Er ist sogar für sie in den Tod gegangen. Was man von anderen Menschen nicht behaupten kann ...«

Herausfordernd sehe ich ihn an und hoffe, dass Kai meine Anspielung versteht.

Doch Kai sitzt gedankenversunken auf meinem Bett.

»Irgendwann bringt er dich noch um!«

»Hä? Wer? Romeo?«

Kai rollt mit den Augen. »Dein Vater!«

Ich senke die Lider. Kais abrupter Themawechsel irritiert mich. Welche Antwort erwartet er von mir?

»Ich bin kräftiger, als ich aussehe«, wispere ich.

Das ist also der Grund, warum er hier ist. Um mir sein Mitleid auszusprechen. Ich hasse ihn dafür, dass ihm nichts anderes eingefallen ist, warum er hier einen auf Fassadenkletterer machen muss.

»Dann kannst du ja jetzt gehen, nicht wahr?«, sage ich herausfordernd.

»Was?«

»Du bist dein Mitleid losgeworden, hast mir deine Meinung gegeigt und mir gesagt, wie scheiße ich aussehe. Das war es, oder?«

Mein Herz pocht abartig schnell, während ich auf seine Antwort warte.

»Du weißt, dass das nicht stimmt.«

»So? Weiß ich das?«

Kai springt auf. »Ich zeige ihn an! Das hätte ich schon längst tun sollen!«

»Nein! Das tust du nicht!« Ich bin überrascht, wie sicher und entschieden meine Stimme klingt.

Kai fährt sich aufgebracht durch sein langes, lockiges Haar. »Wieso nicht? Es ist der einzige Weg, um diesem Wichser Einhalt zu gebieten.«

»Er ist immerhin mein Vater. Und meine Mum würde die Schande nicht verkraften«, flüstere ich leise.

Kai

Und mein beschissener Vater ist er auch!, würde ich am liebsten rufen. Doch ich beiße mir gerade noch rechtzeitig auf die Zunge.

Wie gerne würde ich mich jetzt zu ihr legen, meine Gefühle zulassen und mit meiner ... knutschen. Himmel, allein bei dem Gedanken daran werde ich hart.

Eines weiß ich jedoch sicher: Für das, was dieses Schwein ihr antut, kommt er in die Hölle!

»Womit hat er dich geschlagen?« Meine Stimme klingt seltsam rau bei der Frage.

»Mit seinem Gürtel«, wispert sie und senkt den Blick, während eine leichte Röte ihre Wangen überzieht.

Heilige Scheiße! Sie schämt sich! Sie schämt sich für etwas, was man ihr angetan hat, und für das sie nichts, aber auch gar nichts kann.

»Hey!« Ohne weiter darüber nachzudenken, lege ich meinen Zeigefinger unter ihr Kinn und hebe es an.

Ihr sehe ihr ins Gesicht und ertrinke in ihren strahlend blauen Augen.

Ich habe keine Ahnung, was mit uns passiert, doch plötzlich finden sich meine Lippen auf den ihren wieder.

Mein Herz explodiert, als ich ihre Wärme spüre und ihren Atem fühle, der in meinen Mund strömt. Es ist, als wäre ich tagelang im Koma gelegen und jetzt endlich erwacht.

Ich lege meine Hände an ihre Wangen, ziehe sie noch näher zu mir und ertrinke in ihren Küssen.

Und wieder frage ich mich, wie eine solche Liebe, ein solches Verlangen verboten sein kann.

»Wieso tust du mir das an, Kai?«, fragt sie, als wir uns atemlos voneinander lösen.

Verfluchte Scheiße! Weil ich nicht anders kann! Weil ich etwas weiß, das ich dir nicht sagen kann.

Ich blicke zur Seite. »Tut es sehr weh?«, frage ich sie, um von ihrer Frage abzulenken.

Doch ich hätte es besser wissen müssen. Sie wird so lange drängen, bis sie eine Antwort auf ihre Frage hat.

»Warum, Kai?«

Kann sie nicht ihre verflixte Klappe halten? Es fehlt nicht mehr viel und ich raste aus. Und es ist völlig klar, gegen wen mein Zorn sich dann richten wird. Diesmal garantiere ich für nichts, Vater Beck!

»Ich muss pissen!«, sage ich, weil ich nicht weiß, wie ich aus dem Schlamassel herauskommen soll.

Ich will sie küssen. Darf aber nicht. Ich will ihr die Wahrheit sagen. Bringe es aber nicht übers Herz. Ich will für sie da sein. Kann es aber nicht. Warum hat das Schicksal ausgerechnet mich zum Arschloch der Nation bestimmt?

***

Als ich mich erleichtert habe, blicke ich zum ersten Mal seit Tagen in einen richtigen Spiegel.

Gott, wie sehe ich aus! Mein Gesicht ist zwar nur noch leicht geschwollen, doch rund um meine Augen und an den Schläfen sind blaue Flecke. Ansonsten bin ich leichenblass. Ich hätte einem Vampir Konkurrenz machen können.

Mein Blick fällt auf die Wund- und Heilsalbe auf der Ablage und ich ergreife sie.

Böses Foul! Wie wird mein Körper reagieren, wenn ich sie jetzt noch einmal anfasse? Doch ich kann nicht anders. Es ist, als würde eine unsichtbare Macht von mir Besitz ergreifen und meine Schritte lenken.

11. Kapitel

Annabell

Als er tatsächlich wieder in der Tür steht, bemühe ich mich, nicht allzu überrascht zu wirken. Eigentlich war ich fest davon überzeugt, dass er sich verdrücken würde und seine volle Blase nur als Ausrede vorgeschoben hat.

Ich sehe die Salbentube in seiner Hand und mein Körper flattert vor Aufregung.

Er kniet sich neben das Bett und dreht den Deckel von der Tube. Behutsam massiert er die Salbe auf meine Wange und Schläfe, während ich vor Sehnsucht fast vergehe. Die Creme kühlt und tut wirklich gut.

»Noch irgendwelche Blessuren?«, fragt er, während sein Blick über meine Arme und Hände wandert.

Wenn er wüsste ... »Schon okay. Danke!«

Kais Augenbrauen ziehen sich zu einem bedrohlichen Balken zusammen. »Ich habe nicht gefragt, ob es okay ist, sondern ob du noch irgendwo verletzte Hautstellen hast.«

Einerseits will ich, dass seine Hände meinen Rücken berühren, sanft darüber streichen und mir zumindest kurzfristig den Schmerz nehmen. Doch andererseits schäme ich mich für meine Wunden und will nicht, dass er sie sieht.

»Wo?«, fragt er, als ich nicht antworte.

Resigniert gebe ich nach, weil ich weiß, dass er darauf beharren wird. Ich lege mich auf den Bauch und ziehe mein Shirt um ein paar Zentimeter nach oben.

Ich höre ihn entsetzt keuchen. Scheinbar sieht mein Rücken wirklich so schlimm aus, wie er sich anfühlt. Plötzlich dringt kalte Luft an meinen Körper, denn er steht auf und tigert ruhelos im Zimmer auf und ab wie ein eingesperrtes Tier. Er rauft sich die Haare und streicht sie sich immer wieder aus der Stirn.

Habe ich etwas falsch gemacht? Ist er sauer?

»Kai?«, frage ich und meine Stimme zittert dabei vor Unsicherheit.

»Wie kannst du nur ...?«

»Was habe ich getan? Was auch immer es war, es tut mir leid.«

Überrascht sieht er mich an. »Es tut dir leid? Was sollte dir leidtun müssen? Nein, zur Hölle, ich wollte nur sagen, dass ich es nicht verstehen kann, dass du nichts dagegen unternimmst, wenn der Wichser dir das alles antut!«

»Was soll ich denn unternehmen? Ich muss es über mich ergehen lassen, weil ich keine andere Möglichkeit sehe«, wispere ich.

Er ballt die Hände zu Fäusten, wendet sich ab und knallt seine Faust mit Wucht gegen die Wand. Er wirkt so hilflos, so aufgewühlt und das alles meinetwegen. Ist es wirklich so schwer für ihn, mein Schicksal zu ertragen?

Er stützt seine Hände gegen die Wand und lehnt seine Stirn gegen das Mauerwerk. Aus seinen aufgeplatzten Knöcheln rinnt Blut. Nach einer Weile geht sein Atem ruhiger. Er scheint um Fassung zu ringen.

Schließlich geht er auf mich zu und setzt sich auf mein Bett. Sachte schiebt er mein Shirt bis über die Schulterblätter.

»Entspann dich!«, raunt er mir mit samtweicher Stimme zu und drückt meinen Kopf sanft auf das Kissen.

Ich halte unwillkürlich die Luft an, als er mir die kühle Salbe zart über den Rücken streicht. Der Wirkstoff brennt ein wenig, doch seine Hände auf meiner nackten Haut lösen ein Kribbeln wie von tausend Ameisen in mir aus.

Um das spüren zu dürfen, würde ich die schlimmsten Qualen klaglos ertragen. Sein Finger malt zärtlich Spuren auf meinen Rücken, ich nehme an, er fährt vorsichtig um die roten Striemen herum, die der Gürtel meines Vaters hinterlassen hat.

Abrupt drehe ich mich um, ich will ihm in seine schönen Augen sehen. Er stutzt und weicht zurück. Fast wirkt er ängstlich und ein wenig verstört. Es scheint tatsächlich mein großes Leid zu sein, das ihn so sehr mitnimmt, dass er es nicht ertragen kann. Doch ich will ihm zeigen, dass er sich keine Sorgen zu machen braucht und dass ich die Kraft aufbringe, damit klarzukommen, solange er nur bei mir ist.

Liebevoll nehme ich seine Hand in meine und führe sie an meinen Mund. Gehauchte, seidenweiche Küsse sollen ihm zeigen, wie viel er mir bedeutet.

Er sieht mich an, mit einem Blick, den ich nicht deuten kann.

Ich will ihn jetzt bei mir haben, so nah wie möglich, auch ohne vorher über alles Unausgesprochene zwischen uns geredet zu haben.

»Halt mich fest!« Meine Stimme klingt zart und durchsichtig wie ein warmer Frühlingswind.

Sein Blick taucht in meinen, bevor er sich neben mich gleiten lässt, seinen Kopf in meinem Haar vergräbt und die Hand um meine Taille schlingt. Ich drehe mich vorsichtig auf die Seite und spüre seinen Atem in meinem Nacken. Horden von Schmetterlingen flattern in meinem Bauch und ich schließe die Augen, um mich auf das überwältigende Gefühl grenzenloser Liebe konzentrieren zu können.

Kai

Sie ist eine Hexe oder eine Fee, oder was auch immer. Heilige Scheiße, dieses Mädchen hat mich verhext, verzaubert, mir die Sinne vernebelt. Ich kann keinen klaren Gedanken mehr fassen, wenn sie mich mit diesen tiefgründigen blauen Augen ansieht. Ihr schmaler Körper schmiegt sich schutzsuchend an mich und ich nehme mit allen Sinnen jeden Quadratzentimeter von ihr wahr.

Wir liegen lange so und halten uns einfach fest. Noch mache ich nichts Verbotenes. Noch! Auch seine Schwester darf man halten.

Als sich ihr Hintern näher an meine Hüfte schiebt, spüre ich, wie diese Nähe bei mir Reaktion zeigt. Binnen Sekunden ist mein Schwanz hart angeschwollen. Verlangend pocht es in meinem Unterkörper.

Schon ist die Grenze überschritten. Und das nur, weil ich meine Schwester im Arm halte. Es ist abartig und ekelhaft zugleich. Ich bin ein krankes Arschloch, dass mir so etwas passiert.

Sie beginnt sich in meiner Umarmung zu winden und dreht sich zu mir. Und weil ich keine Ahnung habe, wie zum Teufel ich reagieren werde, wenn ihre Lippen plötzlich direkt vor mir schweben, schließe ich die Augen und tue so, als ob ich schlafen würde. Ich spüre den süßen Atem, der von ihr ausgeht, auf meinem Gesicht und bemühe mich nicht zu blinzeln, um mich nicht zu verraten.

Ihre Fingerspitze fährt über meine Lippen und Wangenknochen, ehe sie sich an meine Brust kuschelt und ich mir einbilde, ein verhaltenes »Ich liebe dich!« zu hören.

Irgendwann sind wir wohl beide eingeschlafen, denn als ich aufwache, sind ihre Augen noch fest geschlossen. Sie sieht so süß und unschuldig aus, wenn sie schläft. Vorsichtig versuche ich mich aus der Umarmung zu lösen, doch je mehr ich mich von ihr abwende, desto näher rutscht sie. Atemlos nehme ich wahr, wie ihre Hand von meiner Hüfte über meinen Schwanz rutscht und auf der Matratze liegenbleibt. Eine Berührung, die nicht länger als zwei Sekunden dauert und doch ausreicht, um ein überirdisches Verlangen in mir zu wecken. Ich kann nicht länger hierbleiben! Es ist zu viel.

Vorsichtig, um sie nicht zu wecken, doch weitaus energischer als vorhin stehe ich auf. Ich muss mich zusammenreißen, um nicht panisch aus dem Zimmer zu rennen, und schleiche durch den Flur.

Minuten später jage ich den Drehzahlmesser in die Höhe und rase davon. Ich will nur noch eines: Vergessen, was für ein abgedrehter Psycho ich bin, der an nichts anderes denken kann als daran, seine Schwester zu poppen. Und … ich fasse mir stöhnend in den ausgebeulten Schritt. Ich will meine harten Eier loswerden. Ich will ficken, um mir die Erleichterung zu verschaffen, die sie mir niemals geben kann. Auch wenn sie die Einzige ist, bei der ich sie aufrichtig suchen würde.

***

Vor dem Abbruchhaus bleibe ich mit quietschenden Reifen stehen. Die Scheißrippe wird einfach nicht besser. Ich brauche unbedingt eine Schmerztablette, sonst werde ich irre. Doch zuerst muss ich einen anderen Schmerz in mir betäuben, der weitaus schlimmer ist.

Ich hoffe Lil ist da und verschafft mir Abhilfe.

Ich betrete den schäbigen Raum, in dem wir saufen, kiffen (ich meist nicht, eher die anderen) und vögeln. Leider ist nicht nur Lil da, sondern auch ein paar von den anderen hängen herum, was mir furchtbar auf den Sack geht.

Obwohl ich wirklich nicht prüde bin, bringe ich es einfach nicht, es vor den Augen der anderen zu treiben.

Lil sitzt wieder einmal auf Lukes Schoß und hat ihre Zunge in seinen Hals gesteckt, was mich mega nervt. Ein Blick auf seine Hose verrät mir, dass auch er in bester Laune ist.

Schön für ihn, dass Lil es ihm besorgen wird, scheiße für mich, dass ich zu spät gekommen bin.

»Na, Alter, was geht? Hunger?« Toto wirft mir eine Tüte Billigchips an den Kopf. Das verfickte Zeug hängt mir schon zum Hals raus.

Gereizt schlage ich sie beiseite, so dass sie seitlich aufplatzt und sich die fettigen Chips auf dem Boden verteilen.

»Mann, Alter, bist du scheiße drauf!«

»Ach, leck mich doch!« Verdrossen wende ich mich ab und gehe wieder nach draußen. Wenn Lil nicht zur Verfügung steht, muss ich mir irgendeine andere Ablenkung suchen, irgendwas, das mich auf andere Gedanken bringt.

Vor dem Haus lehnt Bea wartend an einem dürren Baum, dessen Überlebenschancen, so wie er aussieht, gleich null sind.

»Hey, Kai, du siehst ganz schön angepisst aus!«

»Super Begrüßung, Bea. Wirklich!« Ich halte meinen Daumen hoch.

Sie spuckt ordinär auf den Boden. Shit, was sind das für Leute, mit denen ich mich da abgebe! Einer abgefuckter als der andere. Und du bist der Schlimmste davon, wispert meine innere Stimme. Denn wer hat schon ein Verhältnis mit seiner eigenen Schwester ...

»Dein Ausflug in die Welt der Reichen und Schönen hat dich wohl verdorben, Kai«, sagt Bea zynisch. »Soll ich in Zukunft etwa einen Knicks vor dir machen, während du mir einen Handkuss auf die Finger hauchst?«

Sie kichert dämlich. Wahrscheinlich hat sie schon ordentlich gebechert.

Glücklicherweise fährt in diesem Moment Mike vor, denn sonst hätte ich sie übel angeschnauzt oder noch Schlimmeres.

»Bereit?«, brüllt er aus dem Wagenfenster, während der Motor läuft.

»Klar«, gibt Bea zurück und kaut heftig an ihrem Kaugummi, als bestünde er aus ausgelatschten Schuhsohlen.

»Alter! Willst du mit?«

»Wer? Ich?«

Bea verdreht die Augen. »Der ist jetzt anderes gewöhnt. Versuch es doch mal mit ›werter Herr‹ oder so einer Scheiße. Da springt er jetzt eher drauf an.«

»Halt deine Fresse! – War das dreckig genug?«

Doch Bea zieht bereits die Beifahrertür hinter sich zu.

»Was ist jetzt?« Mike trommelt ungeduldig auf sein Lenkrad.

Schließlich lasse ich mich doch dazu herab und gehe zur hinteren Wagentür.

»Wohin geht's?«, frage ich, während ich mich auf den Rücksitz fallenlasse. Im Grunde ist es mir scheißegal. Hauptsache, ich bin abgelenkt.

»Ins Tattoostudio. Bea will ein neues Piercing und ich lasse mir irgendwas auf den Arsch tätowieren.« Mike grinst. »Du könntest eine Verschönerung auch gut gebrauchen.«

Was für ein krankes Arschloch!

***

Bea ist im Handumdrehen fertig. Sie hat sich einen Ring durch die Nase ziehen lassen und erinnert mich jetzt stark an eine dieser Scheiße verteilenden Almkühe.

Mike lässt sich einen erhobenen Mittelfinger auf die Arschbacke tätowieren. Es sieht so bescheuert aus, dass es fast schon wieder cool ist.

»Alter, du hast wirklich einen an der Klatsche!«, sage ich lachend.

Mike grinst und schiebt mich Richtung Liege. »Jetzt bist du dran.«

Entrüstet schüttele ich den Kopf. »Nö, sicher nicht. Vergiss das mal ganz schnell!«

»Mitgehangen, mitgefangen! Du hast die Wahl: Tattoo oder Piercing?«

»Was soll der Scheiß? Ich will keines von beiden.«

Bea lacht. »Kannst dir ja den Namen deiner kleinen Barbie über dein Herz stechen lassen oder Golddukaten auf den Arsch.«

Wäre sie kein Mädchen, hätte ich ihr spätestens jetzt eine geschossen.

»Na?«, fragt sie provozierend. »Hast du etwa Schiss? Oder passt das jetzt nicht mehr zu dir?«

Ach, zur Hölle. Ich habe keine Lust, noch länger mit ihr herumzudiskutieren. Außerdem kommt mir eine Selbstverstümmelung jetzt gerade recht. Vielleicht betäubt der körperliche Schmerz wenigstens für kurze Zeit die Qual in meinem Inneren.

»Mach mir ein Piercing!«, schnauze ich den Typen an, der mehr Tattoos trägt als andere Sommersprossen im Gesicht.

»Wo?«

»Keine Ahnung, nur nicht in die Nase. Ich will ja nicht so scheiße aussehen wie die da!« Ich nicke in Richtung Bea, die mir augenblicklich den Mittelfinger zeigt.

»Das kannst du dir in Zukunft sparen«, sage ich grinsend. »Mike braucht nur noch seine Hose runterzulassen und mir seinen nackten Arsch hinzustrecken.«

»Wohin jetzt? Ich hab noch mehr Kundschaft als euch!« Der Kerl wirkt jetzt ziemlich genervt.

»In die Lippe.« Ich weiß selbst nicht, warum gerade da. Es war einfach das Erste, das mir durch den Kopf geschossen ist.

Der Typ macht sich an die Arbeit und mir fällt siedend heiß ein, dass ich nicht mal die Kohle dafür besitze. Ein kurzer Pikser und schon bin ich leidenschaftsloser Besitzer eines silbernen Rings, der sich um meine Unterlippe windet.

Keine Ahnung, warum so viele darauf abfahren. Mir geht das Ding am Arsch vorbei. Aber wenigstens habe ich den beiden jetzt bewiesen, dass ich kein Weichei bin.

»Sieht geil aus!«, sagt Bea anerkennend.

Ich runzele die Stirn. »Definitiv besser als deins.- Hey, Mike, kannst du mir die Kohle dafür leihen?« Fuck! Ist das peinlich!

Mike grinst süffisant. »Wird Zeit, dass du dich wieder an unserer nächtlichen Arbeit beteiligst, damit du flüssig bist. Aber klar, war ja meine Idee, dass du dich aufhübschen lässt.«

12. *Kapitel*

Annabell

Als ich aufwache, spüre ich sofort, dass ich alleine bin. Eine große Leere macht sich in mir breit. Wie oft will er mich noch verlassen? Wird er wiederkommen, oder ist es diesmal endgültig?

Es klopft an der Tür und mein dummes Herz beginnt automatisch schneller zu schlagen, obwohl ich eigentlich weiß, dass Kai niemals geklopft hätte. Trotzdem hauche ich ein atemloses »Ja« und starre mit weit aufgerissenen Augen auf den Türspalt.

»Annabell, möchtest du mit runter zum Essen kommen?«

Der Blick meiner Mutter wirkt irgendwie sanfter als sonst.

»Äh ... ja ... gerne.«

Sie nickt und schließt die Tür so leise und behutsam, dass nichts davon zu hören ist.

Ich krabbele aus dem Bett und zupfe das Trägertop und die Baumwohlshorts zurecht, die ich trage. Schnell schlinge ich mir das Haar zu einem lockeren Knoten, ehe ich nach unten tapse.

Meine Mutter erwartet mich im Treppenhaus. »Komm, lass uns im Garten essen. Es ist so wunderschönes Wetter.«

Schweigend gehe ich neben ihr her und werfe ihr ab und an einen vorsichtigen Seitenblick zu. Ich werde das Gefühl nicht los, dass sie irgendetwas von mir will. Sie ist sonst nicht so ... nett.

Sie hat Sushi geholt und zwei kleine Becher Eis. Alles ist hübsch auf dem kleinen Tisch nahe am Pool angerichtet. Ich mag kein Sushi, der Gedanke, dass es sich um rohen Fisch handelt, verursacht mir Übelkeit. Doch da sie sich solche Mühe gegeben hat, will ich versuchen wenigstens ein bisschen davon zu probieren.

***

Nach zwei der kleinen Teilchen muss ich kapitulieren. Das ist einfach zu eklig.

»Hast du keinen Hunger?«

»Es ist so heiß heute. Ich bekomme wirklich kaum etwas herunter. Aber das Eis ist super. Danke, dass du es besorgt hast.«

Ein klitzekleines, schmales Lächeln zeichnet sich auf ihren Lippen ab, bevor sie ihr Sushi in Sojasoße taucht.

Ich warte immer noch auf irgendeine Forderung oder den Grund ihrer Freundlichkeit. Ungeduldig rutsche ich auf meinem Stuhl hin und her und überlege fieberhaft, was sie wohl von mir verlangen könnte.

»Mama, was ist eigentlich los?«, frage ich irgendwann, weil ich die innere Anspannung nicht länger ertrage.

Vor Verblüffung rutschen ihre Augenbrauen in die Höhe. »Was soll denn los sein?«

»Na ja, wir essen sonst fast nie gemeinsam und ...«

Meine Mutter legt die Stäbchen zur Seite. »Darf ich jetzt nicht einmal mehr mit meiner Tochter zusammen essen, ohne dass ich mich dafür rechtfertigen muss?«

Beklommen senke ich den Blick. »Doch, natürlich. Entschuldige bitte.«

Die angespannte Stimmung vergeht trotzdem nicht und ich bin froh, als ich schließlich wieder in mein Zimmer zurück darf.

***

Am Nachmittag meldet sich Luise per SMS.

Warum hast du heute gefehlt?

Mein Vater hat Wind von der Sache bekommen.

OMG !!!! Alles in Ordnung bei dir?

Nur das Übliche.

:-(Soll ich vorbeikommen?

Nein. Mum ist zu Hause. Wir wären nicht ungestört.

Ben und ich fahren zum See. Willst du mit?

Zu faul! Aber danke!

Ich will Luise nicht schreiben, dass ich mich wahrscheinlich die nächsten drei Wochen nicht im Bikini zeigen kann, ohne die Blicke sämtlicher Leute auf mich zu ziehen. Die roten Striemen, die meine Haut wie ein ekliges Spinnennetz überziehen, stechen sofort ins Auge.

Hat sich Kai bei dir gemeldet?

Nachdenklich wiege ich das Smartphone in meiner Hand. Luise hat mir ihre Einstellung zu Kai mehr als deutlich gemacht. Andererseits war sie maßgeblich daran beteiligt, dass wir die vorletzte Nacht zusammen verbracht haben.

Seufzend tippe ich die entsprechenden Tasten.

Ja, er war heute Vormittag hier.

Schlag ihn dir aus dem Kopf!!! Endgültig!!!!!!!!!!!!!!!

Warum? Am Samstag habt ihr noch dafür gesorgt, dass er sich um mich kümmert.

Da dachte ich noch, dass er vielleicht doch kein so großes Arschloch ist.

Und jetzt?

Ich hab mich geirrt! Heute Morgen an der Bushaltestelle hatte er diese Punkerbraut auf dem Schoß.

Das Handy rutscht mir aus der Hand. Dumpf schlägt es auf dem Boden auf, während mein Körper zu zittern beginnt.

Tränen steigen mir in die Augen. Er ist ein verfluchter Sadist. Erst macht er mit Lil rum und dann kommt er zu mir, um mich in den Arm zu nehmen. Oh, ich hasse ihn! Ich hasse ihn so sehr!

Mein Handy hat mittlerweile dreimal gepiepst. Ich taste danach und versuche durch den dichten Tränenschleier die Nachrichten zu entziffern.

Annabell?

Schreib sofort zurück!!!!!!

Okay, wenn du dich nicht sofort meldest, kreuzen Ben und ich in zwanzig Minuten bei dir auf! Ob du willst oder nicht!!!!!

Seufzend tippe ich:

Alles okay. Mach dir keinen Kopf!

Ehrlich? Ein Wort von dir und ich überzeuge Ben davon, Kai gehörig in den Arsch zu treten!

:-) Nett von dir, aber Kai kann mich ...

<3

Ich lasse mich auf mein Kissen fallen und wehre mich nicht gegen die Tränen, die aus meinen Augen strömen. Kai ist einfach krank! Ein krankes, selbstverliebtes, egoistisches ... Ich könnte die Reihe endlos fortsetzen.

Und ich wünsche mir, dass er sich nie wieder bei mir blicken lässt.

Kai

Der letzte Schultag!

»Sehr gut, Kai! Weiter so!«, lobt mich Herr Schmidt, als er mir mein Zeugnis überreicht.

Emotionslos nehme ich es entgegen. Der Einserschnitt ist für mich nichts Neues und sowieso nur Mittel zum Zweck. Ich will meinem erbärmlichen Leben damit bald entkommen und etwas Vernünftiges auf die Beine stellen. Doch wie ich mich kenne, vergeige ich das sowieso, noch bevor es endlich so weit ist. Es gibt genug Möglichkeiten, mich selbst in die Scheiße zu reiten. Allein die Gefahr, bei unseren nächtlichen »Einkäufen« erwischt zu werden, ist äußerst groß. Doch da ich schon mein ganzes Leben lang von einem Scheißhaufen in den nächsten springe, ist das mit Sicherheit nicht das einzige Problem, das ich künftig überwinden muss.

Um halb zehn ist Schulschluss. Hallo, Sommerferien!

Ich will mich gerade verdrücken, als ich plötzlich Anns Vater … meinen Vater sehe. Kurz überlege ich, ob ich auf ihn zugehen und ihm mit meiner Rechten eine verpassen soll.

Doch als ich sehe, wie Frau Lang mit einem weißen Zettel auf ihn zueilt, quetsche ich mich hinter eine der fetten Säulen und beobachte die beiden.

Der Wichser nimmt den Zettel entgegen, es ist offenbar ein Zeugnis. Ein Blick darauf genügt, und sein Gesicht wird zu einer hässlichen Fratze. Ich sehe, wie sich seine Hände verkrampfen, als würde er das Zeugnis am liebsten in tausend Fetzen reißen.

Frau Lang redet beruhigend auf in ein. Immer wieder hebt sie beschwichtigend die Hände, doch er bebt vor unterdrücktem Zorn.

Schließlich verabschiedet sich die Lehrerin und Herr Beck kommt wutschnaubend und mit großen Schritten in meine Richtung. Ich will mich soeben unbemerkt davonmachen, als plötzlich Herr Schmidt vor mir steht.

»Glückwunsch zu deinem hervorragenden Zeugnis, Kai.«

»Ja, danke!«, sage ich ungeduldig, weil ich dem Wichser nicht über den Weg laufen will. Doch Herr Schmidt ist in Plauderlaune.

»Was hast du in den Ferien vor?«

Ich ziehe eine Augenbraue hoch. »Was denken Sie wohl? Ich mache das, was Jungs wie ich eben tun. Saufen, vögeln, kiffen. Zufrieden?«

Schmidt runzelt die Stirn. »Nein, das bin ich nicht, denn ich weiß, dass du hier drin …« Er klopft sich mit der Faust an die Brust. »… ganz anders bist, als du dich gibst.«

»Darauf würde ich nicht wetten!«, sage ich und schiebe mich an ihm vorbei.

Unglücklicherweise stampft genau in diesem Moment der Wichser auf mich zu. Als er mich sieht, erstarren seine Gesichtszüge. »Du?«, fragt er ungläubig.

Ich durchforste mein Gehirn fieberhaft nach einer schlagfertigen Antwort, doch darin herrscht gähnende Leere.

»Putzt du hier etwa die Toiletten, oder was hast du in unserer Schule zu suchen?«

Am liebsten würde ich diesem Pisser in den Arsch treten. Offenbar hat er mir bei meinem Besuch in seinem Haus den Einserschüler nicht wirklich abgenommen. Gut, das kann ich ja vielleicht noch verstehen, aber dass er deswegen gleich beleidigend werden muss, ist unterste Schublade.

Schmidt sieht ihn verwundert an. »Darf ich fragen, wer Sie sind, dass Sie einen meiner Schüler hier so herablassend behandeln?«

Ich verdrehe die Augen. Das hat mir gerade noch gefehlt, dass ein Pauker für mich in die Bresche springt. Ich habe in meinem Leben so gut wie nie Unterstützung erhalten, dann braucht er jetzt nicht damit anzufangen.

Der Wichser streckt ihm die Hand entgegen und würdigt mich keines Blickes mehr, wahrscheinlich bin ich es in seinen Augen nicht wert, weiter beachtet zu werden.

»Beck, Allgemeinarzt. Ich bin der Vater von Annabell. Und mit wem habe ich das Vergnügen?«

»Mein Name ist Schmidt. Ich bin Kais Klassenlehrer.« Er gibt ihm die Hand.

»Schmidt? Nichts weiter?«

Der Kerl ist echt gestört. Wahrscheinlich ist Schmidt bei ihm jetzt auch untendurch, weil er nur ein Lehrer ist und keinen Doktortitel trägt.

Schmidt lächelt freundlich. »Nein, nur Schmidt, und ich glaube nicht, dass Sie hierhergekommen sind, um meine Schüler zu diskriminieren, oder?«

»Na entschuldigen Sie mal, man wird doch verwundert darüber sein dürfen, dass ein Gymnasium mit ehrbarem Ruf solche Subjekte hier aufnimmt.« Er deutet angeekelt auf mich, als wäre ich ein besonders widerwärtiges Insekt.

Auch Herr Schmidt scheint über diese Dreistigkeit kurzfristig sprachlos zu sein.

Beck schürzt die Lippen. »Aber weit bringt es so einer doch sowieso nicht. Wahrscheinlich sitzt er bereits zum vierten Mal in der siebten Klasse!« Er lächelt gönnerhaft.

Ehe ich michs versehe, schnappt sich Herr Schmidt mein Zeugnis und hält es dem Pisser unter die Nase.

»Er ist nächstes Jahr in unserer Abiturklasse, falls es Sie interessiert. Und das dürfte ihm auch keinerlei Schwierigkeiten bereiten.«

Scheiße, ist mir das alles peinlich. Ich fühle mich wie ein Dreijähriger, dessen Mutter mit aller Macht versucht sich für eine zerbrochene Fensterscheibe zu entschuldigen.

Andererseits muss ich mich bemühen, ein Grinsen zu unterdrücken, als ich Becks hervorquellende Augen bemerke, nachdem er meine Noten gesehen hat.

Brüsk wendet er sich ab. Mir scheint, dass er Anns Zeugnis noch fester umklammert, während er über den Schulhof davonrauscht.

Schmidt klopft mir auf die Schulter. »Nimm es dir nicht so zu Herzen, Kai! Du bist auf dem richtigen Weg, da bin ich mir ziemlich sicher.«

»Ich ... äh ...«

»Ja?«, fragt Herr Schmidt und lächelt freundlich.

Und dann sage ich einfach »Danke«, weil es schon verdammt lang her ist, dass jemand so freundlich zu mir war.

***

Doch jetzt muss ich hier weg. Die Begegnung mit dem Wichser hat mir die Augen geöffnet. Ich muss zu Ann und sie da rausholen. So wie der sich eben aufgeführt hat, wird er zu Hause durchdrehen. Er … Scheiße, ich traue ihm zu, dass er sie umbringt, so aggro wie er drauf ist.

13. Kapitel

Annabell

Quietschende Motorradreifen holen mich aus meiner Lethargie in die Wirklichkeit zurück. Welcher Trottel benutzt unsere Straße als Rennstrecke oder liefert sich hier einen Stunt?

Ich sehe aus meinem Fenster und bevor ich ihn richtig erkenne, wird es schon zur Gewissheit. Natürlich, wer sonst? Es gibt nur einen, der sich in unserer Straße, in unserem Garten und in unserem Haus wie der letzte Vollidiot aufführt.

Aber diesmal falle ich nicht auf ihn herein, eher soll die Welt untergehen. Ein spöttisches Lächeln spielt um meine Lippen, als es an der Tür Sturm klingelt. Ich sehe auf meine Armbanduhr und stoppe die Zeit, wie lange er durchhält. Nach über fünf Minuten Dauerklingeln – Shit, er ist tatsächlich ziemlich hartnäckig tritt er mit dem Fuß gegen die Tür, was mir äußerst peinlich ist, da spätestens jetzt die Nachbarn davon Wind bekommen. Ich reiße das Fenster auf.

»Du kannst die Tür gerne einschlagen! Aber glaub nicht, dass ich dir jemals wieder öffne. Geh zu Lil, die wartet sicher schon auf dich!«

»Ann, bitte ...«

Ich knalle das Fenster zu und vergewissere mich, dass diesmal das Badfenster verschlossen ist, damit er nicht wieder den liebeskranken Romeo spielen kann. Als plötzlich Glas splittert, zucke ich zusammen. Es kommt mir vor, als ob ich mich in einem schlechten Film befinde. Schritte eilen die Treppe herauf. Die Tür wird aufgerissen. Es ist Kai, gnadenlos schön und mit wild funkelnden Augen.

»Sag mal, bist du ...?«

Er kommt mit drei langen Schritten auf mich zu und presst mir die Hand auf den Mund.

»Du hörst mir jetzt zu!«, befiehlt er barsch.

Doch ich will ihm nicht mehr gehorchen, nicht mehr zuhören und ihm nicht mehr glauben. Zornig beiße ich ihm in die Hand.

»Was zur Hölle! Bist du übergeschnappt?« Er betrachtet fassungslos seine Handfläche.

Zufrieden sehe ich die roten halbkreisförmigen Abdrücke.

»Bin ich nicht. Und wenn du mir noch einmal den Mund zuhältst, verspreche ich dir, dass ich es wieder tue.«

»Hör mir zu, nur eine Minute!«, bettelt er.

»Nein!« Mit verschränkten Armen stelle ich mich vor ihm hin.

Sein Blick huscht ständig nervös zum Fenster, als würde er nach etwas Ausschau halten. »Dreißig Sekunden! Bitte!«

»Zehn«, sage ich mürrisch und beginne rückwärts zu zählen.

»Dein Vater war vorhin in der Schule und hat dein Zeugnis abgeholt. Und so wütend, wie er aussah, macht er Hackfleisch aus dir. Er müsste jeden Moment hier sein.«

Die Null bleibt mir im Halse stecken. Ich hatte ja befürchtet, dass er durchdreht, wenn er meine Zensuren sieht. Aber irgendwie hatte ich gehofft, dass die Schule mir das Zeugnis zusenden oder nach den Ferien aushändigen würde. Beides hätte mir eine gewisse Schonfrist verschafft.

»Du meinst, er …?«

»Du musst weg von hier! Sofort!«

Ich beginne hysterisch zu lachen, während mir die Tränen in die Augen schießen. »Wo soll ich denn hin?«

»Völlig egal. Ich hab wirklich Angst um dich!«

»Du? Angst um mich?« Ich sehe ihn spöttisch an. »Kai, mach dich nicht lächerlich.«

»Wirklich. Wäre ich sonst hier, wenn du mir nichts bedeuten würdest?«

Ich schnaube ärgerlich. »Deshalb machst du auch morgens mit Lil an der Haltestelle rum.«

»Das mach ich nicht!« Doch seine Augen verraten ihn, was meinen Schmerz noch verdoppelt.

»Luise hat euch gesehen und rate mal, wem von euch beiden ich mehr glaube …?«

Immer wieder zuckt sein Blick nach draußen, sein Körper vibriert förmlich vor Anspannung.

»Du kommst jetzt mit!« Entschieden fasst er meine Hand und zieht mich zur Tür.

Doch ich stemme bockig die Beine in den Boden. Ich will nicht mit ihm gehen und ich will auch verflixt noch mal nicht fühlen, was ich immer fühle, wenn er vor mir steht.

Auf einmal sehe ich das kleine Piercing, das er seit neuestem in der Lippe trägt. »Hast du das etwa Lil nachgemacht?«

»Was?«, fragt er verblüfft und starrt mich entgeistert an.

»Na das!« Ich deute auf den kleinen silbernen Ring. »Sieht echt dämlich aus«, sage ich, weil ich nicht zugeben will, wie außerordentlich sexy er damit aussieht.

Gott, ich habe noch nie einen Kerl mit Lippenpiercing geküsst. Wie es sich wohl anfühlen würde? Ich schüttele heftig den Kopf, ein verzweifelter Versuch, meine lasterhaften Gedanken weit fort ins Weltall zu schleudern.

»Ich möchte, dass du jetzt sofort mit mir kommst. Mein Erscheinungsbild können wir später diskutieren.«

Er sieht mich zornig an, seine Augen zu Schlitzen verengt, die Brauen darüber zu einem drohenden Balken zusammengezogen.

»Und wenn ich mich weigere?« Es gefällt mir, ihn endlich einmal in der Hand zu haben.

»Dann lasse ich mir deinen Namen doch noch auf den Arsch tätowieren, schieße ein Foto in Großbildaufnahme davon und stelle es auf Instagram, Facebook und den ganzen anderen Mist. Und …« Er sieht mir tief in die Augen. »Ich stell ein Foto von dir daneben, damit auch kein Zweifel daran besteht, wer damit gemeint ist.«

Ich verschränke wieder die Arme vor der Brust. »Ich glaube dir kein Wort! Das ziehst du nicht durch!«

»Wollen wir wetten?« Herausfordernd streckt er mir die Hand entgegen.

Unsicherheit nagt an mir, weil ich es ihm tatsächlich zutraue, so einen Mist zu bauen.

Nervös knabbere ich an meiner Unterlippe. Ich bin nach wie vor nicht bereit, mich kampflos zu ergeben. Nicht nach dem, was vorgefallen ist.

Eine Tür knallt ins Schloss.

»Annabell! Komm herunter! Auf der Stelle!«

Scheiße! Mein Vater! Sein scharfer Kommandoton lässt Schlimmes erahnen. Kai hatte Recht. Augenblicklich verwandeln sich meine Beine in Pudding und mein Herz fängt an zu rasen. Meine Hände zittern.

»Fuck! Fuck! Fuck!« Kai sieht sich gehetzt um.

Schwere Schritte poltern die Treppe nach oben, je näher sie kommen, umso größer wird meine Panik.

Kai packt meine Hand.

»Hier rein!«, zischt er leise und öffnet den Kleiderschrank.

»In den Schrank?« Das kann er doch nicht ernst meinen. Diverse Filmszenen schießen mir durch den Kopf. Der größte Dummkopf versteckt sich im Schrank oder unter dem Bett.

Doch es ist tatsächlich meine einzige Möglichkeit, unsichtbar zu werden. Wenn mein Vater mich hier mit ihm erwischt, nachdem er mein grottenschlechtes Zeugnis gesehen hat, bin ich tot.

Wenn er mich allerdings mit ihm im Kleiderschrank erwischt, bin ich noch toter als tot.

Da das jedoch so ziemlich aufs Gleiche herauskommt, lasse ich mich von Kai in den Schrank ziehen. Eine Sekunde später wird meine Zimmertür aufgerissen.

Mein Vater muss extrem in Rage sein und plötzlich bin ich froh, dass ich nicht alleine bin. Auch wenn es sich bei meinem Beistand um einen Vollidioten handelt.

»Sei leise«, formen Kais Lippen lautlos. Durch den kleinen Milchglasausschnitt oben an der Schranktür kann ich schemenhaft erkennen, was mein Vater tut.

Ich nicke und mein Blick taucht willenlos in seinen. Ich ertrinke in seinen faszinierenden Augen und bin machtlos gegen die Welle an Gefühlen, die mich wieder überrollt. Ich höre, wie mein Vater ins Zimmer stapft, und sehe, wie er genau vor dem Schrank stehenbleibt.

»ANNABELL!«, brüllt er aus voller Kehle.

Mein Zittern wird stärker. Ich bin kurz davor durchzudrehen vor lauter Angst. Doch Kai breitet behutsam seine Arme aus und zieht mich langsam an sich.

Ich vergrabe das Gesicht in seiner Brust und atme seinen Geruch und seine Wärme ein. Ich konzentriere mich ganz auf ihn und versuche auszublenden, was um mich herum geschieht.

Ich weiß, dass diese Situation völlig surreal ist, und doch kann ich mich nicht dagegen wehren, sie zu genießen.

Manchmal kommt mir Kai wie eines dieser Fabelwesen aus den kitschigen Romantasy-Büchern vor, die ich so sehr liebe. Wie etwas, wogegen jeder Widerstand zwecklos ist, weshalb man seine Gefühle dafür akzeptieren sollte. Leider ist das Leben weder ein Film noch ein Buch, sondern nur knallharte Realität.

Und darum weiß ich auch, dass Kai mich wieder verletzen wird, sobald dieser Schrecken überstanden ist. Kai ist kein Daemon, dessen übersinnliches Geheimnis ich nicht erfahren darf, und kein Vampir, der mich auf Abstand hält, weil er meinem Blut nicht widerstehen kann. Er ist ein durchgeknallter Punker, ein Egoist und Besserwisser, der mich nur verarschen will.

Und ich dämliche Ziege falle immer wieder auf ihn herein, weil meine Hormone jedes Mal verrückt spielen, sobald er in meiner Nähe ist.

Langsam atme ich seinen herben Duft ein und schicke Stoßgebete zum Himmel, dass mein Vater uns nicht entdeckt.

Als sich kurze Zeit später tatsächlich meine Zimmertür schließt, breche ich vor Erleichterung in Tränen aus.

Eigentlich hatte ich erwartet, dass Kai jetzt geht oder zumindest rasch zurückweicht, doch nichts davon geschieht. Im Gegenteil, er drückt sich noch enger an mich und lässt zu, dass ich sein Shirt als Taschentuch für meine Tränen und den Rotz missbrauche. Als draußen ein Motor aufheult, springt Kai aus dem Schrank und sieht zum Fenster hinaus.

»Er ist weg!«

Ich breche weinend auf dem Boden zusammen. Kai ist sofort bei mir und birgt meinen Kopf in seinem Schoß.

»Schhh, es ist vorbei!«

Ich sehe ihn durch einen Schleier aus Tränen verzweifelt an. »Das ist es nicht und das weißt du! Er wird wieder zurückkommen.«

»Deshalb wollte ich, dass du mit mir gehst.«

Ich heule noch mehr, während Kai beruhigend über meinen Rücken streichelt.

»Ich soll mit dir gehen? Obwohl du mich jeden Tag aufs Neue verletzt?«

Kai zieht mich an sich und drückt mich, als ob er sich an mir festhalten wolle.

»Ich will dich nicht verletzen. Das wollte ich nie!«

»Aber du tust es. Ständig, die ganze Zeit!«

Seine Stimme klingt mit einem Mal ganz brüchig und schwach. »Ich will dir keinen Schmerz zufügen. Das musst du mir glauben, Ann!«

»Dabei hast du es eben schon wieder getan«, hauche ich so leise, dass ich mir nicht sicher bin, ob er mich überhaupt gehört hat.

Sein Kopf fliegt zu mir herum. Ungläubigkeit spiegelt sich in seinem Blick. »Wieso denn, Ann? Wo habe ich dir wehgetan?«

Ich weiß, dass ich ihm mit dem Satz, den ich jetzt sagen werde, all meine Gefühle offenbare, und dass ich mich ihm gegenüber verletzlich mache. Doch im Augenblick ist mir das egal, denn ich brauche ihn, mehr als jemals zuvor.

»Du hast mich eben in unserem Versteck losgelassen«, wispere ich.

Kai sieht mich eindringlich an. Dann fällt er plötzlich vor mir auf die Knie und reißt mich in seine Arme.

»Wenn ich dir nur sagen könnte ...« Er bricht ab, hebt mein Kinn und ich warte mit flatterndem Herzen darauf, dass er mich endlich küsst.

Doch er tut es nicht. Traurig versuche ich den Kloß in meinem Hals herunterzuschlucken.

»Wenn ich dir verspreche, dass ich dich immer lieben werde, auch wenn es vielleicht eine andere Art von Liebe ist als die, die du dir erhoffst – wirst du dann mit mir kommen?«

Bevor mein Gehirn sich einschalten kann, sagt mein dämliches Herz bereits Ja, und mein Kopf nickt. Die zweite Hälfte seines Satzes blende ich einfach aus. Keine Ahnung, was er damit meint.

Kai

Ich kann sie nicht hierlassen. Ich bringe es einfach nicht übers Herz. Was, wenn der Wichser sie tatsächlich umbringt oder krankenhausreif prügelt? Das könnte ich mit meinem Gewissen niemals vereinbaren. Sie ist das Kostbarste, das ich jemals besaß. Und seine Schätze muss man hüten.

Ich helfe ihr ein paar Sachen in ihre Sporttasche zu stopfen. Sachen, die die Welt nicht braucht, aber ein verwöhntes Mädchen.

Ich hoffe, dass nicht auch noch ihre Mutter auftaucht. Noch einmal mit ihr im Schrank eingesperrt zu sein, verkrafte ich nicht. Sie war mir so verdammt nah. Jede Faser meines Körpers schrie nach ihr.

Ich reiche ihr den Helm, bevor sie hinter mir auf dem Motorrad Platz nimmt, die Sporttasche hängt quer über ihrem Oberkörper. Als ich sehe, welchen Schmerz ihr das Gewicht der Tasche auf ihrem Rücken bereitet, wäre ich am liebsten in die Praxis von diesem Wichser gefahren, um ihm sofort eine Abreibung zu verpassen. Mein Kopfkino springt an und ich male mir genüsslich aus, wie ich ihn auf jede abartige Weise quäle. Ein verzerrtes Lächeln legt sich auf mein Gesicht.

Ich habe keine Ahnung, wohin ich sie bringen soll. Ihre Hände um meine Taille tun meiner gebrochenen Rippe nicht gerade gut, doch kein Schmerz dieser Welt wäre für mich schlimm genug, sie zu bitten die Hände fortzunehmen.

Verzweifelt fahre ich aus der Stadt hinaus. Es ist heiß. Die Sonne brennt mir auf die Schultern und ich merke, wie sich feine Schweißtröpfchen in meinem Nacken bilden. Als wir am Baggersee vorbeikommen, bin ich selbst überrascht, dass ich ausgerechnet diese Richtung eingeschlagen habe. Ich donnere über den Parkplatz und lenke das Motorrad über einen ausgetretenen Trampelpfad. Hier hinten sind nur wenige Badegäste, meist Pärchen, die ungestört sein wollen und sich irgendwo in die Büsche geschlagen haben.

Ich parke das Bike direkt unter zwei riesigen Tannen, deren Zweige fast bis zur Erde hinabreichen.

Ich strecke ihr meine Hand entgegen und helfe ihr abzusteigen. Wir schieben brusthohe Farne beiseite und bahnen uns einen Weg zum Ufer. Inmitten von hohen Gräsern lasse ich mich zu Boden sinken.

»Da hast du uns aber ein lauschiges Plätzchen ausgesucht«, stellt sie begeistert fest. »Wenn später die Sterne leuchten, ist es hier bestimmt total romantisch!«

Lauschig? Romantisch? Scheiße, das ist nicht gut. Das passt überhaupt nicht in mein Konzept. Aber wenn ich darüber nachdenke, habe ich gar keines. Im Entführerspielen bin ich die absolute Nullnummer.

»Wollen wir reden?«, fragt sie.

Heilige Scheiße, sie ist so wunderschön, wie sie da vor mir steht. Die Sonne ist direkt in ihrem Rücken und die Strahlen umrahmen ihren Kopf, als hätte sie einen Heiligenschein.

Sie will reden ... Aber mein verfluchter Körper will gerade alles mit ihr tun, außer reden.

Trotzdem weiß ich, dass ich um dieses Gespräch nicht herumkommen werde. Scheiße, ich hätte mir vorher Gedanken machen sollen. Aber das ist mal wieder typisch für mich und meine Kurzschlussreaktionen.

Mir bleiben zwei Möglichkeiten, wenn ich verhindern will, dass der Wichser sie jemals wieder anfasst.

Entweder, ich sage ihr die volle Wahrheit. Dass wir Geschwister sind und dass unser Vater meiner Mutter seit Jahren Schweigegeld zahlt. Dann wird alles auffliegen und Frau Beck wird ihren betrügerischen und hinterhältigen Ehemann hoffentlich in die Wüste schicken.

Oder Möglichkeit zwei, ich verschweige ihr weiterhin, was Sache ist, und ziehe andere Leute ins Vertrauen, die bereit sind ihr zu helfen und ihren Vater anzeigen werden.

Aber es gibt auch noch eine dritte Möglichkeit, meldet sich meine verfickte innere Stimme zu Wort. Ihr macht einen auf Bonnie und Clyde, du verschweigst ihr alles und bekommst endlich das, wovon du schon seit Wochen träumst.

Kann man dieses verfluchte innere Ding irgendwie abstellen? Alleine beim Gedanken an das, wovon es redet, ziehen sich meine Lenden schmerzhaft zusammen.

Wie krank muss man sein, seine Schwester vögeln zu wollen?

Ich kann ihr einfach nicht die Wahrheit sagen, sie würde zu viel verlieren und ich bin nicht bereit ein Leben als beschützender Bruder an ihrer Seite zu führen. Das packe ich nicht!

»So geht das nicht weiter, Ann. Irgendwann bringt dich der Arsch noch um. Sieh dich doch einmal an. Willst du tatsächlich noch länger hinnehmen, was er dir antut?«

Sie sinkt vor mir auf den Boden. Tränen glitzern in ihren Augen, als sie stumm den Kopf schüttelt.

»Du bist nicht schuld an dem, was passiert«, fahre ich fort. »Auch wenn er dir das einreden will. Niemand, auch nicht deine Mutter, kann von dir verlangen, dass du seine Gewalttätigkeiten auf Dauer hinnimmst. Du hast es dir viel zu lange gefallen lassen.«

Sie tastet nach meiner Hand und lächelt unter Tränen. »Wirst du bei mir sein? Sonst schaffe ich das alles nicht!«

Ich senke den Kopf.

»Kai, wirst du bei mir sein und mich nie wieder verlassen?«

»Ja!«, lüge ich und kann ihr dabei nicht einmal in die Augen sehen.

»Danke«, wispert sie und ich lasse es zu, dass sie mir einen zarten Kuss auf die Lippen haucht. Gerade als sie im Begriff ist mich noch inniger zu küssen, drehe ich den Kopf zur Seite. Sofort sehe ich den Argwohn in ihren Augen.

»Später. Zuerst brauchen wir eine Lösung.«

Sie schmiegt ihren Kopf in meinen Schoß und ich weiß nicht, wie ich es schaffen soll, meine Erregung zu unterdrücken.

»Was schlägst du vor?«, flüstert sie an meinem Bauch.

Shit, ich habe ja selbst keine Ahnung. Das Einzige, was ich weiß, ist, dass ich sie da rausholen muss. Weiter habe ich bisher noch nicht gedacht.

»Ich werde mir was überlegen, lass mir ein wenig Zeit.«

»Solange wir die Zeit gemeinsam verbringen, darf es ruhig eine Weile dauern, bis dir etwas einfällt«, sagt sie und lächelt.

Als ich darauf nichts erwidere, setzt sie sich auf und mustert mich. »Sag mir die Wahrheit, Kai. Hast du wieder etwas mit Lil?«

»Was? Nein!« Die Tatsache, dass ich wirklich kurz davor war sie zu vögeln, verschweige ich lieber, denn bei Lil sind es auch keine echten Gefühle.

»Was hatte Lil dann gestern auf deinem Schoß zu suchen?«

Ich fahre mir durchs Haar und seufze laut. Als ich ihrem ernsten, abwartenden Blick begegne, weiß ich, dass sie definitiv die Wahrheit hören will.

»Fuck, sie ist einfach gekommen und hat sich draufgesetzt. In diesem Moment ist Luise aus dem Bus gestiegen und hat uns gesehen. Mehr war da nicht. Ehrlich!«

Na ja, zumindest fast. Eigentlich war ich es, der Lil auf seinen Schoß gezogen hat, mit der Absicht Ann eifersüchtig zu machen. Verdammt, mein Leben wird immer komplizierter.

»Schwörst du, dass es so war?«

Ich lache abfällig. »Sind wir jetzt im Kindergarten oder was? Ich schwöre einen Dreck! Entweder glaubst du mir, oder du lässt es sein.«

Sie sieht mich noch eine Weile an und ich verdrehe die Augen und lege mich demonstrativ auf den Rücken.

»Also gut, ich glaube dir.«

»Wow! Welch Ehre! Danke!«

Ich höre sie leise lachen. »Kai?«

»Hmm?«

»Darf ich dich noch was fragen?«

»Nein, eigentlich nicht. Sei still und lass mich nachdenken.«

»Warum hast du dich piercen lassen?«

Das war ja klar. Sie redet trotzdem weiter. Was sollte dann diese beschissene, rein rhetorische Frage?

»Weil ich Bock darauf hatte! Hältst du jetzt endlich die Klappe?«

Sie seufzt und legt sich neben mich. Wie von selbst schlingt sich mein Arm um ihren Körper. Meine Selbstbeherrschung ist wirklich katastrophal.

»Ich weiß, wo wir uns fürs Erste verstecken können«, sagt sie plötzlich und dreht sich mit einem Schwung zu mir um. »Die Planks besitzen eine kleines Häuschen hier am See. Nichts Spektakuläres. Nur ein großes Zimmer und ein winziges Bad. Als Ben und Jannik klein waren, haben sie öfter dort übernachtet und sind mit dem Ruderboot rausgefahren. Doch seit die beiden groß sind, werden das Haus und das Boot nicht mehr benutzt.«

»Bist du dir sicher?«

»Ja, das hat uns Ben mal erzählt.- Aber warte mal ...« Ann setzt sich auf. »Ich muss dringend Luise was texten.«

»Bist du wahnsinnig? Du kannst ihr doch nicht verraten, wo wir sind. Sie hasst mich und wird uns sofort verpfeifen.«

»Luise ist meine Freundin, sie verrät mich nicht. Ich will ihr außerdem nur schreiben, dass wir zusammen sind und dass es mir gut geht.«

Zähneknirschend nicke ich.

»Und dass sie dich hasst, das hast du dir nur selbst zuzuschreiben.«

Ich stehe auf. »Oft ist es klüger zu hassen als zu lieben.«

14. Kapitel

Annabell

Was hat er damit gemeint? Ich will ihn gerade fragen, als mein Handy piepst und ich Luises Antwort lese.

> Du bist wahnsinnig!!!! Wo treibst du dich herum? Der Kerl ist verrückt! Komm SOFORT wieder nach Hause.

Ich antworte mit einem schlichten Nein und schiebe das Handy in meine Tasche.

Dann erkläre ich Kai kurz den Weg und wir fahren los.

Das rostige Schloss, das die Tür verhängt, ist ein Klacks. Bereits nach wenigen Schlägen mit einem großen Stein fällt es zu Boden.

Wir verbringen den ganzen Tag im Haus. Kai schläft und ich sitze daneben und warte darauf, dass er aufwacht. So hatte ich mir unsere gemeinsame Zeit definitiv nicht vorgestellt.

Irgendwie habe ich das Gefühl, Kai geht mir trotz allem aus dem Weg.

Als er wach ist, behauptet er, ihm sei heiß, und geht schwimmen. Trotz gebrochener Rippe! Der Kerl hat echt einen an der Waffel.

»Fuck, habe ich einen Hunger!«, erklärt Kai, als er triefend nass das Haus betritt. Er reißt sämtliche Schränke auf.

»Shit!«, flucht er, als er bemerkt, dass alles leer ist.

»Ich sagte doch, es war schon ewig niemand mehr hier.«

Ich angele nach meiner Tasche und ziehe meinen Geldbeutel heraus.

»Hier, kannst dir ja beim Badekiosk was holen gehen«, schlage ich ihm vor.

»Du glaubst doch nicht ernsthaft, dass ich deine Kohle annehme. Vergiss es!«

Gott, den hast du eindeutig mit zu viel männlichem Stolz ausgestattet.

»Spinn nicht herum! Willst du lieber, dass wir verhungern?« Ich verdrehe die Augen.

Kai grinst schief. »Dazu werde ich es natürlich nicht kommen lassen.« Er schnappt mir den Geldbeutel aus der Hand und geht aus der Tür. »Bin gleich wieder da!«

Ich höre, wie sein Motorrad anspringt, und lege mich enttäuscht auf das ausgezogene Schlafsofa.

Eigentlich hatte ich gedacht, er würde mich mitnehmen. Aber vielleicht will er auch einfach nicht, dass mich jemand sieht.

Gedankenverloren male ich Kringel auf das Kissen neben mir. Ich werde einfach nicht schlau aus ihm. Kai kann so zärtlich und liebevoll sein und im nächsten Moment ist er abweisend und eiskalt. Mich schaudert wohlig bei dem Gedanken daran, dass wir die Nacht hier gemeinsam verbringen werden. Wird es passieren?

Ich trete vor die Tür und setze mich auf den kleinen alten Holzstuhl, der auf der Terrasse steht. Das Grundstück führt direkt zu dem See und dem Bootssteg.

Mittlerweile ist es dunkel geworden. Die Sterne und der Mond leuchten am Himmel und spiegeln sich funkelnd in der glatten Oberfläche des Sees. Es sieht wunderschön aus!

Ob sie mich wohl suchen? Ob sie mein Verschwinden der Polizei gemeldet haben? Sind sie traurig, dass ich fort bin? Oder eher erleichtert?

Ich hoffe nur, dass mein Vater seine Wut jetzt nicht gegen meine Mutter richtet.

Eine Brise streicht über meine nackten Arme und hinterlässt Gänsehaut. In der Ferne grollt Donner. Ein Blitz zuckt über den See. Ich hasse Gewitter. Mir war schon als Kind unwohl dabei. Ein Unwetter birgt so viele Gefahren. Sturm, Blitzeinschlag, Hagel. Hoffentlich kommt Kai bald zurück.

Ich ziehe den Stuhl näher an die Hauswand, da der Wind immer mehr auffrischt. Im Handumdrehen wird er zu einem ausgewachsenen Sturm. Das Haar peitscht mir ins Gesicht und ich friere. Trotzdem kann ich meinen Platz vor dem Haus nicht verlassen. Sehnsüchtig tasten meine Augen immer wieder durch die Dunkelheit. Ich wünsche mir das Fernlicht seines Motorrads so sehr herbei. Ich wünsche mir ihn herbei.

Ich ziehe die Beine an und lege meinen Kopf darauf. Müdigkeit überfällt mich, doch ich werde auf keinen Fall schlafen gehen, bevor ich nicht weiß, dass er zurückgekommen ist.

Die Blitze zucken gleißend hell über den schwarzen Himmel. Der Sturm peitscht die Bäume und das dunkle Wasser des Sees ist ganz aufgewühlt. Das alles gleicht einem düsteren Fantasy-Spektakel. Mich hätte es nicht sonderlich überrascht, wenn vor dieser Kulisse Heerscharen von schwarz geflügelten Engeln aus den Wolken herabgeschwebt wären.

Und mit einem Mal öffnet der Himmel seine Pforten. Dicke, schwere Regentropfen prasseln auf die Erde. Dichte Wolken versperren nun die Sicht auf den Mond und die Sterne.

Ich ziehe die Beine noch enger an mich, um mich warmzuhalten. Der Regen und der Sturm sind mir egal. Immer wieder klappen meine Lider nach unten.

»Was suchst du hier draußen? Willst du dich vielleicht umbringen?«

Mein Kopf fährt herum.

»Da vorne wirbeln dicke Äste und alles Mögliche durch die Luft und du sitzt auf der Terrasse, als ob du Gäste für ein nächtliches Dinner erwarten würdest!«

Kai ist zurück! Er sieht mit seinen schwarzen Klamotten, den langen dunklen Haaren und den blitzenden Augen tatsächlich wie ein gefallener Engel aus. Einer von der bösen Sorte.

»Ich ... ich habe auf dich gewartet.«

»Was für ein Bullshit!«, schimpft er. »Glaubst du etwa, dass ich schneller komme, wenn du hier draußen sitzt?«

Fluchend zieht er mich vom Stuhl und schiebt mich ins Haus.

»Wo ist das Motorrad?«

»Das habe ich bei der kleinen Kneipe gelassen. Bei dem Sturm zu fahren, wäre glatt Selbstmord.«

»Du hättest warten sollen, bis das Unwetter vorbei ist«, sage ich, doch ich bin überaus froh, dass er es nicht getan hat.

»Ich dachte mir schon, dass du dir Sorgen machst. Dass du allerdings im Regen draußen auf mich wartest, hätte ich nicht angenommen.«

Er drückt mir meine Sporttasche in die Hand. »Zieh dich um. Du bist klatschnass!«

Mein doofes Herz macht einen Hüpfer, als ich höre, dass Kai nur meinetwegen durch das Gewitter gerannt ist.

Als ich aus dem Bad komme, hat er bereits den Tisch gedeckt. Ein paar Kerzen flackern und draußen tobt nach wie vor das Unwetter mit unverminderter Kraft. Himmel, ist das romantisch!

Kai

Als ich das Leuchten in ihren Augen sehe, als sie die Kerzen erblickt, weiß ich sofort, dass das keine gute Idee war.

Doch, verflucht noch mal, es gibt keinen Strom. Entweder hat das Gewitter ihn lahmgelegt oder sie haben ihn abstellen lassen, nachdem sie seit Jahren nicht mehr hier waren.

Vielleicht wäre ein Essen in einer Dunkelkammer eine bessere Idee gewesen. Wir wären vollends damit beschäftigt gewesen, unsere Gabel zu suchen und sie halbwegs sicher in den Mund zu manövrieren.

Keine tiefen Blicke. Keine liebevollen Gesten.

Ich bin kurz davor, die brennenden Dochte wieder auszupusten.

Doch als sie sich mit glitzernden Augen an den Tisch setzt und ein verlegenes »Danke, Kai!«, haucht, bringe ich es einfach nicht übers Herz.

»Es gibt keinen Strom«, sage ich.

Doch sie ignoriert den Satz einfach, was mich ärgert. Am liebsten würde ich ihr ins Gesicht schreien, dass ich diese beschissenen Kerzen wirklich nur angezündet habe, damit wir etwas sehen, und nicht, um sie damit glücklich zu machen.

Denn genauso wirkt sie. Glücklich! Mann, ich bin echt am Arsch!

»Was möchtest du essen?« Ich schiebe die Plastikbeutel über den Tisch.

Aber sie beachtet sie gar nicht, ihr Augen fixieren … mich.

Also doch besser Dunkelkammer. Noch bevor ich zur ersten Kerze greifen kann, sitzt sie plötzlich auf meinem Schoß, hebt mein Kinn und küsst mich.

Ihre Zunge fährt spielerisch um mein Piercing herum.

Mir wird heiß und ich merke, wie mein Widerstand dahinschmilzt.

Sie ist meine Schwester! Schwester! Schwester! Wie ein Mantra geht mir das Wort im Kopf herum.

Ich schiebe sie unauffällig von mir weg, schenke ihr jedoch ein Lächeln, um ihr nicht allzu wehzutun.

»Du willst essen, oder?« Sie lacht und zupft neckisch an meinem Ohrläppchen.

»Hmm.«

Ich ziehe die Tüten zu uns, da sie keine Anstalten macht, von meinem Schoß zu steigen. Fuck, was soll ich denn tun? Sie runterstoßen?

»Salat? Döner? Pommes? Ich wusste nicht, auf was du Appetit hast.«

Sie greift sich den Salat. War ja klar!

Kaum habe ich meinen Döner ausgepackt, kommt die Frage: »Darf ich mal beißen?«

Anstandslos halte ich ihn ihr entgegen.

»Lecker!« Sie verdreht die Augen.

»Wir können gerne tauschen.«

»Nein, danke. Ich wollte nur mal probieren.«

Ich reiße die Tüte mit den Pommes auf und zack! ... landen bereits die ersten in ihrem Mund.

»Willst du?«

»Nö, ich wollte nur die paar. Danke!«

Nachdem sie zehn Minuten später die halbe Tüte leergefuttert hat, kann ich mir die Frage nicht mehr verkneifen.

»Wieso wolltest du eigentlich den Salat essen?« Anklagend zeige ich auf die Reste der Pommes.

»Äh ...« Röte überzieht ihre Wangen und sie sieht unglaublich süß aus.

»Schon gut. Ist wahrscheinlich irgend so eine Frauensache. Ihr müsst immer das Falsche bestellen, um euch dann am Essen eurer Männer zu vergreifen.«

Sie lächelt sanft.

»*Eurer* Männer? Du bezeichnest dich als meinen Mann?« Jetzt grinst sie.

Heilige Scheiße! Ich muss meine Wortwahl in Zukunft besser im Griff haben.

»Ich gehöre niemandem. Nur mir selbst«, brumme ich.

Sie knallt die Plastikgabel auf den Tisch.

»Sag mal, was ist eigentlich los mit dir? Ich bin nicht mitgekommen, um mir einen blöden Spruch nach dem anderen von dir anzuhören.«

Scheiße, ja, das weiß ich selbst. Ich würde ihr gern eine Antwort geben, aber die wird definitiv nicht so aussehen, wie die, die sie sich wünscht.

»Also gut, Ann, hör mir zu. Ich habe dir doch versprochen, dich immer zu lieben«, fange ich an und kann selbst hören, wie unaufrichtig und gestelzt ich klinge.

»Davon merke ich reichlich wenig!« Sie steht auf und verschränkt ablehnend die Hände vor der Brust.

»Und ich hab dir gesagt, dass es auf eine andere Art sein wird, als du es dir erhoffst.«

»Kai, was soll der Blödsinn? Entweder du liebst mich oder du tust es nicht. Oder willst du mir vielleicht erzählen, dass du ein Unsterbli…«

»Komm mir jetzt bloß nicht mit diesem Fantasy-Scheiß!«

Fuck, wie soll ich ihr sagen, was ich fühle, ohne ihr zu verraten, wer ich tatsächlich bin?

Aber jetzt ist nicht der richtige Zeitpunkt für eine sachliche Aussprache. Ich muss dringend ein anderes Thema anschneiden.

Ich schenke ihr ein Glas Wasser ein. »Übrigens ist mir eingefallen, wer uns … wer dir helfen könnte, ohne dass wir die Polizei einschalten müssen.«

»Du brauchst jetzt gar nicht abzulenken. Wir können gerne später darüber sprechen. Jetzt will ich erst eine Antwort auf meine Frage! Was ist los mit dir?«

Scheiße, sie ist schlauer, als ich dachte.

Ein Blitz zuckt und taucht das Zimmer für eine Sekunde in gleißend helles Licht. Donner grollt laut und ich sehe, wie ihre Augen unruhig zum Fenster huschen.

»Jetzt sag bloß nicht, dass du Schiss vor einem Gewitter hast!« Ich kann mir ein Lächeln nicht verkneifen.

»Hab ich nicht!«, blafft sie und funkelt mich wütend an. Sie sieht aus wie eine wilde Rachegöttin, was ihrer Schönheit keinen Abbruch tut.

Der nächste Blitz und der Donner dazu kommen urplötzlich und es hört sich an, als wäre das Gewitter direkt über uns. Ihr entfährt ein leiser Schrei und sie schlägt erschrocken die Hände vors Gesicht.

Ich lache erneut.

»Ich hasse dich!«, sagt sie, während sie vorsichtig zwischen ihren Fingern hindurchlugt.

Fuck, ich weiß selbst nicht, warum ich es tue, doch ich kann einfach nicht anders. Ich stehe auf, gehe auf sie zu und nehme behutsam ihre Hände von ihrem schönen Gesicht. In ihren Augen spiegelt sich das Licht der Kerzen. Es sieht aus, als würde ein Feuer darin lodern.

»Nein, das tust du nicht«, flüstere ich und meine Stimme hört sich verboten heiser an.

Ihr Blick trifft auf meinen. Verfluchte Scheiße, bin ich schwach!

Dabei gebe ich mich nach außen hin so hart. So hart wie Eisen. Und sie ist ein verdammter Magnet, der mich an sich zieht und nicht wieder loslässt.

Warum bin ich ausgerechnet in sie verschossen?

Ich war noch nie richtig verliebt und dann erwischt es mich ausgerechnet mit meiner Schwester.

Das Scheißschicksal und mein Bauchgefühl scheinen in diesem Fall Hand in Hand zu arbeiten. Aber kein Wunder, das Schicksal hat mich schon mein ganzes Leben lang angepisst. Bisher war ich stets Weltmeister darin, ihm ein Schnippchen zu schlagen, doch diesmal habe ich definitiv die Arschkarte gezogen. Egal wie ich es drehe und wende, wir werden beide unglücklich sein.

Ehe ich weiter darüber nachdenken kann, liegen meine Lippen schon auf ihren. Um meine Selbstbeherrschung ist es geschehen.

Sie schmiegt sich eng an mich. Fuck! Viel zu eng! Meine Hose ist nicht weit genug, um zu verbergen, was sich gerade da unten abspielt. Wahrscheinlich bin ich doch ein schwanzgesteuerter Vollidiot.

Ihre heiße Zunge dringt in meinen Mund und es ist unmöglich sie abzuwehren. Ein leiser Seufzer schlüpft über ihre Lippen und direkt in meinen Mund.

Ich dränge mich an sie, wühle meine Hände in ihr langes Haar und kann nicht genug bekommen. Ihr Geruch … ihr Geschmack vernebeln mir die Sinne und ich nehme nichts mehr wahr außer dieses zarte Wesen, das da vor mir steht und im Begriff ist, mich zu der größten Dummheit meines Lebens zu verleiten.

Mein Shirt fliegt als Erstes in die Ecke. Mit nacktem Oberkörper stehe ich, zitternd vor Begierde, vor ihr. Mein Atem geht heftig und auch ihr Brustkorb hebt und senkt sich rasend schnell.

Ihre nackte Brust drückt sich gegen mich. War ich es, der ihr den BH ausgezogen hat, oder hat sie es selbst getan? Heilige Scheiße, mein Kopf ist völlig leer, ich kann keinen einzigen klaren Gedanken mehr fassen.

Mein Becken, mein Schwanz pocht vor unstillbarem Verlangen und will nur noch das eine – sie!

Ich lenke sie rückwärts zum Bett, ohne dabei meinen Mund von ihrem zu nehmen. Hart drückt mein Schwanz gegen ihren Unterleib und ich höre sie erneut stöhnen.

Blitze zucken und ein Donner ertönt, doch ihre Angst scheint verflogen.

Ich lasse sie rücklings auf das Bett gleiten. Sie zieht mich mit sich. Meine Hände streichen über ihre samtene Haut, ihre weiche Brust, die sich anfühlt wie mit Satin überzogen.

Mein Mund fährt ihren Hals entlang und hinterlässt eine Spur feuchter Küsse, während sie mir ihren Oberkörper entgegenwölbt.

Als sich meine Lippen sanft um ihre Brustwarze schließen, entlockt ihr das ein wohliges Seufzen und ich merke, wie sie sich unter meinen Liebkosungen windet.

Auch ihre Hände begeben sich auf Wanderschaft und streicheln meinen Bauch, der sich fast schmerzhaft zusammenzieht. Ich spüre sie über meinen Nabel streichen und über die harte Beule an meiner Hose fahren. Gott, wenn sie nicht sofort ihre Hände da wegnimmt, komme ich!

Im selben Moment machen sich ihre Finger an der schweren Schnalle meines Gürtels zu schaffen.

Ich will mit ihr schlafen. Mit ihr und mit sonst keiner! Ich will mit ... meiner Schwester schlafen. Die Erkenntnis trifft mich wie ein Hammerschlag, der mich blitzartig in die beschissene Realität zurückholt.

Es kostet mich ein Übermaß an Willensanstrengung, als ich ihre Hände beiseiteschiebe und mich schwer atmend aufsetze. Ich fahre mir keuchend durch das Haar und weiche vor ihr zurück. Den Schmerz, der sich jetzt in ihrem Gesicht widerspiegelt, spüre ich fast körperlich.

»Warum?«, haucht sie und ich sehe eine einzelne Träne, die ihr über die Wange rollt.

Ich kann nicht mehr. Ich bin am Ende. Es ist einfach zu viel.

»Weil du meine verdammte Schwester bist!«, brülle ich sie an.

15. Kapitel

Annabell

Was soll das denn heißen? Jetzt ist er völlig durchgedreht. Was für ein Idiot!

»Du bist doch vollkommen irre! Hast du dir was reingepfiffen oder ist das dein großes Geheimnis … Du stehst auf verrückte Spielchen beim Sex?«

»Was?« Er sieht mich an, als wäre nicht er der Psycho, sondern ich.

»Die einen stehen auf Kabelbinder und andere Kleinigkeiten, die der Baumarkt so hergibt, und du scheinbar auf perverse Rollenspiele. Aber solange ich nicht deine Großmutter spielen muss, ist das natürlich völlig okay für mich …«

Ein sarkastisches Grinsen liegt auf meinem Gesicht. Ich kann wirklich nicht fassen, was er da gerade abzieht. »Hattest du deshalb ständig Angst vor einer festen Beziehung?«

Als er keine Antwort gibt und nicht einmal zynisch lächelt, beginne ich unwillkürlich mit meinen Haaren zu spielen.

Verflixt, warum zittern meine Hände auf einmal? Das, was er da eben von sich gegeben hat, ist doch der größte Mist des Jahrhunderts. Oder nicht?

Krampfhaft versuche ich meine Unsicherheit vor ihm zu verbergen, indem ich verlegen die Hände falte.

Er steht auf und fährt sich immer wieder durch die dunklen Locken, was völlig sinnlos ist, weil die eine Strähne immer wieder über seine Wimpern fällt.

Wie gerne würde ich jetzt aufstehen und ihm das Haar aus der Stirn streichen. Er wirkt so … hilflos.

Gott, ich habe Kai noch nie hilflos erlebt. Sogar wenn er zusammengeschlagen und völlig neben der Spur war, hatte er immer einen coolen Spruch auf Lager.

Scheiße! Irgendetwas stimmt nicht mit ihm. Hat er vielleicht doch keinen Spaß gemacht? Aber wie wäre das möglich? Es ist völlig absurd. Eher gefriert die Hölle, als dass Kai mein Bruder ist.

Vorsichtig stehe ich auf und gehe lautlos auf ihn zu. Er kommt mir vor wie ein verängstigtes, wildes Tier und ich will ihn nicht verschrecken.

Er steht mit dem Rücken zu mir und als ich näher komme, sehe ich, dass er seltsam bebt. Fast so, als würde er ...

Scheiße! Kai weint nicht. Er weint nie.

Meine Hand zittert, als ich sie ausstrecke und ganz langsam auf ihn zu bewege. Ich habe Angst, ihn zu berühren. Angst, genau das Falsche zu tun. Doch ich weiß nicht einmal, woher diese Angst kommt.

Behutsam und sanft lege ich meine Hand auf seine Schulter. Er zuckt zusammen, als würde ihn ein Stromstoß durchfahren, obwohl meine Berührung so hauchfein ist, dass er sie kaum gespürt haben kann. Automatisch weiche ich zurück. Mein Körper gehorcht mir nicht mehr. Mir wird heiß, als stünde ich unter tausend Volt. Ich stolpere rückwärts, gerate ins Straucheln. Kurz bevor ich die Anspannung, die Ungewissheit nicht mehr ertragen kann, wendet er sich mir zu.

Atemlos sehe ich in sein Gesicht. In seinen Augen schwimmen Tränen.

Die Erkenntnis trifft mich wie ein Hammerschlag! Er hat es ernst gemeint.

»Aber w...wieso?«, stammele ich.

»Wieso?«, entgegnet er und ich wundere mich, dass er mich überhaupt verstanden hat, so leise, wie ich es gesagt habe.

Ich erspare mir weitere Worte. Jedes Wort erscheint mir sinnlos. Ein Blick auf Kai genügt, um zu wissen, dass er die Wahrheit gesprochen hat. Er wirkt wie eine leblose Hülle, wie ein Schatten seiner selbst, wie er da vor mir steht.

Tränen steigen nun auch in meine Augen und nehmen mir die Sicht. Schemenhaft erkenne ich, wie er auf mich zukommt. Er streckt die Arme nach mir aus, als wolle er mich an sich ziehen, doch plötzlich lässt er sie wie leblos sinken.

»Hör zu«, beginnt er. Doch ich will nicht hören, was er sagt, denn ich weiß nicht, ob ich es ertragen kann.

»Dein Vater und meine Mutter ...«

Ich presse mir die Hände auf die Ohren. Wenn er weiterredet, werde ich verrückt, dessen bin ich mir sicher.

Jetzt zucke ich zusammen, als seine Finger mir die Hände von meinen Ohren zerren. Nicht grob, sondern unendlich sanft.

»Ich will es dir erklären, Annabell. Bitte, hör mir zu!«

Als ich höre, wie er mich beim Namen nennt, muss ich noch mehr weinen. Ich will keine Erklärungen hören. Ich will gar nichts hören, sondern nur vergessen. Einfach vergessen, dass er diesen Satz gesagt hat, der alles zerstört.

»Aber du liebst mich doch, oder?« Ich sehe ihn tränenblind an. »Liebe kann nicht falsch sein. Liebe ist immer richtig. Sie ist niemals falsch.«

Forschend beobachte ich ihn, doch er sieht mir nur stumm in die Augen. Sein Blick ist voll endloser Traurigkeit.

»Sag, dass du mich liebst, Kai. Bitte!«, hauche ich flehend.

Er streicht mir eine lose Haarsträhne hinters Ohr. Kein Laut kommt über seine Lippen.

Und dann drehe ich mich um und renne zur Tür hinaus. Nach draußen, in das Gewitter, das jeglichen Schrecken für mich verloren hat. Was ist schon ein Gewitter, wenn die Welt zusammenbricht!

Ich laufe und laufe und höre Kai, wie er meinen Namen schreit und mir hinterherrennt. Ich werde immer schneller. Rhythmisch treffen meine Füße auf der Erde auf. Ich bestehe nur noch aus Schmerz.

Kai

Was bin ich nur für ein Idiot! Warum musste ich es ihr gerade jetzt und auf diese Weise sagen?

Ich laufe hinter ihr her, um sie einzuholen und ihr alles zu erklären, obwohl ich weiß, dass das die ganze Sache nicht mehr ändern wird. Ich habe Angst um sie. Grenzenlose Angst. Was wird sie nach dieser Offenbarung anstellen?

Nur noch ein kleines Stück, dann hab ich sie erreicht. Doch plötzlich stolpere ich, mein Fuß knickt um und ich gerate ins Straucheln. Den Bruchteil einer Sekunde später sitze ich mit schmerzverzerrtem Gesicht auf dem Boden. Ich bin über eine beschissene Wurzel gefallen.

Mein Knöchel brennt wie Feuer. Wahrscheinlich hab ich mir irgendein verdammtes Band gezerrt.

Fluchend schlage ich auf den Sand und schreie sämtliche Schimpfwörter in die Nacht, die mir gerade einfallen. Annabell ist inzwischen in der Finsternis verschwunden.

Ich muss sie unbedingt finden, um mit ihr zu reden. Dabei glaube ich nicht, dass sie mir noch weiter zuhören wird.

Humpelnd mache ich mich auf den Weg zu meinem Motorrad.

Ich drehe den Zündschlüssel um und gebe Gas. Der Motor gibt ein gurgelndes Geräusch von sich, ehe er erstirbt.

Ich könnte ausrasten. Natürlich! Irgendwann musste dieser verfickte Sprit ja ausgehen. Insgeheim habe ich mich sowieso schon gewundert, dass er so lange reicht. Aber muss das, zum Teufel noch mal, ausgerechnet jetzt sein?

Frustriert schlage ich auf meinen Lenker ein und vergrabe den Kopf in meinen Händen.

Der Regen fällt auf mich herab und mir ist wieder zum Heulen zumute. Doch ich heule nicht. Erstens, weil ich kein beschissenes Weichei bin, und zweitens, weil ich es heute ja schon getan habe. Allein die Erinnerung daran verursacht mir Übelkeit. Heulen ist was für Weiber!

»Kai?«

Ich fahre zusammen und reiße den Kopf hoch. Scheiße! Was will denn der Pisser hier? Heute ist definitiv nicht mein Tag.

»Was wollen Sie von mir?« Verärgert sehe ich Schmidt an. Sein Wagen steht neben mir an der Straße. Er muss eben meinetwegen angehalten haben.

»Ist die Kiste kaputt? Was suchst du hier draußen bei dem Gewitter?«

»Das können Sie sich doch denken! Ich nehme eine Dusche. Was sonst? Nur leider kann ich mein Duschgel nicht finden.«

Provozierend durchwühle ich meine Klamotten.

»Was soll das, Kai? Ich will dir doch nur helfen.«

Helfen? Mir hat noch nie jemand geholfen und jetzt scheiße ich drauf.

»Haben Sie zufällig einen Kanister Benzin im Auto? Wahrscheinlich nicht. Schade! Und jetzt kümmern Sie sich gefälligst um Ihren eigenen Dreck!«

Immerhin ist das hier nicht der Schulhof, also kann er mir auch keinen Verweis aufs Auge drücken. Und wenn er es nicht kapiert, dass er sich verpissen soll, dann muss ich wohl deutlicher werden.

Der Schleimscheißer zuckt die Schultern. »Ich dachte, ich könnte dich nach Hause bringen, wenn du ... fertig geduscht hast.«

Hä? Versucht der Kerl sich gerade als Komiker? Gute Nerven scheint er zu haben, denn immerhin ist er trotz meiner Unverschämtheit freundlich geblieben.

Soll ich sein Angebot doch annehmen? Ich muss Annabell suchen und mit dieser Dreckskarre komme ich keinen Meter mehr weiter.

Unsicher schweift mein Blick zwischen ihm und dem Bike hin und her. Scheiße, ist das demütigend. Ich kann mich doch nicht von einem Möchtegern-Sozialarbeiter herumkutschieren lassen.

»Na los, komm schon, Kumpel! Steig ein!« Er klopft mir auf die Schulter, als wären wir dicke Freunde. Vielleicht ist er ja doch schwul? Ich meine ... mit *dem* Namen bleibt ihm ja kaum was anderes übrig.

Unwirsch schüttele ich seine Hand ab.

»Finger weg!«, schnauze ich ihn an, steige aber trotzdem vom Sitz und folge ihm zu seinem Wagen. »Und wenn Sie noch einmal Kumpel zu mir sagen, dann raste ich aus. Wir sind keine Kumpel und werden es auch nie sein!«, sage ich wütend, bevor ich die Beifahrertür öffne.

Schmidt grinst. »Schon verstanden, Kai. Du bist cool und ich bin der Oberspießer. Aber damit kann ich leben. Glaub mir.«

Verdutzt sehe ich ihn an. Spinne ich? Hat er das gerade wirklich gesagt? Meine Antwort ist ein undefinierbares Schnauben.

»Also, wo wohnst du?«

Ich nenne ihm Bens Adresse.

***

Während der Autofahrt sehe ich verbissen aus dem Fenster und muss mich zusammenreißen, um nicht nervös an den Fingernägeln zu kauen.

Wo, zum Teufel, steckt dieses verrückte Mädchen?

»Sag mal, Kai, ist irgendetwas passiert?«

Offenbar ist mir die Nervosität anzusehen. Doch ich kann ihm unmöglich die Wahrheit sagen.

»Klar. Und Sie sind gerade dabei sich straffällig zu machen, indem Sie mich mitnehmen.«

Ich grinse in mich hinein, als ich sehe, dass Schmidt verdutzt eine Augenbraue hochzieht.

»Straffällig?«

Ich nicke zufrieden.

»Ja, Sie steuern gerade das Fluchtfahrzeug.« Ich drehe mich um und werfe einen betont langen Blick aus dem Rückfenster.

»Vielleicht könnten Sie noch eine Spur schneller fahren, die Polizei ist uns schon auf den Fersen.«

Schmidt runzelt die Stirn. »Was hast du ausgefressen, Kai? Hast du jemanden überfallen?«

Trotz meiner schwierigen Lage bin ich in Versuchung laut loszulachen. Scheiße, lässt sich der Typ leicht verarschen.

»Ja, und danach habe ich ihn zu Tode geprügelt und seine Leiche im See versenkt. Jetzt sind Sie wohl nicht mehr so froh darüber, dass ich in Ihrem Auto sitze? Immerhin könnte meine düstere Schattenseite jederzeit wieder zum Vorschein kommen.«

Er beginnt zu lachen, auch wenn es ein wenig angespannt klingt. »Wirklich ausgesprochen witzig, Kai!«

»Aber anfangs haben Sie es mir abgenommen. Scheinbar halten Sie mich doch nicht für so lieb und brav, wie Sie immer tun.«

»Du bist kein schlechter Kerl, Kai. Aber dein Umgang und ...«

»Wenn Sie jetzt nicht die Klappe halten, steige ich sofort aus. Von mir aus auch aus dem fahrenden Auto!«

Schmidt hört tatsächlich auf zu reden und reißt die Augen auf. Wir sind vor Bens Schicki-Micki-Bude angekommen.

»Du willst mir jetzt nicht weismachen, dass du hier wohnst.«

»Das hätten Sie mir nicht zugetraut, was?« Ich kann mir ein Grinsen nicht verkneifen.

»Kai, Junge, lass dir doch helfen. Wer wohnt hier? Was willst du von den Leuten?«

Scheiße, geht mir der Kerl auf den Sack. Muss ich ihm etwa meine ganze Lebensgeschichte beichten, nur weil er mich ein paar Meter in seiner Karre mitgenommen hat?

»Da drin wohnt meine Auftraggeberin. Wussten Sie nicht, dass ich neben der Schule meine Kohle als Callboy verdiene?«

Hoffentlich hält er jetzt endlich die Fresse.

»Es reicht, Kai! Ich fahre dich jetzt nach Hause!«

Ich verdrehe genervt die Augen und steige aus.

»Kai!«, ruft er.

Doch ich achte nicht auf ihn. Es gibt viel Wichtigeres.

Ich höre, wie eine Autotür zuknallt. Heilige Scheiße, jetzt kommt mir der Pauker auch noch hinterher. Der Typ ist wirklich zu dämlich.

Ich bin gerade im Begriff, an Bens Tür zu läuten, als sie sich bereits öffnet und Luise vor mir steht. Ben ist unmittelbar hinter ihr.

Als sie mich sieht, reißt sie die Augen weit auf und schreit mich an: »Du dämlicher Arsch! Wo ist sie? Was hast du mit ihr gemacht?«

Tränen laufen über ihre Wangen und sie trommelt mit den Fäusten gegen meinen Brustkorb, was meiner gebrochenen Rippe alles andere als gut bekommt.

Auch Ben schreit mich wütend an und droht mir mit den Fäusten.

Schmidts Augen huschen hin und her, bevor sie mich fixieren. Warum verpisst er sich nicht endlich? Das geht ihn doch alles nichts an.

Doch den Gefallen tut er mir nicht. Er verschränkt die Arme und bleibt demonstrativ hinter mir am Straßenrand stehen. »Was ist hier los? Warum streitet ihr euch?«

Betreten sehen wir uns an. Keiner will ihm eine Antwort geben.

»Es ist ganz einfach, Leute. Entweder ihr macht jetzt den Mund auf und ich versuche euch zu helfen, oder ich gebe euren Eltern Bescheid. Dann wird sich schnell herausstellen, was hier los ist.«

»Ach, Scheiße!«, fluche ich und schlage mit voller Wucht mit der Faust gegen die Hauswand.

Der Schmerz schießt mir durch die Finger und betäubt mich.

Plötzlich schiebt sich ein blonder Haarschopf durch den Türrahmen.

»Ich bin hier«, flüstert Ann und vermeidet dabei, mich anzusehen.

Zornig gehe ich auf Luise zu und ramme ihr meinen Zeigefinger gegen die Brust.

»Was soll die Schauspielerei? Da ist sie doch!«

»Nimm sofort die Pfoten von meiner Freundin«, zischt Ben und versetzt mir einen Rempler.

»Ich hab die beiden gebeten, dich abzuwimmeln«, gibt Ann kleinlaut zu.

Schmidt sieht wieder ungläubig zwischen uns hin und her. Ich kann mir vorstellen, dass er im Augenblick nur Bahnhof versteht, was nicht gerade von Nachteil ist.

»Annabell Beck und ich haben uns gestritten und sie hat mich wie den letzten Vollidioten behandelt, der ich wahrscheinlich auch bin«, erkläre ich ihm. »Können Sie Ihre Nase jetzt bitte in andere Angelegenheiten stecken?«

Betreten sieht er mich an. »Es tut mir leid.«

Fast bereue ich es, dass ich ihn so angeschnauzt habe, vielleicht wollte er ja wirklich nur helfen. Doch für Sentimentalitäten bleibt keine Zeit.

Schmidt seufzt. »Ich weiß, ihr Kids vertraut keinem Lehrer, aber falls du mich brauchst ... hast du ja meine Nummer, Kai«, sagt er und damit steigt er endlich in seinen Wagen.

16. Kapitel

Annabell

Ich hab schon befürchtet, dass er früher oder später hier auftauchen würde. Deshalb habe ich Luise gebeten, mich zu verleugnen. Doch als dann plötzlich auch noch Herr Schmidt vor Bens Tür stand, wurde alles viel komplizierter. Ich will nicht, dass ein Lehrer oder die Schule von der ganzen Sache Wind bekommt. Gott, wie peinlich wäre das denn! Und dann würde mein Vater im Nu mitbekommen, wo ich bin.

Eigentlich bin ich ganz froh darüber, dass Kai mich gefunden hat. Ich hätte ihm schließlich nicht ewig davonrennen können.

»Wollen wir reden?« Unsicher sieht er mich an. Bei seinem Anblick fange ich schon wieder an zu heulen. Als mir eine Träne über die Wange rinnt, merke ich, dass ich damit gar nicht aufgehört habe.

Ich nicke stumm und gebe Luise und Ben ein Zeichen, uns alleine zu lassen.

Meine Freundin wirft mir noch einen aufmunternden Blick zu, dann greift sie nach Bens Hand und die beiden gehen ins Haus zurück.

Das Gewitter und der Regen haben aufgehört, doch ich friere.

»Komm!« Kai greift nach meiner Hand, doch ich entziehe sie ihm. Im Moment kann ich keine Berührung ertragen. Er blickt mir forschend ins Gesicht und presst die Lippen zu einem dünnen Strich zusammen, ehe er mit dem Kopf in Richtung der überdachten Sitzgruppe nickt. Ergeben folge ich ihm. Fröstelnd schlinge ich die Arme um meinen Körper und wippe mit den Füßen auf und ab. Ich vermeide es Kai anzusehen und fixiere einen Punkt vor mir auf dem Boden.

»Ist dir kalt?«

»Interessiert dich das wirklich?« Mein Kopf schießt nach oben und ich funkele ihn aufgebracht an.

Kai zuckt mit den Schultern. »Ich dachte ja nur ...«

»Ja, Kai, das ist mal wieder typisch für dich – du gibst immer zum falschen Zeitpunkt das Falsche von dir!«, stelle ich zynisch fest. »Und du trittst einfach in jedes Fettnäpfchen.«

»Was hätte ich denn tun sollen?«, erwidert er unglücklich. »Hätte ich dich etwa ficken sollen, obwohl ich weiß, wer du bist?«

Ja, vielleicht hätte er das. Ich hätte es keine Sekunde lang bereut. Doch seine Worte brennen mir ein Loch ins Herz.

»Woher willst du das auf einmal erfahren haben?« Meine Stimme trieft vor Sarkasmus. Entweder er hat mich verarscht, warum auch immer, oder er ist ein gemeiner Lügner, der mir die ganze Zeit etwas verheimlicht hat.

Seine Augenbrauen ziehen sich zusammen. Auf seinem Gesicht spiegelt sich der Schmerz der ganzen Welt. Trotzdem bin ich mir nicht sicher, ob ich es ihm wirklich glauben kann.

»Dein Vater war bei meiner Mutter und hat ihr wieder einmal Geld gebracht. Er bezahlt sie anscheinend schon mein ganzes Leben dafür, dass sie schweigt.«

»Hat sie dir alles erzählt?«

»Nein! Meine Mutter hat mir nur bestätigt, dass es so ist. Daraufhin bin ich abgehauen.«

»Okay«, sage ich, drehe mich um und gehe wie in Trance die Stufen zur Haustür hoch. Das kann nicht sein. Doch es würde sein Verhalten erklären. Ich bin fassungslos über das, was ich von Kai erfahren habe. Kann das Schicksal uns tatsächlich derart übel mitspielen?

Bevor Kai noch etwas sagen kann, schließe ich die Tür. Ich kann ihm nicht mehr länger in die Augen sehen. Kais Worte brennen nach wie vor in meiner Brust, fressen sich wie eine giftige Säure durch meinen Körper und töten all meine Gefühle ab.

Kai

Die Tür fällt ins Schloss und eine Welt bricht in mir zusammen.

Sie hat Recht, wie immer habe ich alles falsch angepackt. Ich wollte sie schützen, vor ihrem Vater, doch ich habe ihr viel zu spät und zum falschen Zeitpunkt die Augen geöffnet. Ich hätte von Anfang an aufrichtig sein sollen, das hätte uns eine Menge unangenehme Situationen erspart. Ich wollte, dass sie mich hasst, weil ich sie nicht lieben darf. Wäre ich nur ehrlich zu ihr gewesen!

Ich wollte sie nicht beleidigen, es war der Frust, die abgrundtiefe Verzweiflung, die mich dazu bewogen hat, solche Worte zu sagen.

Jetzt ist es an ihr zu entscheiden, was sie mit diesem Wissen anfängt. Wird sie es ihrem Vater sagen? Ihrer Mutter? Wird sie schweigen? Das alles geht mich nichts mehr an. Ich habe keine Ahnung, wie sie sich verhalten und ob sie das alles verkraften wird. Ich weiß, dass ich nicht mehr derjenige sein darf, der ihr hilft diesen Schmerz und den Kummer zu überstehen.

Zum Glück weiß ich, dass sie sich im Augenblick in den besten Händen befindet. Luise und Ben werden sie nicht im Stich lassen und verhindern, dass sie irgendwelche Dummheiten macht.

Das Unwetter hat sich inzwischen ganz verzogen, über mir wölbt sich ein sternenklarer Himmel. So schön, so unwirklich, als wolle er mich und meine schlimme Situation verhöhnen.

Ich mache mich auf den Weg zum Abbruchhaus. Mehr hält das Leben für mich nicht bereit. Ein beschissenes Dasein in einer abgefuckten Welt. Egal, wie gut meine Noten sind, ich gerate immer wieder in Schwierigkeiten.

Hass, Wut und Trauer durchfluten mich. Niemals zuvor habe ich weniger besessen. Niemals zuvor bin ich noch tiefer gesunken.

Zornig dresche ich auf alles ein, was sich mir in den Weg stellt, und hinterlasse eine Spur aus Verwüstung. Zerbeulte Briefkästen, zerschmetterte Flaschen, die irgendwo am Wegrand lagen, und zerbrochene Zaunlatten sind das Ergebnis meiner Wut. Und einer alles umfassenden Leere, die sich in mir ausgebreitet hat.

Als ich nach Ewigkeiten irgendwann beim Quartier ankomme, sehe ich, dass die anderen Pisser auch da sind. Hoffentlich ist zumindest einer von ihnen auch so aggro drauf. Ich hab größte Lust, irgendjemandem die Fresse zu polieren!

Leider sind nur Luke und Lil da, die es gerade auf einer schäbigen Matratze treiben. Mein Hass vervielfacht sich: Ich hasse Lil, weil sie sich wohl von jedem vögeln lässt, obwohl sie doch angeblich auf mich steht. Ich hasse Luke, weil er ein krankes Arschloch ist, das nur an sich selbst denkt. Ich hasse meine Mutter, weil sie mich mein ganzes Leben lang verachtet und belogen hat.

Ich hasse meinen verfickten Erzeuger, weil er das letzte Arschloch ist. Und ich hasse Annabell, weil sie mich zu dem gemacht hat, der ich jetzt bin. Zu einem Niemand.

Ich trete gegen den Tisch und die geschätzten hundert Bierdosen, die darauf gestapelt sind, krachen zu Boden. Lukes beschissenes Grunzen verstummt. Er und Lil drehen erschrocken ihre Köpfe in meine Richtung. Während sich auf Lukes Gesicht ein überlegenes Grinsen abzeichnet, spiegelt sich auf Lils Miene Scham und Schadenfreude gleichzeitig.

»Sorry, Kai, besetzt. Stell dich hinten an!«, verkündet Luke kichernd.

Lil presst die Augen zusammen, als würde ihr etwas wehtun.

In diesem Moment weiß ich, dass ich sie nie wieder vögeln werde. Wie tief muss ein Mensch sinken, dass er so etwas mit sich machen lässst? Ich an Lils Stelle hätte Luke einen Tritt in die Eier verpasst, doch sie liegt nur stumm da und lässt sich weiter rammeln.

»Danke, kein Bedarf!«, presse ich zwischen zusammengebissenen Zähnen hervor und wende mich ab.

***

Als ich auf dem Dach des Abbruchhauses sitze, ist es wieder sternenklar. Der Wind weht sanft über mich hinweg und ich wünschte, er könnte all meine Sorgen mit sich nehmen. Oder einen kleinen Tornado durch mein Gehirn jagen, damit ich die Zeit mit Annabell vergesse.

In diesem Augenblick bin ich froh, dass Herr Beck mich nie als Sohn akzeptiert hat. Denn ich könnte nicht weiterleben, wenn ich täglich in Annabells wunderschöne Augen sehen müsste und mich in ihnen treiben ließe wie ein Blatt im Sommerwind.

Unwirsch schüttele ich meinen Kopf. Ich kann es nicht fassen, was sich darin für dämliche Gedanken befinden. Blatt im Sommerwind ... Scheiße, ist das peinlich. Ich werde tatsächlich noch zum Weichei. Es ist an der Zeit, dass der alte Kai Kestner wieder zurückkehrt. Der eiskalte, berechnende Typ mit dem Hang zur Selbstdarstellung.

Ich stehe auf und spucke vom Dach.

Welcome back, Kai! Das hier ist mein Leben, dafür wurde ich geboren und wenn ich nichts Besseres kriegen kann, dann bleibe ich dabei.

Lil und Luke sind mit ihrem Fick endlich fertig.

»Wo findet der nächste Bruch statt?«, frage ich.

Die beiden grinsen.

»Willkommen zu Hause, Alter!« Luke streckt mir die Hand entgegen und ich schlage ein.

17. Kapitel

Annabell

Ben hat mich nach Hause gefahren und ich brenne darauf zu erfahren, was mir mein Vater auf meine Fragen antworten wird.

Der Morgen dämmert schon, als ich die Haustür aufschließe. Innerlich wappne ich mich gegen weitere Schläge, doch es ist alles ruhig. Verwundert gehe ich durch das stille Haus und steige die Treppen hinauf in mein Zimmer.

Die letzte Stufe knarrt, als ich meinen Fuß darauf setze.

Die Schlafzimmertür meiner Eltern öffnet sich. Jetzt gibt es richtig Ärger! Ich freu mich schon auf das Gesicht meines Vaters, wenn er hört, was ich erfahren habe.

Doch zu meiner Verwunderung ist es nur meine Mutter, die ihren Kopf durch die Tür streckt.

»Du hast Glück, dass dein Vater nicht hier ist, sonst hätte das ein böses Ende genommen. Wo hast du dich gestern und heute Nacht denn herumgetrieben?«

»Ich war bei Luise. Wir haben bei Ben übernachtet. Entschuldige, dass ich nicht angerufen habe.«

Die Zeit mit Kai schenke ich mir. Kai ist für mich gestorben.

Mum nickt. »Geh schlafen. Und nächstes Mal meldest du dich, verstanden?«

Ich bin froh, dass sie mir keine große Szene macht.

»Wo ist Papa eigentlich?« Normalerweise gehe ich ihm lieber aus dem Weg, doch heute kann ich es gar nicht erwarten, ihn zu treffen.

»Dein Vater ist unterwegs. Herr Plank hat doch dieses Hilfsprojekt für die Dritte Welt ins Leben gerufen. Dabei ist ihm kurzfristig ein Arzt abgesprungen und er hat deinen Vater gebeten, ihn zu begleiten.«

»Papa ist an einem Hilfsprojekt beteiligt?« Ich kann es nicht fassen. Mein Vater hält eigentlich nicht viel von Nächstenliebe.

»Na ja, Herr Plank hat ihm dafür finanzielle Unterstützung bei seinen nächsten Projekten zugesagt. Da konnte er schlecht Nein sagen.«

Dachte ich's mir doch! Mein Vater hilft niemandem, wenn für ihn nichts dabei rausspringt.

»Wie lange ist er fort?«

»Er wird wahrscheinlich ein paar Wochen weg sein. Das heißt aber nicht, dass du mir jetzt auf der Nase herumtanzen kannst.« Sie zwinkert mir zu.

Hat sie das eben tatsächlich gemacht? Ich habe meine Mum noch nie zwinkern gesehen.

»Jetzt schlaf dich aus, Annabell. Du siehst ziemlich müde aus.« Mit diesen Worten zieht sie die Tür hinter sich zu und lässt mich völlig verdutzt zurück.

Normalerweise wünsche ich meinen Vater dorthin, wo der Pfeffer wächst, und ausgerechnet jetzt, wo mir so viele Fragen auf der Seele brennen, verschlägt es ihn wochenlang bis ans Ende der Welt.

Kurzfristig überlege ich, meine Mutter nach der ganzen Sache zu fragen, doch da ich nicht weiß, wie weit sie involviert ist, beschließe ich, es sein zu lassen. Ich will zuerst die Version meines Vaters hören.

***

Die Sommerferien sind fast zu Ende. Ich habe das Haus so gut wie gar nicht verlassen und die meiste Zeit lesend am Pool oder in meinem Zimmer verbracht. Ich hatte Angst Kai über den Weg zu laufen, der sich tatsächlich die ganzen sechs Wochen lang nicht gemeldet hat.

Natürlich konnte ich es nicht lassen, Luise ab und an nach ihm zu fragen. Doch bis auf ein paarmal am Baggersee, wo er sich mit seiner Gang herumgetrieben hat, hat sie ihn auch nicht gesehen. Einerseits bin ich froh, so wenig von ihm zu hören, doch tief in meinem Inneren sehne ich mich nach ihm und bin traurig nicht mehr Teil seines Lebens zu sein.

Meine Mutter hielt in den letzten Tagen eine Überraschung nach der anderen für mich bereit. Sie ist regelrecht aufgeblüht, seit mein Vater weggefahren ist. Sie flüchtet sich nicht mehr in irgendwelche Termine, sondern verbringt viel Zeit zu Hause und mit mir.

Gestern Abend haben wir, zum ersten Mal seit ich denken kann, zusammen einen Film angeschaut. Wir haben Popcorn gegessen, viel zu viel Cola getrunken und uns über die Schauspieler lustig gemacht. So viel Spaß hatten wir noch nie. Es war, als wäre zwischen uns plötzlich eine innere Verbundenheit da, etwas, das ich all die Jahre vermisst habe.

Ich fühle mich plötzlich wohl zu Hause. Weil mein Vater nicht da ist, ich keine Angst haben muss, etwas falsch zu machen und bestraft zu werden, und weil meine Mutter mir das Gefühl gibt, dass ich es wert bin, gern gehabt zu werden.

Ich fürchte mich vor dem Tag, an dem mein Vater zurückkommt, weil ich weiß, dass dann alles vorbei sein wird. Das Lachen und die Unbeschwertheit in diesem Haus werden weggewischt sein wie ein leichtes Blatt Papier.

Ich bin dankbar für diese heitere Zeit, denn ich weiß nicht, ob ich es ohne sie geschafft hätte, meinen Schmerz zu überwinden. Auch wenn ich ihn nach wie vor noch nicht ganz überwunden habe. Ich habe ihn verbannt, in meinem Herzen eingeschlossen.

Luise weiß von meinem Geheimnis und musste mir schwören niemandem, nicht einmal Ben oder ihren Eltern, davon zu erzählen. Sie hasst Kai dafür, dass er mir nicht sofort reinen Wein eingeschenkt hat, sondern mich angelogen und mir etwas vorgespielt hat. Dass er mich geküsst, mich gestreichelt und seine Liebe erklärt hat, obwohl er es nicht hätte tun dürfen. Und sie verachtet meinen Vater, dem sie, wie sie sagt, niemals wieder in die Augen sehen kann.

***

Es ist der erste Schultag nach den Ferien und das Wetter passt ausgezeichnet zu meiner Stimmung. Es regnet Bindfäden. Die Sonne hat sich hinter dicken Wolken versteckt und für Mitte September ist es empfindlich kühl. Ich schlüpfe in Jeans und wähle ein einfaches weißes Top dazu, darüber einen dünnen Strickpulli, dessen Kragen mir bis auf die Brust fällt. Das Haar drehe ich zu einem schlichten Knoten, ich tupfe mir nur ein wenig Lipgloss auf die Lippen und tusche meine Wimpern. Sogar an meinem Aussehen mäkelt meine Mutter seit Dads Abreise nicht mehr herum.

Manchmal frage ich mich, ob sie unter seinem Verhalten wohl genauso leidet wie ich und ob seine Gewaltausbrüche ihr nicht auch schreckliche Angst einjagen. Wie es tief in ihrem Herzen aussieht, weiß ich nicht, doch in letzter Zeit habe ich manchmal das Gefühl, dass sie mich daran teilhaben lässt.

Ich bitte sie, mich zur Schule zu fahren, was sie auch gerne tut. Ich will Kai nicht schon morgens im Bus begegnen. Gott, eigentlich weiß ich überhaupt nicht, wie ich reagieren soll, wenn ich ihn irgendwo in der Schule sehe. Allein beim Gedanken daran rast mein Herz wie das eines Marathonläufers kurz vor Zieleinlauf.

Bevor ich zu Mum ins Auto steige, simse ich Luise noch schnell und bitte sie, vor der Schule auf mich zu warten. Ich brauche unbedingt mentale Unterstützung, sonst überstehe ich diesen Tag heute nicht. Kurze Zeit später piepst mein Handy.

Was glaubst du eigentlich, was ich vorhatte? ABF

Ein schmales Lächeln erscheint auf meinen Lippen und ich bin verflixt froh, Luise an meiner Seite zu wissen. Dankbar tippe ich meine Antwort.

Danke!!! BFF!!!!! <3

»Ist das Luise?«, fragt meine Mum.

»Ja«, antworte ich mit freudloser Miene. Wie gut, dass ich sie nicht anlügen muss. Ich habe in letzter Zeit so viel gelogen, verschwiegen und verschleiert, dass es sich befreiend anfühlt, ausnahmsweise mal die Wahrheit sagen zu können.

Luise wartet am Straßenrand auf mich. Sofort sticht mir ihr wadenlanger Rock ins Auge und ich frage mich, warum um alles in der Welt sie solch biedere Klamotten trägt.

Ben steht neben ihr und hat ihr besitzergreifend den Arm um die Taille geschlungen. Neid kocht in mir hoch, als ich sehe, wie glücklich die beiden sind. Gleichzeitig überrollt mich eine Welle der Scham, weil ich meiner besten Freundin ihr Glück nicht gönne. Dabei wünsche ich mir so sehr, dass auch auf mich jemand wartet, der mich gernhat.

»Hi, Leute!« Schlaff hebe ich die Hand.

»Tag, Bella. Alles klar?«

Ich verziehe das Gesicht, was so ziemlich alles heißen kann.

Ben umfasst Luises Po und zieht sie eng an sich.

»Na dann, bis später, Süße.« Er schenkt ihr ein freches Grinsen. »Und wenn einer seine Finger nicht bei sich behalten kann, nenn mir den Namen. Immerhin verfügt mein Dad über eine eindrucksvolle Waffensammlung.« Er zwinkert ihr spitzbübisch zu, bevor er ihr einen Kuss auf die Lippen drückt und uns alleine lässt.

Ben hat sein Abi schon in der Tasche und kann die nächsten Wochen, bis sein Studium beginnt, faul herumhängen.

Fragend ziehe ich eine Augenbraue in die Höhe. »Was war das denn?«

Luise kichert. »Kannst du dich nicht mehr an unsere Wette erinnern?«

Ich hebe entschuldigend die Schultern, woraufhin Luise mit den Augen rollt. »Nennen wir es mal so, ich bin heute unten herum etwas leichter bekleidet als sonst.«

Da fällt es mir wie Schuppen von den Augen. Luise und ich haben darum gewettet, ob Kai aufrichtige Gefühle für mich hat oder nicht. Falls ja, hätte ich ohne Höschen kommen müssen, falls nein, ist meine Freundin an der Reihe.

Ich seufze tief. Wie gerne hätte ich diese Wette verloren!

Ich zwinge mich zu einem Lächeln. »Kein Wunder, dass Ben eben so besitzergreifend gewirkt hat.«

So leid es mir tut, ich kann einfach keine gute Laune heucheln.

Luise legt mir den Arm um die Schultern. »Ich weiß, das hätte alles anders laufen sollen. Eigentlich sollte Kai jetzt neben dir stehen und einen Eifersuchtsanfall nach dem anderen bekommen, sobald irgendjemand in deine Nähe kommt.«

Ich seufze und senke den Kopf. Allein beim Klang seines Namens pocht mein Herz schneller.

»Ist er schon da?«

Luise nickt. »Jep, er ist bereits zur Tür rein.«

Ich bin erleichtert, dass ich ihm hier nicht begegnen muss. Trotzdem kann ich es mir nicht verkneifen, sie noch weiter nach ihm zu befragen.

»Wie sah er aus?«

Luise verdreht die Augen. »Wie Arschlöcher eben so aussehen! Schwarz, wild und übrigens – sein neues Piercing sieht absolut scheiße aus. Will er damit sein Image als Bad Boy noch unterstreichen?«

»Keine Ahnung!« Obwohl ich es zuerst wollte, wünsche ich mir jetzt, dass Luise kein weiteres Wort über ihn verliert. Es tut mir weh und reißt alte Wunden auf, die noch lange nicht richtig verheilt sind.

Charlotte und Eva kommen auf uns zu. »Hi, ihr beiden! Na, habt ihr den Neuen schon gesehen? Der ist ziemlich cool.«

Charlotte leckt ihren Finger ab, streckt ihn in die Luft und gibt ein zischendes Geräusch von sich.

Luise wirkt völlig gleichgültig. »Ich habe ihn schon in den Ferien kennengelernt. Es ist Bens Cousin.«

»Davon hast du mir gar nichts erzählt!« Vorwurfsvoll sehe ich sie an.

»Na ja, ich dachte, dass dich Kerle momentan nicht besonders interessieren. Aber wenn du möchtest, kann ich dich ihm gerne vorstellen.«

Ehe ich etwas darauf erwidern kann, kichern Charlotte und Eva auch schon los.

»Mich auch, mich auch. Wie heißt er denn? Was macht er hier? Bleibt er länger?«

Auf dem Weg zum Schulhaus erfahre ich, dass der Neue Leon heißt. Sein Vater, ebenfalls Arzt (scheinbar wimmelt es in der Familie Plank davon), hat eine Stelle im plankschen Krankenhaus angenommen und ist mit seiner Familie hierhergezogen. Leon besucht den Abiturjahrgang und ist laut Eva heißer als die Sahara.

Luise bezeichnet Leon als »ganz nett«. Mir ist klar, dass sie ihn nicht in den Himmel heben wird, da sie Ben über alles liebt. Doch wenn meine Freundin ihn »nett« findet, muss er das wohl wirklich sein.

In den ersten beiden Unterrichtsstunden muss ich ständig ein Kichern unterdrücken, weil Luise unruhig auf ihrem Platz umherrutscht. Angeblich verklemmt sich ihr Rock andauernd zwischen ihren Pobacken.

Dann gehen wir zusammen in die Pause.

»Du guckst jetzt nicht nach links!«, zischt Luise mir auf einmal zu.

»Warum nicht?« Verwundert drehe ich den Kopf genau in die Richtung und bereue es augenblicklich.

Kai lehnt an einem der Pfeiler, an Lässigkeit nicht zu überbieten. Sein Haar ist in den Ferien gewachsen und hängt ihm fast bis auf die Schultern. Das glitzernde, helle Piercing an seinem Mund steht im krassen Kontrast zu seinem dunklen gebräunten Gesicht. Abgesehen von seiner mürrischen Miene sieht er unverschämt gut aus.

Als er mich erblickt, wird seine Miene finster.

Meine Hände flattern, während Luise mich eilig an ihm vorbeizieht.

Es ist nicht zu fassen, was ein einziger Blick von ihm in mir auslöst.

Auf einer der Bänke abseits des Pausengeschehens lassen wir uns nieder. Dann treten Charlotte und Eva zu uns und löchern Luise, sie endlich mit Leon bekannt zu machen. Seufzend gibt meine Freundin nach und macht sich auf die Suche nach ihm. Ich verkneife mir ein Grinsen, als ich sehe, wie sie bei jedem Schritt mit ihrer Hand am Rock nestelt.

Kai

Eigentlich wollte ich die Schule schmeißen und das nur, um ihr nie wieder über den Weg zu laufen. Aber leider haben das meine innere Überzeugung und die Hoffnung, mit meinen guten Noten etwas aus meiner Zukunft machen zu können, nicht zugelassen. Zu allem Überfluss haben wir auch noch erneut Schmidt als Klassenlehrer bekommen. Irgendwie habe ich das Gefühl, er hat sich förmlich darum gerissen. Wahrscheinlich freut er sich schon darauf, mir in diesem Schuljahr noch penetranter auf den Sack gehen zu können.

In der Eingangshalle läuft mir Luise über den Weg. Sie hat den neuen Schönling aus meiner Klasse im Schlepptau, dem man schon von weitem ansieht, dass er mit einem goldenen Löffel im Maul aufgewachsen ist. Bei den Mädchen scheint er jedoch gut anzukommen. Die neugierigen Blicke, die ihm meine Klassenkameradinnen zugeworfen haben, sind mir nicht entgangen. Scheiße, fast tut er mir leid, so offensichtlich geil waren die auf ihn.

Als sie mit ihm an mir vorbeigeht, kann ich nicht anders, als sie zu provozieren.

»Na, weiß Ben davon, was du hier in der Schule treibst? Einer reicht dir wohl nicht.«

Luise bleibt stehen. Wenn Blicke töten könnten, wäre ich jetzt hinüber.

Sie runzelt die Stirn, als würde sie angestrengt nachdenken. »Wie war noch mal dein Name?«

Sie tut so, als würde sie sich das Hirn zermartern. Was soll die Scheiße?

»Du bist so unscheinbar, dass ich mir deinen Namen einfach nicht merken kann. Hmmm ... was machen wir da bloß?«

Plötzlich hellt sich ihr Gesicht auf.

»Ah, ich weiß, ich nenn dich einfach Arschloch. Da kann man bei dir ja nichts falsch machen.«

Ohne meine Antwort abzuwarten, nimmt sie den Neuen an der Hand und stiefelt mit hoch erhobener Nase an mir vorbei.

Fuck, die Kleine ist ganz schön frech! Ich bin fast ein wenig beeindruckt. Andererseits stinkt es mir, dass sie sich über mich lustig macht und andere mitbekommen, dass ich es mir gefallen lasse.

Um mir mein Image nicht zu verderben, sprinte ich ihr hinterher, fasse sie an der Schulter und drehe sie mit einem Ruck zu mir um.

Mit funkelnden Augen sieht sie mich an. »Fass mich nicht an, ARSCHLOCH!«

Ich mustere sie von oben bis unten. »Hast du heute Morgen eigentlich den Kleiderschrank deiner Oma geplündert, oder warum rennst du hier herum, als wolltest du Werbung für die Fürsorge machen?«

»Das geht dich einen feuchten Dreck an!«, schleudert sie mir ins Gesicht.

»Steht Ben etwa auf so was?« Ich hake meine Finger in ihren Bund und ziehe sie an mich.

Vor Schreck atmet sie scharf die Luft ein. Ich zupfe gerade erneut an ihrem Rockbund und will ihn gerade zurückschnalzen lassen, als ich meinen Blick senke und geradewegs in ihren Rock starre. Das Gummi gleitet mir aus den Händen.

»Was zur Hölle …?«

Luise holt aus und klatscht mir mit voller Wucht die Hand in die Fresse.

Nach einem kurzen Schockmoment breitet sich ein Grinsen auf meinem Gesicht aus. »Bist du unter die Exhibitionistinnen gegangen?«

Der Neue steht daneben und starrt uns an, als kämen wir geradewegs vom Mond.

»Nein, du Scheißkerl«, erwidert sie wütend. »Aber deinetwegen hab ich eine Wette gegen Annabell verloren! Und wenn du nicht so ein mieser Kerl wärst, hätte sie heute so rumlaufen müssen wie ich.«

»Hä?« Ich kapiere gar nichts.

»Ich habe gewettet, dass du sie liebst, und Annabell hat dagegengehalten. Das hier …« Sie deutet auf ihren Rock. »… war der Wetteinsatz.- Zufrieden, Arschloch?«

Sie ergreift die Hand von dem Kerl neben ihr und lässt mich völlig entsetzt stehen. Es geht mir gewaltig an die Nieren, dass Annabell wohl schon seit langem an meiner aufrichtigen Liebe gezweifelt hat.

18. Kapitel

Annabell

»Was hast du mit ihm geredet?«, frage ich nervös, als Luise neben mich tritt.

»Frag mich bloß nicht, sonst kriege ich so eine Wut, dass ich ihm noch eine klatsche!«

Ich kann es kaum glauben. »Wie bitte? Du hast ihm eine Ohrfeige verpasst?«

»Ja«, bestätigt Luise. »Und es hat sich verdammt gut angefühlt!«

Damit scheint das Thema für sie beendet zu sein. Und obwohl ich zu gerne gewusst hätte, was sie so gegen ihn aufgebracht hat, bekomme ich nichts weiter aus ihr heraus.

»Das ist übrigens Leon, Bens Cousin. Leon, das sind Eva, Charlotte und meine beste Freundin Annabell.«

Leon sieht in die Runde, und sein Blick verharrt kurz auf mir, ehe er sich Eva und Charlotte zuwendet, die ihn sofort mit Frage bestürmen.

Kai ist glücklicherweise vom Pausenhof verschwunden.

Als es zum Unterricht läutet, schlendere ich neben Luise und Leon her zurück ins Schulgebäude.

»Hast du nächste Woche Samstag schon was vor?«, fragt Leon, kurz bevor sich unsere Wege trennen.

»Ich?« Verwundert hebe ich den Blick.

»Ja, du.« Ein sanftes Lächeln spielt um seine Lippen.

Luise, die hinter ihm steht, nickt heftig und hält ihren Daumen hoch.

»Ich ... ich weiß nicht.«

In diesem Moment sehe ich Kai, der sich an uns vorbeidrückt.

»Nein, ich habe definitiv noch nichts vor!«, sage ich laut und strahle Leon übertrieben fröhlich an.

Kais Miene wird so finster wie die Nacht. Tja, Pech gehabt, Bruder!

»Das freut mich. Hast du Lust mit mir essen zu gehen?«

Ich hätte zu allem Ja gesagt, nur um weiter Kais dummes Gesicht sehen zu können.

»Warum nicht?«

»Gegenüber von diesem Rockerschuppen, WHY heißt er, glaube ich, soll ein fantastischer Italiener sein.«

Ich nicke. »Ja, der ist wirklich nicht schlecht. Meine Eltern holen sich dort öfter was. Vor allem das Tiramisu ist himmlisch.« Träumerisch lecke ich mir über die Lippen, was Leon wieder ein leichtes Lächeln ins Gesicht zaubert.

»Der Nachtisch ist dir sicher. Ich hole dich um sechs Uhr ab!«

Ich nicke und sehe aus den Augenwinkeln, wie Kai mit großen Schritten das Weite sucht. Sein energischer Gang verrät, wie sehr er sich ärgert. Kindische Zufriedenheit erfüllt mich.

***

Zwei Wochen später ist mein Dad noch immer nicht zurückgekehrt. Auf Herrn Planks eindringliche Bitte hat er sich entschlossen, noch bis Mitte Oktober zu bleiben. Niemals zuvor habe ich mich so leicht gefühlt und bin so gerne nach der Schule nach Hause gekommen wie in diesen Wochen. Trotzdem sehne ich seine Rückkehr herbei, um ihm endlich die Fragen stellen zu können, die mir so unter den Nägeln brennen.

Meine Mum ist hocherfreut, als ich ihr mitteile, dass ich mit Bens Cousin Leon eine Verabredung habe. Wahrscheinlich kann sie es gar nicht erwarten, Dad zu berichten, dass uns doch noch ein Plank ins Netz gegangen ist. Und Leon ist auf seine Art wirklich süß. In jeder Pause steht er bei uns und gestern hat er mir sogar ein Schokocroissant vom Bäcker mitgebracht, was Charlotte und Eva mit neidischen Blicken quittiert haben.

Luise und ich distanzieren uns immer mehr von den beiden, die außer Schicki-Micki-Kram und Jungs nicht sonderlich viel im Kopf haben. Kai habe ich die letzten zwei Wochen nur noch selten gesehen. Er verkrümelt sich in den Pausen, wer weiß, wohin. Natürlich hätte es mich interessiert, womit er sich seine Zeit vertreibt, doch ich habe beschlossen stark zu bleiben und Leon hilft mir dabei. Mit seinen lockeren Sprüchen und seiner netten Art umgarnt er mich und gibt mir das Gefühl etwas Besonderes zu sein.

Ich bin sogar ein kleines bisschen nervös, als er heute kurz vor achtzehn Uhr an unserer Tür klingelt.

»Hallo, Annabell!«, sagt er lächelnd und zaubert hinter seinem Rücken eine weiße Rose hervor.

Schüchtern nehme ich sie entgegen. Er hat kein Problem damit, meinen Namen auszusprechen ...

»Willst du kurz reinkommen?«, frage ich ihn.

»Klar, gerne!«

Er putzt sich die Schuhe an der Matte vor unserer Tür ab und folgt mir nach drinnen. Kai hat nie einen Gedanken daran verschwendet, ob er Schmutzspuren in meinem Zimmer hinterlassen könnte. Wahrscheinlich wäre er sogar absichtlich durch irgendeinen stinkenden Morast gelaufen, wenn er gewusst hätte, dass er mich oder meine Eltern damit provozieren könnte.

Leon streckt meiner Mutter selbstsicher die Hand entgegen.

»Guten Abend, Frau Beck. Mein Name ist Leon Plank.«

Meine Mutter ergreift sie und ich sehe ihr sofort an, wie entzückt sie von ihm ist.

»Hallo, Leon. Schön, dich kennenzulernen!«

Sprachlos sehe ich zu, wie es Leon gelingt, meine Mum mit ein paar wenigen Sätzen um den Finger zu wickeln. Er wirkt locker, höflich und irgendwie niedlich, ganz anders als sein Cousin Jannik, der meinen Eltern auf die Arschkriechertour gekommen ist.

»Viel Spaß!«, wünscht mir meine Mutter wenig später und ich bin überrascht, dass sie mir keine Uhrzeit nennt, wann ich wieder zu Hause sein muss.

»Du siehst hübsch aus«, sagt Leon, als wir in sein Auto steigen.

»Danke!«, antworte ich verlegen und spüre, wie ich dabei rot werde. Kai hätte dafür wohl eher den Ausdruck »heiß« verwendet.

Ach Scheiße! Muss ich alles, was Leon macht, mit Kai vergleichen?

»Willst du Musik hören?«, fragt Leon, wirklich zuvorkommend.

»Egal ... na ja, eigentlich nicht.«

Leon grinst. Er beginnt leise ein Lied zu pfeifen und trommelt auf dem Lenkrad den Rhythmus mit.

Als wir ankommen, stellt Leon den Motor ab und ehe ich nach dem Türgriff greifen kann, öffnet er die Beifahrertür von außen.

»Aus welchem Jahrhundert stammst denn du?«, frage ich verblüfft, als er mir die Hand reicht und mir aus dem Wagen hilft.

»Ich finde so was überhaupt nicht altmodisch, sondern es hat mit Anstand zu tun«, sagt er stolz. »Außerdem, welches Mädchen möchte nicht wie eine Prinzessin behandelt werden? Und wenn sie so süß ist wie du, komme ich diesem Wunsch gerne nach.«

Er zwinkert mir spitzbübisch zu, worauf mein Herz einen winzigen Hüpfer macht. Trotzdem schweift mein Blick unweigerlich suchend über den Parkplatz des WHY und bleibt an Kais Maschine kleben. Er ist tatsächlich da. Bin ich der Grund, weshalb er hier ist? Immerhin hat er Leons Essenseinladung mitbekommen. Doch selbst wenn es so ist – ich habe von ihm nichts mehr zu erwarten. Er hat mich belogen und zutiefst gekränkt. Und wenn es wirklich stimmt, was er sagt, dann sind wir fertig miteinander.

Ich reiße mich von Kais Motorrad los und lasse mich von Leon in das Restaurant führen.

Nachdem wir bestellt haben, lässt sich Leon gegen die Stuhllehne sinken und mustert mich eingehend. Ich winde mich unter seinen forschenden Blicken.

»Warum schaust du mich so an?«, stoße ich schließlich verschüchtert hervor.

»Gibt es da jemanden?«

»Wie … wie meinst du das?« Unruhig rutsche ich auf meinem Sitz hin und her und werfe immer wieder verstohlene Blicke aus dem Fenster. Kais Motorrad steht nach wie vor an seinem Platz. Ob er mit Lil zusammen im WHY ist? Unwillkürlich zieht sich mein Magen zusammen.

»Na, gibt es jemanden, auf den du stehst oder in den du verliebt bist?«

Ich kann und darf ihm nicht von Kai erzählen. Unsere Geschichte ist einfach zu kompliziert. Wenn ich darüber nachdenke, komme ich mir vor wie in einer dieser dämlichen TV-Shows, in denen die Menschen nach Strich und Faden verarscht werden.

»Nein … es gibt niemanden, der mir etwas bedeutet.« Unwillkürlich wandern meine Augen zum Fenster. Himmel, ich bin eine grottenschlechte Lügnerin, doch Leon kennt mich nicht und darum glaubt er mir.

»Das dachte ich mir, denn wenn es jemanden gäbe, wäre er ein absoluter Vollidiot, dich mit mir ausgehen zu lassen.«

Ich senke den Blick. Vollidiot trifft es nicht mal annähernd.

Leon stellt viele Fragen. Er scheint an allem Interesse zu haben, egal ob es sich dabei um die Schule, einzelne Lehrer, die Beziehung zwischen Ben und Luise oder meine persönlichen Hobbys handelt. Im Gegenzug erzählt auch er viel über sich. Dass er vorher an der Nordsee gewohnt hat, dass ihm das Meer und seine Freunde fehlen. Mir gefällt seine offene Art und ich schaffe es sogar, nicht die ganze Zeit aus dem Fenster zu starren.

Der Kellner kommt und stellt mir einen Teller mit dampfender Pasta vor die Nase. Leon hat einen Pizza-Mix bestellt.

»Magst du ein Stück?«, fragt er mich und hält mir ein Teigdreieck entgegen.

»Äh, nein. Danke! Pizza kann ich nicht mehr sehen.«

»Wie kommt das? Ich kenne eigentlich niemanden, der Pizza nicht mag.« Leon schaut mich amüsiert an.

In diesem Augenblick öffnet sich die Tür des WHY und ich sehe Kai mit einem Mädchen im Arm herausgehen. Ich kann in der Dunkelheit nicht erkennen, wer es ist, und sehe nur, dass es sich keinesfalls um Lil handeln kann.

Während ich noch überlege, ob das ein gutes oder schlechtes Zeichen ist, reicht er ihr einen Helm und braust mit ihr davon.

Ich bin wie erstarrt. Trauer und Eifersucht fressen sich in meinen Körper. Obwohl ich weiß, dass es für uns keine Zukunft gibt, wird mir schlagartig klar, dass er mich nur benutzt hat, dass er nie mehr in mir gesehen hat als ein nettes kleines Spielzeug. Könnte er es sonst über sich bringen …?

»Annabell? Alles in Ordnung mit dir?«

Ich sehe in Leons blaue Augen, die mich nachdenklich ansehen.

»Ja … alles okay. Lass uns essen.«

***

Die Wochen vergehen. Mein Vater ist wieder nicht zum angekündigten Termin zurückgekehrt. Fast kommt es mir vor, als hätte er eine Ahnung davon, was ihn zu Hause erwartet, was natürlich nicht der Fall sein kann.

Herr Plank und Dad sind gebeten worden noch ein paar weitere Wochen in Afrika zu bleiben, um beim Aufbau eines Krankenhauses behilflich zu sein.

Ich verbringe viel Zeit mit Leon, Ben und Luise. Ich spüre, dass sich Leon mehr von mir erhofft als nur Freundschaft, doch bis jetzt konnte ich es noch nicht über mich bringen, ihn zu küssen. Sobald er sich mir nähert, leuchten Kais Augen wie ein Stoppschild vor mir auf, so dass ich ihm jedes Mal ausweiche.

Kai

Die Nächte sind mittlerweile scheißkalt. Wenn ich morgens im Abbruchhaus auf einer der schäbigen Matratzen aufwache, malt mein Atem weiße Wölkchen in die Luft. Ich brauche dringend neue Klamotten und eine dicke Jacke.

Als ich mich heute hochstemme, habe ich das Gefühl, dass sämtliche Glieder eingerostet sind. Die Kälte macht sie steif und unbeweglich. Das Mädchen, das ich letzte Nacht hatte, ist bereits gegangen, bevor ich eingeschlafen bin. Niemand hält es in dieser arschkalten Bude länger als nötig aus. Dabei bin ich ehrlich gesagt auch nicht böse darüber. Ich bin froh, wenn ich keiner von ihnen falsche Hoffnungen machen oder irgendetwas vorgaukeln muss. Sobald ich merke, dass es kompliziert wird, mache ich einen Rückzieher. Ich vögele sie und empfinde nichts für sie. Nicht einmal die frühere Lust, der Drang nach Befriedigung oder das heftige Verlangen ist mehr da. Warum ich trotzdem ficke? Ganz einfach – weil ich in diesen Momenten nicht alleine bin und weil es sich anfühlt, als wäre da jemand, der sich etwas aus mir macht.

Annabell und ich gehen uns nach wie vor aus dem Weg. Ab und zu sehen wir uns in der Schule, aber ich vermeide jeglichen Kontakt und verbringe die meisten Pausen rauchend auf der Fensterbank der Jungentoilette.

Natürlich ist mir nicht entgangen, dass dieser Neue ... Leon ... auf Annabell steht. Und leider geht mir das ziemlich an die Nieren. Wenn ich daran denke, wie er sie berührt oder küsst oder noch andere Dinge mit ihr tut, bin ich kurz davor, ihm sein Dauergrinsen aus dem eingecremten Gesicht zu schlagen.

Doch ich weiß, dass ich kein Anrecht auf sie habe. Allein mit den Gedanken, die ich in Bezug auf sie habe, bringe ich mich schon mit einem Fuß in den Knast.

***

Wie jeden Morgen freue ich mich darauf, in die Schule zu kommen, denn dort ist es wenigstens warm. Als ich durch einen Mauerspalt nach draußen schlüpfe, pfeift mir eisiger Wind ins Gesicht. Auf dem Weg zum Motorrad rascheln Blätter zu meinen Füßen und die Luft riecht nach Regen.

Die Anzahl unserer nächtlichen Beutezüge ist in den letzten Wochen stark gestiegen. Dass wir dabei nicht erwischt werden, gibt uns Antrieb und macht uns unvorsichtig. Doch die Beute, die ich hinterher in meinen Taschen spüre, lässt mich alles andere vergessen. Ich brauche die Kohle, um zu überleben. Da mich das Schicksal schon so oft gefickt hat, hoffe ich, wenigstens dabei Glück zu haben und niemals erwischt zu werden. Wie lange das so weitergehen soll ... Keine Ahnung! Ich weiß nur eines – an dem Tag, an dem ich meinen Abschluss in der Tasche und einen Studienplatz in Aussicht habe, werden mich die Pisser in meiner Gang und die ganze verfickte Stadt niemals wiedersehen. Auch wenn die Sache wahrscheinlich noch schwierig werden wird, denn wer bitte soll jemandem wie mir ein Studium finanzieren?

Aber vielleicht gelingt es mir ja, ein Stipendium zu bekommen.

Es beginnt zu regnen. Scheiße! Bis ich bei der Schule bin, werde ich klatschnass sein. Zur Bushaltestelle ist es von hier aus ziemlich weit, und ich will Annabell dort nicht begegnen. Die einzige Alternative, um zur Schule zu gelangen, ist also das Motorrad. Ich will gerade den Schlüssel umdrehen, als Toto in seinem Auto um die Ecke kommt. Trotz Regen hat er das Seitenfenster nach unten gekurbelt. Aus dem Inneren des Wagens dröhnt Musik.

Mit quietschenden Reifen bleibt er stehen. »Hey, Alter, hast du meinen Wohnungsschlüssel gesehen?«

Ich zucke die Schultern. »Keine Ahnung! Ich hab mich nicht wirklich umgeschaut in dem Loch.«

»Fuck! Hoffentlich ist er da drin, sonst komm ich nicht in meine Bude.«

»Und wo hast du dann heute Nacht gepennt?«

Toto grunzt. »Hier in der Karre. Ich hab mir voll die Dröhnung gegeben. Autofahren war da nicht mehr drin.« Er grinst und ich sehe, dass seine Pupillen noch immer aussehen wie riesige dunkle Monde.

»Willst du mit?« Er deutet einladend auf seinen Beifahrersitz.

»Why not!« Ich steige ein, während er ins Haus geht, um nach dem Schlüssel zu suchen. Minuten später kommt Toto grinsend zurück. Der Schlüssel hängt über seinem kleinen Finger.

»Und jetzt zum Irrenhaus, oder?«

Ich nicke.

»Alter, ich versteh einfach nicht, dass du dir diese Scheiße reinziehst! Ich meine, du könntest den ganzen Vormittag chillen, stattdessen lässt du dir dein Hirn mit irgendeiner Gülle abfüllen, die sowieso keinen interessiert.«

Ich spare mir die Antwort, denn Totos Gehirn ist im Drogennebel wahrscheinlich schon längst abgesoffen. Kein Wunder, dass er für die Schule nichts übrig hat. Der Pisser kann in seinem Delirium wahrscheinlich nicht mal bis zehn zählen.

Ich bin viel zu früh dran, als er mich rausschmeißt, aber das stört mich nicht, denn so komme ich früher in die Wärme.

Ich will gerade die Treppen zum Haupteingang hoch, als ich sehe, wie der Wagen von Annabells Mutter vorfährt.

19. Kapitel

Annabell

Obwohl meine Mum einen Friseurtermin hat, bestand sie darauf, mich heute zur Schule zu fahren. Es regnet Bindfäden und ist schweinekalt. Seit Dad fort ist, nimmt sie sich mehr Zeit für mich und wirkt bereits am frühen Morgen viel fröhlicher. Ich bin früher als sonst an der Schule. Es dauert noch mindestens zehn Minuten, bis die Busse eintreffen und sich der Vorplatz mit Leben füllt.

Mit tief ins Gesicht gezogener Kapuze laufe ich schnell durch den Regen. Die von den Bäumen gefallenen Blätter bilden eine rutschige Schicht auf dem Asphalt. Ich beeile mich, schnell ins Innere des Gebäudes zu kommen. Doch kurz bevor ich die Treppe erreiche, zieht es mir auf dem schmierigen Untergrund die Beine weg und ich knalle mit voller Wucht auf den Boden.

Stöhnend rapple ich mich auf und reibe meine Lendenwirbelsäule.

»Ist alles in Ordnung mit dir?« Eine warme Hand schließt sich um meinen Arm und zieht mich in die Höhe. Leicht benommen hebe ich meine Lider und blicke direkt in zwei unwiderstehlich schöne Augen, die ich sofort unter Tausenden erkannt hätte.

»Ja, alles okay!« Unwirsch ziehe ich meinen Arm aus seiner Umklammerung. Den mitleidigen Gesichtsausdruck, den er aufgesetzt hat, kann ich ihm beim besten Willen nicht abnehmen.

»Das solltest du dir desinfizieren lassen«, sagt er und deutet mit dem Finger auf die Schürfwunde an meinem Handgelenk. Ihn so nah bei mir zu haben, weckt die Sehnsucht nach ihm heftiger denn je.

»Warum tust du das?«, frage ich mit bebender Stimme und stecke meine Hände in die Hosentaschen, damit er nicht auf die Idee kommen kann, mich noch einmal zu berühren.

Er zieht fragend eine Augenbraue in die Höhe. Himmel, sieht das sexy aus. »Ich wollte dir nur behilflich sein.«

»Ich brauche deine Hilfe nicht. Man sieht ja, wohin uns deine angebliche Fürsorge gebracht hat«, fauche ich und will mich an ihm vorbeischieben.

»Ann, warte!« Er hält mich am Zipfel meiner Jacke fest. »Es tut mir leid, wie das alles gelaufen ist. Ich hätte dir die Wahrheit sagen sollen, sobald ich sie erfahren hatte.«

»Hätte … wäre … könnte … Tja, das hast du aber nicht. Also komm mir nicht auf die Tour, dass es dir leidtut!«

»Tut es eigentlich auch nicht, wenn ich ehrlich bin!«

»Was?« Will er mich etwa verarschen? Ich drehe mich zu ihm um und tippe ihm mit dem Zeigefinger auf die Brust. »Weißt du was, Kai? Du bist die größte Fehlentscheidung meines Lebens. Wenn mein Dad wieder zurückkommt, hat er hoffentlich eine halbwegs plausible Erklärung dafür, warum er so einen Kotzbrocken wie dich unbedingt produzieren musste.«

Als mir die Worte über die Lippen geschlüpft sind, tut es mir augenblicklich leid. So weit wollte ich nicht gehen. Das war mehr als unter der Gürtellinie.

Kai erstarrt, dann dreht er sich wortlos um und geht.

»Kai! Das war nicht so gemeint. Entschuldige bitte!«

Abrupt bleibt er stehen und kommt mit finsterer Miene zurück.

»Willst du wissen, warum ich es dir verschwiegen habe, du dumme Gans? Aus genau zwei Gründen. Erstens wollte ich dich nicht verletzen, weil ich wusste, wie sehr du mich liebst. Na ja, zumindest dachte ich das!« Er lacht höhnisch.

»Und zweitens, weil ich dachte, dass ich verrückt werde, wenn ich mich von dir fernhalten muss. Wenn ich dich nie wieder berühren oder küssen darf. Mein Leben ist ein einziger Scherbenhaufen, doch du warst die Sonne, die diese verfickten Splitter zum Glitzern gebracht hat.«

»Kai … ich …« Fassungslos stehe ich vor ihm. Damit hätte ich niemals gerechnet.

»Vergiss es einfach!«, zischt er. »Grund eins war sowieso eine völlige Fehleinschätzung!«

»Wie kommst du darauf?« Ich sehe ihn zögerlich an.

»Glaubst du, ich bin dämlich und bekomme nicht mit, dass du dich seit Wochen mit diesem Neuen triffst? Scheinst dich ja schnell getröstet zu haben.«

»Du meinst Leon?«

»Interessiert mich einen Dreck, wie der Pisser heißt! Hast du ihn denn schon rangelassen, oder bist du bei dem auch so prüde wie bei mir?«

Kai schafft es tatsächlich, die Reue und Traurigkeit, die ich eben noch empfunden habe, schlagartig in rasende Wut zu verwandeln.

»Dass gerade du mir das vorwirfst, ist mehr als lächerlich, Kai. Ich will nicht wissen, mit wie vielen Mädchen du es getrieben hast, seit zwischen uns Schluss ist.«

»Oh, sei dir sicher, es waren eine ganze Menge!«, faucht er.

Die Worte treffen mich mitten ins Herz.

»Weißt du was, du Vollidiot? Du wirst nie wieder jemanden finden wie mich. Verstehst du das? Nie wieder!« Mit diesen Worten reiße ich wütend die Tür zum Schulhaus auf und lasse ihn im Eingang stehen.

Heulend breche ich auf der Treppe zusammen. Es ist immer wieder das Gleiche. Wir gehen einen Schritt aufeinander zu und wenig später endet alles im Streit und mit gegenseitigen Beleidigungen. Doch das Schlimmste ist, dass mir das Zusammentreffen heute gezeigt hat, dass ich ihn nach wie vor liebe. Mehr als ich es eigentlich dürfte. Meine Gefühle haben nichts mit Geschwisterliebe zu tun und ich habe keinen Schimmer, wie ich das auf Dauer ertragen soll.

***

Kurze Zeit später findet mich Luise als verheultes Häufchen Elend im Klassenzimmer vor. Ein Blick auf mich genügt, und sie weiß, wer für meinen Zustand verantwortlich ist.

»Den mache ich zur Schnecke!«, murmelt sie zornig.

Kai

Heilige Scheiße! Mein Herz hämmert immer noch wie verrückt. Obwohl mich ihre Worte sehr verletzt haben, wünsche ich mir nichts mehr, als sie endlich wieder in die Arme zu schließen.

Ich stelle gerade mein Rucksack unter den Tisch, als Luise wutentbrannt ins Klassenzimmer gestiefelt kommt.

Manchmal glaube ich, die Frau hat mehr Feuer unter dem Arsch als der Teufel in seiner Hölle.

Direkt vor mir bleibt sie stehen, stemmt die Hände in die Hüfte und starrt mich vernichtend an.

»Luise! Wie schön, dich zu sehen. Aber wenn du mich sprechen willst, musst du dich leider ans Ende der Schlange stellen.« Ich mache eine wedelnde Handbewegung in Richtung Ausgang.

»Leck mich, Kai. Du kannst vielleicht Annabell runterputzen, aber an mir beißt du dir die Zähne aus, das schwöre ich dir.«

»Keine Sorge, Kleines. Meine Beißerchen sind mir heilig!«

Ich grinse sie herausfordernd an.

»Weißt du, dass Bella wegen dir fix und fertig ist, du hinterhältiger Oberarsch?«

»Den Arsch hatten wir schon, aber hinterhältig ist neu. Glückwunsch! Du scheinst über ein breites Repertoire an Schimpfwörtern zu verfügen. Kann man dieses Wahlfach an der Schule belegen?«

Sie tritt einen Schritt näher an mich heran. »Bella geht es schlecht, weil du gemein zu ihr warst.«

Ich weiß, dass ich nicht gerade freundlich war, aber sie hat mit wüsten Beschimpfungen und Unterstellungen nur so um sich geworfen.

»Braucht Annabell etwa Mitleid?«

Luise sieht mich zweifelnd an. Wahrscheinlich fragt sie sich, ob ich es ernst meine.

»Ich dachte nur – dann könnte ich ja welches vortäuschen!«

»Wenn ich dir nicht schon eine verpasst hätte, würde ich es jetzt tun. Aber bei dir ist scheinbar Hopfen und Malz verloren.«

Sie zeigt mir den Mittelfinger und rauscht zur Tür hinaus.

Ich bin froh, als der Unterricht beginnt und ich mich auf etwas anderes als Annabell und ihr Verteidigungsministerium konzentrieren kann.

In der Pause verziehe ich mich mal wieder aufs Klo und blase Rauchwölkchen aus dem Fenster. Hölle, bin ich müde! Die Nächte im Abbruchhaus schlauchen mich. Die Feuchtigkeit und Kälte lassen mich oft stundenlang wach liegen, was mir alles andere als gut bekommt. In diesen dunklen, einsamen Stunden sind die Gedanken an dieses verflixte Mädchen allgegenwärtig.

Ich unterdrücke krampfhaft ein Gähnen, spüre jedoch, dass ich der Müdigkeit nicht länger standhalten kann. Mein Kopf sinkt gegen die gekachelte Wand und mir fallen die Augen zu. Entfernt, wie durch einen dichten Schleier dringt das Gebimmel der Pausenglocke an meine Ohren. Doch zu diesem Zeitpunkt bin ich nicht mehr in der Lage, mich aus dem Halbschlaf zurückzuholen.

***

Ich reiße die Augen auf und habe keine Ahnung, wie lange ich gepennt habe. Meine Nackenmuskeln und – Fuck! sogar mein Arsch sind dermaßen verspannt, dass es mir fast Schmerzen bereitet, von der Fensterbank zu steigen. Vorsichtig strecke ich meinen Kopf zur Tür hinaus und werfe einen Blick auf die große Wanduhr. Auf den Gängen herrscht gähnende Leere. Der Unterricht läuft wohl ohne mich.

Ich schultere meinen Rucksack und beschließe, mich in den Trakt zu begeben, wo meine nächste Schulstunde stattfindet. Ich gehe gerade auf die breite Glastür zu, als ich aus der Weibertoilette unterdrücktes Schluchzen höre.

Ich rede mir ein, dass mich die Scheiße nichts angeht, aber nach ein paar Metern bleibe ich stehen und kehre doch um.

Scheiße! Warum kann ich mich nie von Dingen, die Ärger versprechen, fernhalten? Aber was soll's, ich hab mich ja schon fast damit abgefunden. Ich klopfe an die Tür.

»He, soll ich die Feuerwehr rufen, bevor du mit deinen Tränen das Schulhaus flutest, oder reichen auch ein paar Taschentücher?«

Das Schluchzen verstummt.

»Kann ich reinkommen?«

Fuck! Früher wäre mir so was am Arsch vorbeigegangen. Mein Image hat bereits einen großen Knacks.

Als sie keine Antwort gibt, öffne ich die Tür. Der Vorraum ist leer. Fast schon glaube ich, dass mir mein Gehör einen Streich gespielt hat, als ich sehe, dass bei einer der Toilettenkabinen der Riegel auf Rot steht.

Ich bücke mich, doch ich kann keine Füße erkennen.

Scheiße, ist die Braut kindisch.

»Was soll der Mist? Ich hab keinen Bock auf das Spielchen. Entweder du kommst raus oder ich drücke hier den Notruf.« Meine Hand schwebt tatsächlich über der kleinen Scheibe, hinter der sich der Knopf befindet, mit dem man den Feueralarm auslösen kann.

Der Riegel schnappt zurück. Die Tür öffnet sich höchstens einen Zentimeter.

Doch es hätten Millimeter gereicht – ich weiß sofort, um wen es sich handelt. Shit!

»Komm raus!« Meine Stimme klingt tiefer als normal und irgendwie ... sanft. Nicht, dass ich das beabsichtigt hätte.

»Scheiße, Kai. Was machst du hier?«

Ihr Gesicht ist durch das Weinen total verquollen. Fuck!

»Ich wollte dir helfen«, antworte ich ehrlich.

Sie fährt sich mit dem Ärmel über das Gesicht und zieht die Nase hoch. Ihr Blick weicht meinem aus. Unruhig huscht er über den Boden.

»Bin ich schuld daran, dass du weinst?«

Sie sagt nichts, doch ihr Schweigen ist mir Antwort genug.

»Scheiße, Ann. Ich wollte dich nicht verletzen, aber was zur Hölle erwartest du von mir? Auch ich bin mit dieser Situation heillos überfordert.«

»Ich weiß«, flüstert sie und wieder kullern Tränen über ihre Wangen.

Bevor ich lange nachdenken kann, bin ich bei ihr und ziehe sie in meine Arme. Verdammt, es tut so gut, sie nah bei mir zu haben.

Sie vergräbt ihr von Tränen verschmiertes Gesicht an meiner Brust. Ihr Körper zittert leicht, als sie sich eng an mich schmiegt.

Meine Hände streicheln sanft über ihren Rücken und ich frage mich, ob ich mit diesen gleichmäßigen Bewegungen eigentlich sie oder mich selbst beruhigen will.

Plötzlich hebt sie ihren Kopf und nimmt meinen Blick gefangen. Ich versinke in ihren Augen, in denen Tränen schwimmen.

»Küss mich!«, haucht sie so leise, dass ich es nur von ihren Lippen ablesen kann.

Verfluchte Scheiße, wie gerne würde ich das tun, aber …

»Bitte!« Und dieses kleine Wort und das stille Flehen in ihren Augen lässt meinen Widerstand zusammenbrechen.

Ich lege ihr zwei Finger unter das Kinn und hebe es an. Mein Herz fängt an zu rasen, denn sie macht mich verrückt, und ich bin mir bewusst, etwas ganz und gar Falsches zu tun.

Ich kann den Blick nicht von ihrem Gesicht abwenden, in dem sich so viel Hoffnung abzeichnet.

Mein Atem vermischt sich mit ihrem, als unsere Lippen sich langsam nähern.

20. Kapitel

Annabell

Und dann legt er – endlich – unsagbar sachte seinen Mund auf meinen. Ein erleichtertes Stöhnen entschlüpft mir, als ich den vertrauten Druck seiner Lippen spüre. Sofort empfinde ich wieder diese Vertrautheit und Nähe, und sämtliche Beleidigungen, die wir uns an den Kopf geworfen haben, verziehen sich aus meinen Gedanken. Er schmeckt so süß, dass ich mich frage, was er wohl gefrühstückt hat. Das neue Piercing streicht über meine Lippen, während seine Zunge meine massiert.

Ich spüre, wie heftig sein Köper auf meine Küsse reagiert. Er zieht mich so eng an sich, als wäre ich das Einzige, was ihm in diesem Leben Halt geben kann. Kais Atem geht immer heftiger, seine Küsse werden intensiver. Ich spüre, wie er zwischen den Beinen hart wird und sich sein Unterkörper an mich presst. Plötzlich, als würde das auch ihm bewusst werden, löst er sich schwer atmend von mir. Als ich in seine Augen sehe, birst sein Blick vor Leidenschaft. Er schiebt mich auf Armlänge von sich weg und hat sichtlich Probleme seine Erregung in den Griff zu bekommen.

»Das geht nicht«, stößt er atemlos hervor und fährt sich durch sein langes Haar. »Wir ... wir dürfen das nicht tun!«

Ein scharfer Stich zuckt mitten durch mein Herz.

»Warum, Kai? Wir sind machtlos dagegen. Es hat wenig Sinn, sich zu wehren«, stammele ich hilflos. Die Panik, dass er sich erneut von mir zurückziehen könnte, schnürt mir die Kehle zu.

Er starrt mich nur an, dann geht er zur Wand und schlägt mit der Faust so fest dagegen, dass eine Fliese zerbricht. Blut tropft von seinen Knöcheln auf den weißen Fußboden.

»Nur weil ich fühle, wie ich fühle, heißt das noch lange nicht, dass das auch richtig ist!«, sagt er, völlig verzweifelt. Er fasst mich an den Schultern und schüttelt mich.

»Versteh doch, Annabell, du bist meine Schwester. Das hier darf nicht sein.«

»Aber du kannst dich doch auch nicht gegen diese Gefühle wehren«, erwidere ich matt.

»Doch, ich versuche es. Jeden beschissenen Tag aufs Neue. Aber du machst es mir alles andere als leicht. Wenn du so vor mir stehst wie jetzt und mich aus diesen unschuldigen Augen ansiehst, als wäre ich für dich alles und noch ein Stückchen mehr, dann ...«

Er tigert ruhelos auf und ab, bevor er erneut zuschlägt. Diesmal trifft es den Türrahmen. Blut tropft, doch er scheint es nicht einmal zu bemerken.

Ich greife vorsichtig nach seiner verletzten Hand, aber er zieht sie weg.

»Weißt du, wie kurz ich eben davor war, dich hier und jetzt zu nehmen? Fuck, seit ich dich das erste Mal gesehen habe, kann ich an nichts anderes denken. Doch allein für das, was gerade stattgefunden hat, stehe ich bereits mit einem Bein im Knast.«

Er drückt mich gegen die Wand und lehnt seine Stirn gegen meine. Sein warmer Atem weht mir ins Gesicht. Mir läuft eine Gänsehaut über den Rücken.

»Ich darf dich nicht lieben! Es ist meine persönliche Folter, dir widerstehen zu müssen.« Er lacht rau auf. »Das Fegefeuer kann nicht schlimmer sein als das, was mir aufgebürdet wurde.«

Er schaut mir in die Augen, während seine Hand zu meiner Wange gleitet. Ich halte die Luft an.

»Hilf mir, Annabell. Hilf mir, indem du dich von mir fernhältst. Und wenn du mich tatsächlich so liebst, wie du vorgibst, dann versprich mir etwas.«

»Alles, was du willst«, wispere ich, ehe meine Stimme vor Trauer und Schmerz endgültig bricht.

Er sieht mich liebevoll an. »Pass auf dich auf und mach keine Dummheiten mehr. Keine sinnlosen Saufereien, keine dramatischen Auftritte und keine gefährlichen Aktionen. Vergiss mich und werde glücklich. Such dir einen Freund. Egal wen, von mir auch aus diesen Neuen ... Leon. Diesen Schleimscheißer!«

»Kai, ich will aber keinen anderen ...«, versuche ich ihm zu widersprechen.

»Schhht« Er legt mir den Zeigefinger auf den Mund. »Versprich es!«, raunt er mir heiser ins Ohr. »Bitte! Tue es für mich. Und für uns.«

Erneut treten Tränen in meine Augen und ich versuche sie fortzublinzeln, doch ein einzelner Tropfen bahnt sich seinen Weg. Bevor er auf meine Lippen trifft, fängt Kai ihn mit dem Zeigefinger auf.

»Ich nehme dein Schweigen als Zustimmung.« Als er meinen traurigen Blick sieht, sieht er mich aufmunternd an.

»Na los, lächle! Disney-Prinzessinnen weinen nicht!«

Ich versuche es, doch ich scheitere kläglich.

Kai dreht sich von mir weg und geht in Richtung Tür.

»Eins habe ich noch vergessen«, sagt er, als er bereits die Klinke in der Hand hält.

Augenblicklich kommt verzweifelte Hoffnung in mir auf.

Doch Kai runzelt die Stirn. »Such dir einen Freund, der zu dir passt. Aber untersteh dich, wieder etwas mit diesem Jannik anzufangen. Ich weiß genau, dass er dir nichts bedeutet. Er ist ein sexgeiler Vollpfosten und wenn ich ihn noch ein einziges Mal in deiner Nähe erwische, vergesse ich mich. Falls dir daran gelegen ist, mich vor dem Knast zu bewahren ... dann schau nicht einmal in seine Richtung. Verstanden?«

Er wartet meine Antwort nicht mehr ab und schlüpft durch Tür.

Diesmal weiß ich, dass es endgültig ist. Ein Abschied für immer! Ich warte darauf, dass mir die Tränen kommen, doch nichts geschieht.

Zurück bleibt nur ein blutroter Spritzer auf den weißen Fliesen.

Kai

Es ist die Hölle, sie aufgeben zu müssen. Doch wenn ich auch nur einen Funken Anstand besitze, dann ist das der einzig richtige Weg, und ich hoffe, dass ich ihn diesmal durchhalten werde.

Schmidt hat sich seit dem Vorfall in den Sommerferien nicht weiter in mein Leben eingemischt, wofür ich ihm sehr dankbar bin. Leider mustert er mich nach wie vor, als ob er nur auf den passenden Augenblick warten würde, um mir wieder auf den Sack gehen zu können.

Nach der Schule verdrücke ich mich in die Turnhalle und hoffe, dort ungestört duschen zu können. Leider gibt es in meiner derzeitigen Unterkunft keinen Spa-Bereich, der meinem Körper gerecht würde. Scheiße, da gibt es ja nicht einmal eine Toilette und mich kotzt es an, regelmäßig im Freien pissen zu müssen. Vor allem wenn ich nachts rausmuss und es regnet, ist es alles andere als angenehm.

Ich wasche mir gerade das Duschgel vom Körper, als ich höre, wie eine Tür zuklappt. Fuck! Ich beeile mich, aus der Duschkabine zu steigen, und schlüpfe gerade in meine Boxershorts, als Schmidt plötzlich vor mir steht.

Er verschränkt die Arme vor der Brust und mustert mich forschend.

Scheiße, vielleicht ist der Pisser ja doch schwul. Wenn er auch nur einen Schritt näher kommt, trete ich ihm in die Eier.

Ich beschließe ihn zu ignorieren und ziehe mich einfach weiter an. Als ich fertig bin, steht er noch immer wortlos im Türrahmen. Jetzt bin ich wirklich angepisst! Was soll der Quatsch?

Ich gehe auf ihn zu und halte die Hand auf. »Na, hat es Ihnen gefallen? Zehn Euro, bitte!«

Entgeistert starrt er mich an und seine Augenbrauen ziehen sich gefährlich zusammen, was ich ziemlich lustig finde. Der Kerl glaubt doch nicht wirklich, dass ich vor ihm Respekt habe.

»Deine Albernheiten kannst du dir sparen, Kai«, sagt er streng. »Mit deinen Sprüchen und deiner aufgesetzten Arroganz bestätigst du immer wieder aufs Neue, wie schlecht es dir zu gehen scheint. Verstecke dich weiter hinter deiner Mauer aus Überheblichkeit, aber mich kannst du damit nicht täuschen. Du tust mir leid, Kai. Nicht weil du bist, wer du bist, sondern weil du nicht dazu stehst und zu stolz bist, Hilfe anzunehmen.« Damit dreht er sich um und geht.

»Blödes Arschloch!«, murmele ich vor mich hin, und ich ärgere mich, weil er Recht hat.

Wütend schnappe ich mir meinen Rucksack. Der Penner nimmt sich eindeutig zu viel raus. Warum mischt er sich ständig in mein Leben ein? Verfluchte Scheiße! Es ist ohnehin schon kompliziert genug.

***

Vor dem Abbruchhaus lehnt Mike an der Mauer. Eine Kippe hängt in seinem linken Mundwinkel und er spielt mit einem kleinen Päckchen, das er immer wieder in seinen Händen dreht.

»Hai, Kai!« Er grinst dämlich.

Ich hasse diesen bescheuerten Spruch, mit dem mich die Gang immer wieder aufzieht. Heute bin ich ohnehin schon mächtig gereizt. »Fick dich, Alter!«

Mike spuckt die Kippe auf den Boden und tritt sie mit seinem Stiefel aus.

»Hier, für dich!« Er wirft mir das kleine Päckchen zu. Automatisch fange ich es auf und halte es unschlüssig in den Händen.

»Ist das etwa ein nettes Überraschungspaket, weil du mich so gern hast, oder was soll der Scheiß?«

Mike zieht die Mundwinkel nach oben. »Eine Überraschung ist es allemal, darauf kannst du Gift nehmen.«

Das Päckchen hat ungefähr die Größe einer Zigarettenschachtel und knistert leise.

Plötzlich durchfährt es mich wie ein Blitzschlag.

»Fuck! Sind das etwa Drogen?«

Mikes beschissenes Grinsen wird immer breiter.

»Respekt, Alter! Schnellchecker, oder was?«

»Was soll ich mit dem Mist?«, frage ich, obwohl ich es mir irgendwie schon denken kann.

»Du vertickst das Zeug ab jetzt im WHY. Dort sind jede Menge Abnehmer unterwegs.«

»Vergiss es!« Ich schleudere ihm das Päckchen zurück.

Mike fängt es mühelos auf. Drohend kommt er auf mich zu. Ich habe keinen Schiss vor ihm, doch ich weiß, dass die Gang auf seiner Seite steht, und die Nahtoderfahrung vom letzten Mal, als sie mich zusammengeschlagen haben, reicht mir.

»Du bist es uns schuldig!«, knurrt er drohend. »Obwohl du uns verraten hast, haben wir dich wieder in die Gang aufgenommen. Wochenlang hast du dich bei uns durchgeschnorrt. Und als du dich endlich an den nächtlichen

Einkäufen beteiligt hast, wussten wir nie, ob du auch vertrauenswürdig bist. Jetzt ist es an der Zeit, uns zu beweisen, dass du einer von uns bist.«

»Du weißt, dass ich euch nicht angeschwärzt habe«, erwidere ich ruhig. »Ich würde immer mein Maul halten und keinen von euch in irgendetwas hineinziehen!«

»Im Sprüche klopfen warst du schon immer gut, doch das reicht nicht länger. Entweder du vertickst das Zeug oder du bist raus! Und du weißt, was das heißt. Diesmal wird es sich nicht mehr lohnen, dich wieder zusammenzuflicken!«

Provozierend zieht er die Augenbrauen zusammen, nimmt meine Hand und legt mir das Päckchen hinein.

»Nimm's locker, Kai. Immerhin springt für dich auch was dabei raus. Ich denke, dass du die Kohle nötig hast!«

Als er an mir vorbeigeht, rempelt er mich kurz an. »Alles easy-peezy, Shy-Kai!«

Am liebsten hätte ich ihm die Fresse poliert. Doch ich stehe einfach nur da und betrachte das Päckchen Hasch in meinen Händen, von dem ich sicher bin, dass es mein Untergang sein wird.

21. Kapitel

Annabell

Ich sitze zu Hause auf dem Sofa und lese. Meine Mutter hat zum ersten Mal in diesem Herbst den Kamin im Wohnzimmer angezündet. Ich weiß nicht, wann ich das letzte Mal freiwillig im Wohnzimmer saß, doch es ist so friedlich hier, wenn mein Vater nicht da ist. Ich muss keine Angst haben, etwas falsch zu machen, oder mich gegen seine körperlichen Angriffe wehren.

Seit er weg ist, finde ich die nötige Gelassenheit, wieder häufiger ein Buch zu lesen. Ich nehme einen Schluck von dem warmen Kakao, der neben mir auf dem Tischchen steht, und kuschele mich noch tiefer in die weiche Decke. Als ich in meinem Roman eine Kussszene lese, schweifen meine Gedanken ab. Ich hebe den Kopf und mein Blick verliert sich in den züngelnden Flammen. Die Autorin hat die Szene so lebendig, so gefühlvoll beschrieben, dass ich dadurch an meinen letzten Kuss mit Kai erinnert werde. Seufzend schlage ich das Buch zu. Liebesgeschichten sind auf grausame Weise einfach unrealistisch. Ich beschließe, sämtliche Bücher dieses Genres in den hintersten Winkel meines Regals zu verbannen und ab jetzt nur noch Thriller und Krimis zu lesen.

Ich taste nach der Tasse und trinke wieder einen Schluck. Das herrlich süße heiße Getränk verbreitet ein warmes Gefühl in meinem Magen, das sich irgendwie tröstlich anfühlt. Ich schnappe mir die Fernbedienung und zappe mich durch die verschiedenen Fernsehprogramme. Ein leichtes Grummeln meldet sich aus meiner Magengegend.

Meine Mum ist zum Einkaufen gefahren und ich hoffe, dass sie einen kleinen Salat oder irgendein schnelles Fertiggericht mitbringt. Obwohl mir hier langweilig ist, kann ich mich nicht dazu aufraffen, mir ein Abendessen zuzubereiten. Zu müde vom Nichtstun, denke ich und muss grinsen. Ich bleibe gerade an einem Sender hängen, in dem ein interessanter Film läuft, als es an der Tür klingelt. Langsam quäle ich mich vom Sofa und verfluche den Störenfried, der mich aus meiner gemütlichen Faulheit reißt. Ich habe nicht die geringste Ahnung, wer es sein könnte. Von Luise weiß ich, dass sie den Abend bei Ben verbringen wird, und Jannik hat sich seit dem Vorfall am Baggersee nicht mehr gemeldet. Vielleicht hat er ja endlich eingesehen, dass ich nichts von ihm will, oder ich bin ihm einfach zu kompliziert oder ... ich habe mich nicht schnell genug von ihm knallen lassen.

»Hallo, Schöne! Na, komme ich ungelegen?«

Vor Überraschung schießen meine Augenbrauen in die Höhe. »Äh ... hallo!«

»Darf ich reinkommen?« Leon grinst mich schief an.

»Also ... na ja ...«

»Wobei habe ich dich denn gestört?«

»Eigentlich bei nichts Bestimmtem. Ich hab mich gerade durch die Programme gezappt.«

Leon lächelt. »Das heißt, du wolltest fernsehen?«

Ich zucke die Schultern. »Keine Ahnung. Mir war einfach langweilig.«

»Na, dann trifft es sich doch gut, dass ich jetzt hier bin. Ich bin Weltmeister im Vertreiben von Langeweile.«

Gegen meinen Willen muss ich lächeln. »Und wie willst du das anstellen?«

Er legt die Stirn in Falten, als würde er nachdenken. »Hmm, ich könnte dir eine Stepptanzeinlage bieten. Wobei ... ich kann gar keinen Stepptanz.« Er grinst. »Oder ich könnte dir die Sterne erklären, aber das wäre ziemlich kitschig. Ich könnte auch mit dir den neusten Tratsch austauschen, aber dann würdest du vermutlich denken, dass ich sensationsgeil bin. Oder ... ich könnte es einfach hiermit versuchen.« Mit diesen Worten zaubert Leon hinter seinem Rücken eine DVD hervor und wedelt damit vor meinem Gesicht herum.

»Du Spinner!«, sage ich lächelnd und nehme ihm den Film aus der Hand.

Glücklicherweise hat er sich für einen Horrorfilm entschieden, denn alles, was auch nur annähernd mit Romantik zu tun hat, wäre nicht in Frage gekommen. Trotzdem will ich es ihm nicht allzu leicht machen.

»Das ist aber ziemlich abtörnend, findest du nicht?«

Er lächelt verschmitzt. »Hast du etwa darauf gehofft, dass ich dich antörnen will?«

»Ich ... äh ...« Shit! Ich merke, wie mir die Röte ins Gesicht schießt.

Doch Leon schiebt sich einfach an mir vorbei und betritt den Flur. »Na los, Prinzessin, lass uns ein wenig gruseln.«

Bei dem Wort »Prinzessin« zieht sich mein Herz zusammen, denn ich muss an Kai denken, der mich immer so genannt hat.

Leon lässt mir glücklicherweise keine Zeit, mich meiner Melancholie hinzugeben.

»Hast du einen Fernseher in deinem Zimmer?«, fragt er.

Ich nicke, woraufhin sich ein Grinsen auf seinem Gesicht ausbreitet. Und ich frage mich, ob das mit dem Antörnen vorhin nicht doch eher seine Idee war als meine.

»Zeigst du mir den Weg?«

Ich gehe vor ihm die Treppe hinauf.

Als Leon die DVD in den Rekorder schiebt, höre ich meine Mum von unten rufen.

»Ich bin gleich zurück!«, sage ich zu ihm und verschwinde wieder durch die Tür.

»Beeil dich, Prinzessin!«, sagt Leon und fläzt sich auf mein Bett.

Ich wünschte, er würde dieses verbotene Wort nie wieder benutzen, da es jedes Mal alte Wunden in mir aufreißt.

»Hallo, Kleines, hast du Lust auf einen Salat?«

Meine Mum hat mir tatsächlich einen Tomaten-Hühnchen-Salat mitgebracht.

»Darf ich den auf meinem Zimmer essen? Ich ... ich habe Besuch.«

Meine Mutter hält verdutzt beim Auspacken der Einkaufstüten inne. »So? Wer ist es denn?«

»Leon. Der Cousin von Jannik und Ben. Wir wollen eine DVD anschauen.«

Meine Mum lächelt mich an. »Leon«, sagt sie und lässt den Namen förmlich auf der Zunge zergehen. Sie wühlt in einem ihrer Beutel und zieht eine Tüte Chips hervor.

»Für Leon und dich«, sagt sie lächelnd und drückt sie mir in die Hand.

***

»Lust auf Chips?«, frage ich und werfe die Tüte in Leons Schoß, als ich mein Zimmer betrete.

»Immer!« Gierig reißt er die Packung auf und stopft sich eine Handvoll fettiger Kartoffelscheiben in den Mund.

»Sieht so aus, als hätte ich dich gerade vor dem Verhungern gerettet«, sage ich und muss grinsen.

Leon lacht. »So in etwa!« Er klopft auf den freien Platz neben sich und ich komme der Aufforderung etwas zögerlich nach. Vielleicht hegt er ja noch andere Absichten, als sich mit mir zu gruseln. Leon ist nett, aber er ist nicht wie Kai. Keiner wird jemals so sein wie Kai und ich weiß nicht, ob ich jemals wieder für einen Jungen so empfinden werde wie für ihn.

Der Film, den Leon mitgebracht hat, hat es wirklich in sich. Normalerweise gehöre ich nicht zu den Mädchen, die bei jeder Horrorszene kreischen, doch bei diesem Film beginne ich bereits nach einer Viertelstunde vor Schreck an meinen Fingernägeln zu knabbern.

Draußen ist es mittlerweile stockdunkel geworden. Der Wind peitscht Regentropfen und Blätter an die Fensterscheibe und ich werfe immer wieder einen Blick hinaus, weil ich fest überzeugt bin, diesen mädchenmordenden Maskenmann aus dem Horrorfilm dort zu erblicken.

Als Leon näher zu mir rutscht und mir seinen Arm um die Schultern legt, ist mir bewusst, dass er meine ängstliche Stimmung gnadenlos ausnutzt.

Aber seltsamerweise ist mir das im Moment völlig egal. Ich genieße die Sicherheit, die er mir vermittelt, und seine Nähe lässt mein Herz ein wenig ruhiger schlagen. Ohne weiter darüber nachzudenken, lasse ich mich in diese Umarmung fallen und lehne meinen Kopf gegen ihn, was Leon dazu ermuntert, mich noch enger an sich zu ziehen.

Es ist anders als die Umarmungen mit Kai. Ich bin weder nervös noch aufgeregt und ich genieße es, dass ich nicht vor lauter Glück ausflippe, nur weil er mich berührt.

Ich spüre Wärme und Geborgenheit und habe das Gefühl, gemocht zu werden. Auf mehr kann ich, solange Kai existiert, nicht hoffen.

Vielleicht ist das auch der Grund, warum ich mich nicht wehre, als Leon den Kopf dreht und seine Lippen auf meine legt. Schnell schließe ich die Augen. Er fühlt sich gut an und ich genieße es, wie seine Hände sanft über meinen Körper wandern. Trotzdem kann ich nicht verhindern, dass ich immer wieder versuche mir vorzustellen, es wären die Hände eines anderen, die da über meine Haut streicheln.

Leon redet nicht, während er knutscht. Er konzentriert sich völlig auf das, was seine Finger und sein Mund mit mir machen.

Ich lasse ihn gewähren, als ich merke, dass er nicht fordernd wird, sondern zärtlich bleibt. Außerdem konzentrieren sich all seine Streicheleinheiten auf den Bereich oberhalb der Gürtellinie. Kai wäre längst leidenschaftlicher geworden, schießt es mir durch den Kopf. Frustriert presse ich die Lippen zusammen. Geht er mir denn niemals aus dem Schädel?

»Alles in Ordnung, Süße?«, wispert Leon mir ins Ohr, er scheint meinen Stimmungsumschwung bemerkt zu haben.

»Ja, alles gut«, sage ich leise und schenke ihm ein aufgesetztes Lächeln.

»Das wollte ich schon tun, als ich zur Haustür hereingekommen bin«, sagt er und grinst dabei.

»Dann war das mit dem Gruselfilmgucken wohl nur ein Vorwand?«, frage ich und schaue ihn gespielt streng an.

»Bist du mir böse?« Leon grinst so schelmisch, dass ich lachen muss.

»Nein, und selbst wenn, dein Plan ist immerhin aufgegangen.«

»Soll ich zurückspulen?«, frage ich, als ich sehe, dass auf dem Bildschirm bereits der Abspann läuft.

»Lass uns lieber noch ein wenig rummachen«, raunt Leon und drückt mich zurück in die Kissen.

Rummachen? Irgendetwas an Leons Wortwahl verletzt mich, doch ich kann nicht genau sagen, was es ist. Trotzdem reicht es aus, um mir die Stimmung gänzlich zu verderben.

»Ich glaube, ich sollte die Großzügigkeit meiner Mutter, was Jungsbesuche auf meinem Zimmer anbelangt, nicht überstrapazieren«, sage ich und schiebe Leon sanft, aber bestimmt von mir.

Die Enttäuschung ist ihm anzusehen, doch er fügt sich und steht auf.

Kai

Ich stehe auf dem Parkplatz vorm WHY und das Drogenpaket scheint mir ein Loch in die Jacke zu brennen. Doch ich bin so wütend, dass mir im Moment alles scheißegal ist. Gut, ich bin selbst schuld, dass ich vorhin an Anns Haus vorbeigefahren bin. Es beruhigt mich immer, wenn ich einen Blick auf ihre Welt werfen kann, auch wenn ich weiß, dass ich niemals ein Teil davon sein werde. Es ist gut zu sehen, dass sie sicher zu Hause ist. Außerdem fühle ich mich ihr nahe, wenn ich für Sekunden in das hell erleuchtete Fenster ihres Zimmers starren kann. Heilige Scheiße, das Mädchen hat sich wie ein Parasit in meinem Gehirn eingenistet.

Doch heute bin ich extrem angepisst, auch wenn mir völlig klar ist, wie bescheuert das ist.

Mir ist dieses beschissene Mountainbike, das am Gartenzaun lehnte, sofort ins Auge gesprungen. Es gehört Leon.

Und obwohl ich es ihr förmlich aufgedrängt habe, sich einen neuen Freund zu suchen, kotzt es mich an, dass sie meine Bitte so schnell in die Tat umgesetzt hat. Ich wollte mir gar nicht vorstellen, was die beiden da gerade gemacht haben, denn dass sie etwas gemacht haben, was mir nicht gefiel, war völlig klar. Außerdem war das Licht in ihrem Zimmer aus und nur der bläuliche Schein von einem Fernseher war zu erkennen. Was für eine 0815-Nummer! Jeder Idiot, der ein Mädchen poppen will, greift zu dieser Taktik. *Hey, Baby, lass uns einen Film gucken, damit wir im Dunkeln fummeln können!* Der zweite Teil des Satzes spielt sich natürlich nur im Kopf der notgeilen Typen ab.

Wenn Leon auch noch einen Horrorfilm mitgebracht hatte, war das Klischee perfekt.

Gut, dass ich es niemals erfahren würde, denn sonst müsste ich ihm schon aufgrund seiner Einfallslosigkeit eine ballern. Einem Mädchen wie Ann sollte er etwas Besonderes bieten. Ein Vier-Gänge-Menü unter freiem Sternenhimmel (vor allem, wenn man so viel Kohle hat wie Leon) statt mit Konservenfraß vom Supermarkt bei ihr aufzukreuzen.

Meine Kiefer mahlen vor Wut und um mich zu beruhigen, rufe ich mir immer wieder ins Gedächtnis, dass sie meine verfickte Schwester ist.

Nachdem ich meine Runde durchs WHY gedreht habe, um nachzusehen, wer als potenzieller Käufer in Frage kommt, gehe ich ins Scheißhaus und stelle mich vor die Kabinen. Das ist der unauffälligste Ort für einen Drogendeal. Jedem, der durch die Tür kommt, werfe ich einen bedeutungsvollen Blick zu und ziehe dabei fragend die Augenbrauen in die Höhe. Wer sich in dem Bereich auskennt, weiß sofort, was er bei mir kriegen kann.

Es dauert nicht lange, bis mir der Erste zublinzelt und mir mit einem leichten Kopfnicken andeutet, ihm in eine der Kabinen zu folgen.

Ich habe das Zeug zuvor ausgepackt und in viele gleich große Alubriefchen abgefüllt. Der Kerl kauft mir drei davon ab und verpisst sich eilig.

Verfluchte Scheiße, das ist zu viel für mich, ich bring es einfach nicht fertig. Mit Drogen hatte ich noch nie was zu tun. Und ich halte auch nichts davon. Wenn sich Toto, Luke und die anderen Pisser zudröhnen, geht mir das zwar am Arsch vorbei, weil es immerhin ihre eigene Entscheidung ist, doch ich will mein Leben nicht damit zerstören. Und ich will auch nicht dafür verantwortlich sein, wenn es andere tun. Fuck, schließlich habe ich mitbekommen, wie meine Mum sich mit ihrer Sauferei alles zerstört hat. Alkohol ist auch eine Droge. Ich trinke ja selbst, manchmal sogar ein wenig zu viel, doch ich kenne meine Grenzen. Auch bei Annabell habe ich jedes Mal riesigen Schiss, wenn sie ihren Kummer ertränkt.

Angeekelt kippe ich die übrigen Briefchen der Reihe nach ins Klo und spüle so lange, bis nichts mehr davon zu sehen ist. Dummerweise fehlen mir jetzt etwa tausend Euro, die ich nächstes Wochenende an Mike übergeben muss. Falls ich die Kohle nicht habe, bin ich ein toter Mann, hat er gesagt. Und dass er diese Drohung wahr machen wird, ist mir völlig klar.

Ich lege meine Stirn gegen die bekritzelten Fliesen und schlage mit der Hand darauf. Muss sich dieses beschissene Schicksal denn immer gegen mich verschwören? Kann es sich zur Abwechslung nicht einmal ein anderes Arschloch aussuchen?

Tausend Euro. Wie soll ich jetzt so viel Geld aufbringen? Tausend Euro sind für mich so unerreichbar wie das ewige Leben. Ich bin schon froh, wenn ich einen Fünfer oder höchstens einen Zehner in der Tasche habe und mir etwas zu Essen kaufen kann.

Mir bleiben nur zwei Möglichkeiten: Entweder ich verpisse mich aus dieser Stadt auf Nimmerwiedersehen oder ich breche irgendwo ein und hol mir das Geld. Am besten in ein Haus, in dem es sich wirklich lohnt, zum Beispiel bei der Familie Beck ... oder bei den Planks.

»Scheiße!«, fluche ich und trete mit voller Wucht gegen die Tür der Toilettenkabine, was diese nicht überlebt. Krumm und schief hängt sie in der oberen Angel und wackelt hin und her.

»Was bist'n du für ein Freak?« Ein blondgelockter Trottel, dem man schon auf den ersten Blick ansieht, dass er keine Probleme hätte, die tausend Euro aufzutreiben, steckt seinen Kopf zur Tür herein.

»Halt dein verficktes Maul!«, fahre ich ihn an und stoße ihn unsanft zur Seite.

Auf dem Parkplatz des WHY lehne ich mich gegen die Hauswand und hole tief Luft, was meiner gebrochenen Rippe nicht besonders guttut.

»Ist irgendwas nicht in Ordnung?«

Ich reiße die Augen auf. Vor mir steht ein Mädchen, klein, zierlich, blond. Sie sieht so ähnlich wie Annabell aus – und mit einem Mal weiß ich, dass ich dieses Mädchen heute haben muss.

Sie macht es mir leicht. Lässt sich einlullen von schönen Worten und Komplimenten. Und irgendwann übernimmt sie die Führung. Mir ist klar, dass sie nicht wirklich an mir interessiert ist, sondern nur an dem Bad Boy, der da vor ihr steht. Wahrscheinlich wird sie hinterher bei ihren Freundinnen damit prahlen, von einem gefährlichen Arschloch gevögelt worden zu sein. Aber ehrlich gesagt ist mir das scheißegal.

Sie riecht gut und ihr Haar fühlt sich fast so weich an wie das von Ann. Als sie mir ihr Knie zwischen die Schenkel drückt, schaltet sich mein Gehirn aus. Ich ziehe sie hinter das WHY. Dort drücke ich sie gegen die Wand und presse ihr grob die Lippen auf den Mund. Sie scheint es zu genießen und krallt mir ihre Fingernägel in den Rücken. Das war es mit meiner Selbstbeherrschung. Ungeduldig fasse ich unter ihren Rock und ziehe den Slip herunter, woraufhin sie laut stöhnt. Bevor ich fragen kann, hält sie mir ein rotes Gummi unter die Nase. Scheiße, die Alte scheint es wirklich nötig zu haben. Ich lasse meine Hosen herunter, schiebe mir das Kondom über den Schwanz und hebe sie hoch.

Ihr Rücken ist an die Hauswand des WHY gepresst, als ich sie nehme. Ich ficke sie hart und schnell. Sie stöhnt ständig, was mir nach einer Weile gewaltig auf den Sack geht. Es kommt mir vor, als ob sie das alles nur vortäuschen würde. Doch ich bin mittlerweile an einem Punkt angelangt, an dem ich nicht mehr stoppen kann. Zitternd umklammere ich ihre Schultern, als ich komme, und genau in diesem Augenblick stöhnt auch sie laut auf. Okay, sie hat es vorgespielt, jetzt bin ich mir sicher.

»Ziemlich traurige Nummer, die du da abgezogen hast«, sage ich, während ich meine Hose zuknöpfe.

Mit unschuldigen Kulleraugen sieht sie mich an. »Was meinst du?«

»Such dir das nächste Mal einen anderen, den du verarschen kannst. Glaubst du, ich hätte nicht gemerkt, dass das alles nur Show war?«

Sie sieht mich schlitzäugig an. »Tja, du hast es eben einfach nicht gebracht!«

Mit diesen Worten lässt sie mich stehen.

»Du blöde Schlampe!«, brülle ich ihr hinterher, woraufhin sie mir den Mittelfinger zeigt.

Toll! Jetzt fühle ich mich noch beschissener als zuvor.

22. Kapitel

Annabell

Als ich am Morgen meiner Mutter am Frühstückstisch begegne, hebt sie vielsagend die Augenbrauen.

»Na, verliebt?«

Ich erspare mir die Antwort und beiße in mein Croissant.

»Annabell«, beginnt meine Mutter mit leiser Stimme. »Ich würde mich freuen, wenn du mit einem netten Jungen glücklich werden könntest. Vor allem nach deinen vielen ... Entgleisungen in letzter Zeit.«

»Die Entgleisungen haben einen Namen ... Kai!« Ich stehe vom Tisch auf, mir ist die Lust auf ein Frühstück vergangen.

»Annabell, ich weiß, wie der Junge heißt. Aber ... ich meinte doch nur, dass ich froh darüber bin, dass du dich jetzt anderweitig orientierst. Auch weil dein Vater bald zurückkommt.«

Ich schnaube verächtlich. »Ach ja, und wenn er da ist, dann wird also alles wieder wie zuvor?«

Meine Mutter sieht mich fast verschüchtert an.

»Wir sind doch eine Familie«, sagt sie ausweichend.

In mir steigt die Wut auf. »Tolle Familie! Ein Vater, der seine Tochter schlägt und die Familie unterdrückt, und eine Mutter, die tatenlos dabei zusieht. Ist es das, was du dir vom Leben erträumt hast?« Meine Stimme klingt hoch und irgendwie schrill.

»Du weißt, dass er nur dein Bestes will«, haucht meine Mutter mit glasigen Augen.

»Mein Bestes? Aber um welchen Preis? Ist es mein Bestes, wenn ihr bestimmt, mit wem ich ausgehen darf und mit wem nicht? Gehört es auch zu meinem Besten, dass ich jedes Mal fast krankenhausreif geschlagen werde, nur weil ich eine schlechte Note nach Hause bringe?«

Eine Träne rollt über die Wange meiner Mutter. »Es ... es tut mir leid, Annabell, dass du das ertragen musst.«

»Warum tust du dann nichts dagegen?«, frage ich mit brüchiger Stimme und sehe ihr dabei direkt in die Augen.

»Weil ich nicht kann«, flüstert sie so leise, dass ich es fast nicht verstehe.

»Das ist kein Grund, sondern nur ein Vorwand … eine bescheuerte Ausrede.«

»Ich … ich … ich kann mich nicht wehren und ich kann ihn auch nicht verlassen, Annabell. Wie soll ich mein Leben leben ohne jemanden an meiner Seite? Ich kann es nicht alleine.« Sie lacht bitter.

»Dann musst du es lernen!«, sage ich, greife nach meiner Jacke und verlasse das Haus.

Draußen lehne ich für ein paar Sekunden meine Stirn, die vor Aufregung ganz heiß ist, gegen die kalte Hauswand. Ich kann nicht fassen, dass das der Grund ist, warum meine Mutter bei ihm bleibt und mir all das zumutet. Nicht aus Liebe, wie ich immer vermutet habe, sondern nur, weil sie Angst davor hat, ihr Leben ohne einen Mann nicht bewältigen zu können.

»Einen wunderschönen guten Morgen, meine Liebe!«

Erschrocken fahre ich herum. Vor mir steht Leon und wedelt mit einer weißen Gerbera vor meiner Nase herum, als wäre es eine Friedensfahne.

»Was machst du denn hier?«, frage ich verdattert.

»Meine Freundin zum Bus begleiten und ihr den Morgen mit einer hübschen Blume versüßen.«

Er springt die Treppen zu mir hoch, schmeißt sich auf die Knie und streckt mir die Gerbera entgegen.

»Holde Maid, darf ich Ihnen zum Zeichen meiner Bewunderung diese Blume überreichen?«

Als ich Leon so vor mir sehe, mit seinem Dackelblick, breche ich in Lachen aus, nehme seine Hand und ziehe ihn hoch.

»Du darfst!«, sage ich und nehme die Gerbera entgegen. Etwas unentschlossen betrachte ich sie, bevor ich die Tür wieder aufsperre.

»Bin gleich wieder da!«

In der Küche gieße ich schnell Wasser in ein Glas und stecke die Blume hinein. Es ist wirklich süß von Leon, dass er diesen Umweg gefahren ist, nur um mir eine Freude zu machen.

»Ist dir kalt?«, fragt Leon, als ich wieder neben ihm stehe und den Reißverschluss meiner Softshelljacke bis zum Kinn hochziehe.

»Mir war schon wärmer«, sage ich grinsend, und bevor ich es verhindern kann, ist Leon aus seiner eigenen Jacke geschlüpft und legt sie mir fürsorglich um die Schultern.

»Besser?«

»Hm.« Ich weiß nicht, was ich von all dem halten soll. Leon scheint sich sicher zu sein, dass wir seit dem Kuss gestern zusammen sind. Doch ich weiß nicht, ob ich das überhaupt will.

Unauffällig betrachte ich ihn von der Seite. Er sieht wirklich gut aus und ich bin überzeugt, dass er mit seinem schiefen Lächeln sämtlichen Mädchen auf der Schule den Verstand rauben könnte. Aber genügt mir das?

Und ... er sieht nicht nur gut aus, sondern ist auch noch zuvorkommend, süß und nett. Ich seufze leise, doch er ist eben nicht Kai.

***

Als wir an der Bushaltestelle angekommen sind, lehnt Leon sein Fahrrad gegen das Häuschen und zieht mich in seine Arme.

»Zeit für einen Guten-Morgen-Kuss!«, raunt er mir ins Ohr und haucht mir eine Spur aus Küssen über die Wange, bis sein Mund meine Lippen berührt.

Er küsst vorsichtig, zärtlich und fast schon zurückhaltend.

»He, nehmt euch irgendwo ein Zimmer!«

Wir fahren auseinander. Luise steht neben uns und sieht uns tadelnd an. Leon schenkt mir ein verschmitztes Grinsen.

»Bis später, meine Schöne!«

Luises Blick folgt Leon, der auf seinem Fahrrad davonfährt. »Was? War? Das?«

Ich zucke mit den Schultern. »Leon.«

Sie verdreht melodramatisch die Augen. »Ich weiß, wie Bens Cousin heißt. Immerhin habe ich ihn dir vorgestellt.«

»Was soll dann die Fragerei?« Ich bin ziemlich genervt, vor allem, weil ich mir selbst nicht sicher bin.

»Dann ist Kai also endlich passé?« Ihre Augen flackern hoffnungsvoll.

Ich schlage die Hände vors Gesicht. »Shit, Luise. Ich weiß es doch selber nicht!«

Sie nimmt mich in den Arm. »Aber ich weiß, dass Leon ein unglaublich toller Kerl ist, der es mit Sicherheit ernst meint. Etwas Besseres als er kann dir gar nicht passieren. Gib ihm eine Chance, Bella. Das mit Kai wäre doch sowieso irgendwann schiefgegangen.«

Mein Blick fällt auf Leons Jacke, die nach wie vor über meiner Schulter hängt. Der Verrückte ist tatsächlich ohne sie mit dem Fahrrad losgefahren, nur damit mir nicht kalt ist.

»Ja, vielleicht hast du Recht. Vielleicht sollte ich Leon eine Chance geben.« Lächelnd sehe ich sie an, während ich angestrengt die Tränen wegblinzele.

»Das ist die beste Idee seit langem!«

***

Als ich an der Schule aus dem Bus steige, steht Leon bereits da und wartet, die Arme eng um seinen Oberkörper geschlungen.

»Danke«, sage ich und reiche ihm seine Jacke. »Wenn du jetzt eine Erkältung bekommst, bin ich schuld daran.«

»Solange du die Krankenschwester spielst und mir Tee kochst und mich gesundküsst, macht mir das wirklich nichts aus«, sagt Leon und grinst mich frech an.

Ein Lächeln huscht über mein Gesicht. Er versteht es wirklich, mich aufzuheitern.

»Darf ich?« Er streckt mir die Hand entgegen und ich lege zögernd meine hinein.

»He, lauft uns ja nicht den Rang als neues Traumpaar ab!«, ruft Luise fröhlich. »Immerhin haben Ben und ich schon ein Patent darauf angemeldet.«

Leon und ich grinsen und gehen zum Eingang.

Als ich sehe, wer da auf der Treppe sitzt und mich mit finsterem Blick beobachtet, will ich erschrocken meine Hand zurückziehen, doch Leon hält sie fest.

Kai

Der Anblick der beiden macht mir mehr zu schaffen, als ich erwartet hätte. Sie sind also tatsächlich zusammen. Gut, eigentlich war mir das gestern schon klar, aber die zwei hier Händchen haltend zu sehen, gibt mir nach dem beschissenen Abend gestern noch den Rest.

»Na, heute schon gepoppt?«, frage ich provozierend.

Anns Augen schnellen zu mir und sehen mich entsetzt an. Schmerz überschattet ihr schönes Gesicht und ich verfluche mich, weil ich mein verdammtes Maul nicht halten konnte und ihr schon wieder wehgetan habe.

»Glaub mir, Kai, ich habe nicht das geringste Problem damit, dir noch eine zu scheuern!«, zischt mir Luise zu, die neben den beiden steht.

»Na los, tu dir keinen Zwang an«, erwidere ich. »So langsam finde ich schon fast Gefallen daran.«

Luise beißt die Zähne zusammen, aus ihren Augen spricht der pure Hass.

Annabell senkt verschüchtert den Blick und versteckt sich hinter Leons Rücken.

»Gibt es hier irgendein Problem?«, fragt er und fixiert mich.

»Nein, es gibt kein Problem«, mischt Luise sich wieder ein. »Kai kann es nur nicht ertragen, wenn …«

»Luise, lass gut sein«, fällt Annabell ihr ins Wort.

»Am besten, ihr Mädchen geht schon mal rein«, sagt Leon und nickt Annabell und Luise freundlich zu. »Ich glaube, Kai und ich müssen uns mal alleine unterhalten.«

Luise nimmt Ann bei der Hand und zieht sie energisch hinter sich her.

»Also, was ist hier los?«, fragt Leon.

Heilige Scheiße, kann er sich nicht einfach verpissen? Ich habe auf frühmorgendliches Gelaber wirklich keinen Bock.

»Kümmere dich um deinen eigenen Scheiß!«, sage ich unfreundlich.

»Na ja, genau genommen ist es ja irgendwie … mein Scheiß, wenn es Annabell betrifft.«

Toll, danke, Arschloch, dass du mir das noch mal unter die Nase reibst.

»Weißt du, Kai, mir liegt wirklich etwas an ihr und ich will nicht, dass meine Freundin von irgendwem gestalkt wird. Auch wenn ich nicht weiß, was zwischen euch gelaufen ist, so scheint es doch vorbei zu sein. Also spar dir deine dummen Sprüche für eine andere auf.«

Und damit verschwindet er im Schulhaus. Krass, wie er für sie in die Bresche springt. Respekt, Alter! Annabell scheint mit ihm ja einen echten Glückstreffer gelandet zu haben. Schön für sie! Trotzdem bin ich mega angepisst, dass er mich so oberlehrerhaft behandelt hat.

Mir ist sämtliche Lust auf die Schule vergangen. Während die restlichen Schüler ins Schulhaus strömen, wähle ich die entgegengesetzte Richtung.

»Kai?«

Ich drehe mich um.

»Hier geht's lang!« Schmidt steht oben auf der Treppe und deutet mit seinem Finger ins Schulhaus.

Ich ignoriere ihn und entferne mich weiter.

»Kai! Komm zurück!«

Ich zeige ihm über die Schulter den Mittelfinger und setze meinen Weg unbeirrt fort.

Und mit einem Mal weiß ich, woher ich meine tausend Euro bekomme. Wenn der Typ jetzt Annabell hat, dann sollte es ihm zumindest diese kleine Entschädigung wert sein.

Fröstelnd ziehe ich meine Jacke enger um mich. Der Oktoberwind weht kalt und wirbelt immer wieder Blätter um meine Füße. Als es auch noch zu regnen beginnt, frage ich mich, ob mein Entschluss die Schule zu schwänzen so gut war. Im Abbruchhaus werden sicher bald die anderen eintrudeln und ich habe keine Lust darauf, Mike zu treffen, dem vielleicht einfällt, dass ich ihm den ersten Teil der Kohle ja schon heute überreichen könnte.

Plötzlich kommt mir eine Idee. Ich gehe zum Schulgebäude zurück, einmal außen herum und drücke mich durch eine Hintertür hinein.

Auf leisen Sohlen schleiche ich mich in den Keller und betrete den Raum mit dem Theaterfundus. Da die Theater AG erst nachmittags stattfindet, wird sich um diese Uhrzeit niemand hier herumtreiben. Ich haue mich auf eine alte Matratze, ziehe die enge Jacke aus, werfe einige Kostüme über mich und beschließe zu pennen. Immerhin ist es hier um einiges wärmer als im Abbruchhaus und vielleicht schaffe ich es ja endlich mal, für eine Weile am Stück zu schlafen.

Als ich wieder aufwache, habe ich keine Ahnung, wie spät es ist. Da ich mich aber erholt fühle, vermute ich, dass ich tatsächlich ein paar Stunden gepennt habe. Durch den kleinen Kellerschacht sehe ich, dass es draußen heftig pisst, weshalb es mir schwerfällt, mich aufzuraffen. Mir graut es davor, nach draußen in den kalten Regen zu treten, vor allem, weil ich nicht weiß, wohin ich eigentlich soll.

Mein Magen knurrt, doch ich habe nicht einmal die Kohle, um mir etwas zu Essen zu kaufen. Sehnsüchtig denke ich an die Chipstüten und den Dosenfraß, der im Abbruchhaus liegt. Doch die Angst davor, Mike über den Weg zu laufen, ist stärker als das bohrende Hungergefühl.

Ich drücke mich gerade die Treppe nach oben, als ich über mir hastige Schritte höre.

Noch bevor ich überlegen kann, wo ich mich verstecken soll, taucht Herr Schmidt vor mir auf. Wer sollte es bei meinem Glück auch sonst sein? Ich seufze tief.

»Kai? Was machst du denn hier unten?«

Ich zucke gleichgültig mit den Achseln. »Ich hab gepennt.«

»Und warum schläfst du nicht zu Hause, wenn du allem Anschein nach auf die Schule heute keine Lust hast?«

Ich hebe noch einmal die Schultern. Mein Leben ist ein einziger Scherbenhaufen und so langsam ist mir alles … wirklich alles scheißegal.

Zu allem Überfluss gibt mein Magen auch noch ein verräterisches Grummeln von sich.

»Kai, hast du heute schon etwas gegessen?«

Mich wundert es, dass Schmidt nach allem, was ich ihm in den letzten Wochen an den Kopf geworfen habe, immer noch freundlich zu mir ist. Aber ich habe gerade in letzter Zeit so einige Leute falsch eingeschätzt. Nur was meine Person anbelangt, liege ich wohl richtig: Ich bin und bleibe ein Arsch!

»Kai, ich hab dich gefragt, ob du heute schon etwas zu dir genommen hast?«, fragt Schmidt noch einmal.

Ich ziehe ein leeres Kaugummipäckchen aus meiner Tasche und strecke es ihm entgegen.

»Sonst nichts?« Herrn Schmidt rutschen vor Verblüffung die Augenbrauen in die Höhe.

»Ich bin gerade auf Diät, da ist es nicht sinnvoll, sich vollzustopfen«, witzele ich und hoffe dadurch alles ein wenig runterspielen zu können. Doch es ist ein lahmer Versuch.

Herrn Schmidt steht das Entsetzen ins Gesicht geschrieben.

»Ich habe in fünf Minuten Schulschluss. Eigentlich wollte ich noch ein paar Kostüme für die Theater AG morgen Nachmittag raussuchen, aber das kann warten. Du kommst jetzt mit zu mir. Es gibt Nudeln mit einer überragend lecker schmeckenden Fertigsoße. Und wenn du möchtest, können wir reden.«

Er grinst mich an. »Was sagst du dazu?«

Fuck, im Moment ist mir alles egal. Ich habe Hunger, keine Lust raus in die Kälte zu gehen, und vielleicht darf ich mich bei ihm sogar duschen, was ich dringend nötig habe.

»Wow! Ein Essen wie im Nobelhotel, ich kann mir nichts Besseres vorstellen.«

Herr Schmidt lacht und klopft mir auf die Schulter. »Na, dann los!«

Im Auto bemerke ich, dass meine Jacke noch im Theaterfundus liegt, aber drauf geschissen. Sie ist mir ohnehin zu weit geworden.

Schmidt wohnt alleine in einer Zwei-Zimmer-Wohnung, die relativ zentral liegt.

Gierig schaufle ich mir die Spaghetti mit der Instant-Soße in den Mund und bin fest davon überzeugt, in meinem Leben nie etwas so Leckeres gegessen zu haben.

Er selbst isst ziemlich wenig, was mich aber nicht stört, denn so bleibt mehr für mich übrig. Selbstlos geht die Welt zu Grunde, denke ich und grinse dämlich.

Was mich allerdings stört, ist, dass Schmidts forschender Blick ständig auf mir ruht. Er wird erwarten, dass ich einige seiner Fragen beantworte. Dabei bin ich mir noch nicht sicher, ob ich ihm überhaupt Antworten geben will. Andererseits befürchte ich, dass er meine Alte anruft, wenn ich es nicht mache. Und dann steht das Jugendamt bei uns vor der Tür, darauf könnte ich Gift nehmen. Verfickte Scheiße, ich würde ausflippen, wenn sie mich in eine Jugendwohngruppe oder so einen Scheiß stecken würden.

»Bist du satt?«, fragt Schmidt, als mein Teller leer ist.

Okay, die erste Frage, die er stellt, ist immerhin harmlos, doch dabei wird es nicht bleiben.

»Scheiße, ja, ich glaube, so voll war ich selten.« Als dieser Satz über meine Lippen geschlüpft ist, bereue ich ihn sofort. So seltsam, wie der Pauker mich ansieht, muss er wohl denken, dass ich nie etwas zu fressen habe. Und auch wenn das ja eigentlich stimmt, will ich nicht, dass er es weiß. Fuck, fuck, fuck!

»Hast du schon öfter in der Schule geschlafen?« Schmidt legt sein Besteck auf den Teller und sieht mich wieder an.

Ich verdrehe die Augen, lehne mich auf dem Stuhl zurück und verschränke die Arme vor der Brust.

»Sie wollten mich wohl mit den Nudeln bestechen, damit ich Ihnen jetzt antworte, stimmt's?«

Schmidt beugt sich vor. »Nein, Kai, du musst gar nichts beantworten. Aber ich fände es schön, wenn du dich mir anvertrauen würdest. Ich will dir wirklich nur helfen und ich verspreche dir, dass ich nichts tue, mit dem du nicht zu hundert Prozent einverstanden bist.«

Verfluchte Kacke, sein Angebot hört sich gar nicht mal so übel an. Aber kann ich ihm wirklich trauen? Immerhin ist er ein Lehrer.

»Kai, vertrau mir einfach. Oder ist der Preis, den du dafür zahlen musst, so hoch?«

Scheiße, nein, das ist er nicht. Eigentlich habe ich wenig zu verlieren, außer meinen Stolz. Wobei mir das Jugendamt immer noch schwer im Magen liegt. Allerdings dauert es nicht mehr lange bis zu meinem achtzehnten Geburtstag und dann ...

»Ach, was soll's. Fragen Sie!«

»Willst du mir nicht einfach etwas von dir erzählen?«

»Nö!«

Schmidt seufzt tief, anscheinend bin ich ein ziemlich schwieriger Fall.

»Also gut. Hast du schon öfter in der Schule geschlafen?«, wiederholt er seine Frage von vorhin.

»Nein.«

Er seufzt erneut. »Interessiert es deine Mutter nicht, wenn du hungrig bist oder aussiehst, als hätte dich ein Laster überrollt – so wie neulich?«

»Nein.«

»Kai, was soll das? So kann man sich doch nicht unterhalten.«

Ich hebe entschuldigend die Hände. »Wie bitte? Sie wollten, dass ich Ihre Fragen beantworte, und das tue ich!«

Schmidt schüttelt den Kopf. »Also gut. Dann müssen wir eben so weitermachen.- Wohnst du überhaupt noch zu Hause?«

»Nein.«

Er reißt die Augen auf. »Scheiße, Kai. Wo treibst du dich dann herum?«

Ich muss grinsen, weil ich es geschafft habe, dass Schmidt sich eine verbale Entgleisung geleistet hat.

»Und deine Mutter interessiert das alles nicht?«

»Nö!«

Schmidt springt vom Stuhl auf und geht neben mir in die Hocke. »Kai, wovon lebst du? Was isst du?«

Er sieht aus, als würde er gleich losheulen, was mich wundert, denn eigentlich bin ich doch derjenige, der voll im Arsch ist.

»Junge, so rede doch!«

»Fuck! Sie geben nicht nach, was? Bis Sie alles wissen, aber ... ein Wort zum Jugendamt und ich bin weg, das schwöre ich Ihnen!«

»Kai, du hast mein Wort!«

Und schließlich erzähle ich Schmidt alles. Na ja, fast alles. Die Sache mit Annabell und meinem leiblichen Vater lasse ich unter den Tisch fallen, denn das geht ihn nun wirklich nichts an und tut auch nichts zur Sache.

Als ich meinen Bericht beendet habe, ist er kreidebleich. Die Bestürzung steht ihm ins Gesicht geschrieben.

»W…warum hast du dich nie einem von uns Lehrern anvertraut? Kai, … das ist doch kein Leben. Das ist absolut grausam, was du mir da erzählst.«

Ich zucke die Achseln. »Für mich ist es ganz normal, ich kannte es nie besser. Außerdem, wer geht schon zu einem Lehrer, wenn er Probleme hat?« Ich stoße verächtlich die Luft aus.

»Na klar, das wäre natürlich absolut uncool, oder?«

»Ja, ziemlich!«

Schmidt schüttelt fassungslos den Kopf. »Und wie soll es jetzt weitergehen?«

»Ich wäre schon zufrieden, wenn ich bei Ihnen mal duschen könnte. Diesmal allerdings bitte ohne Peepshow!«

Schmidt schmunzelt und zeigt mir den Weg ins Bad.

Irgendwie bin ich jetzt sogar ein wenig erleichtert, dass er Bescheid weiß. Es fühlt sich an, als wäre ich nicht mehr ganz so allein auf dieser verfickten Welt. Bei meinen riesigen Geldsorgen hilft mir das allerdings auch nicht weiter. So sehr vertraue ich ihm dann doch nicht, am Ende verständigt er noch die Bullen. Und das wäre mein Todesurteil. Ein Verräter überlebt in einer Gang nicht. Niemals! Das ist oberstes Gesetz!

23. Kapitel

Annabell

Leon war den ganzen Schultag lang total süß und zuvorkommend zu mir. Nicht nur, dass er mir in jeder Pause eine Kleinigkeit gebracht hat (einmal einen Caffè Latte und einmal Gummibärchen), er hat sich auch noch jedes Mal mit einem Kuss von mir verabschiedet und mir dabei ins Ohr geraunt, wie gern er mich hat. Eigentlich ist er mir fast zu liebenswürdig. Als die Schule aus war, stand er innerhalb von Sekunden an meiner Seite und hat gewartet, bis der Schulbus eingetroffen ist. Natürlich hat er mich zum Abschied wieder geküsst und es wirkt immer ein wenig, als ob er eine Riesenshow daraus machen würde. Ich habe das Gefühl, als wollte er Gott und der Welt demonstrieren, dass wir zusammen sind. Aber vielleicht täusche ich mich ja auch.

***

Ich bin gerade mit meinen Hausaufgaben fertig, als mich meine Mutter ans Telefon ruft.

»Hallo, meine Schöne!«

»Hey, Leon.« Er ist wirklich ziemlich einnehmend, aber vielleicht will er mir damit ja nur zeigen, dass er mich wirklich mag. Irgendwie ist es süß, wie er sich um mich bemüht.

»Hast du heute Abend Lust mit Ben, Luise und meiner Wenigkeit ins WHY zu gehen? Heute ist Karaoke-Party, das könnte lustig werden.«

»Ich ... ich weiß nicht.« Das WHY ist für mich automatisch mit Kai verbunden. Ich weiß, dass er und seine Clique dort sehr viel Zeit verbringen.

»Na los, lass mich nicht im Stich. Ich will nicht das fünfte Rad am Wagen spielen.«

»Leon ... eigentlich ...«

»Bitte, Süße, tu mir den Gefallen.«

»Okay«, gebe ich seufzend nach, schließlich kann ich Kai nicht für alle Ewigkeit aus dem Weg gehen, dazu ist diese Stadt einfach zu klein.

»Großartig! Um neun hole ich dich ab.«

***

Um acht klingelt es bei mir und Luise steht vor der Tür.

Sie sieht in ihren knallengen Jeans und dem rückenfreien Top absolut toll aus. Über ihrem Arm hängt eine rote Lederjacke, passend zu dem roten Band, das sie im Haar trägt.

»Die Jungs holen uns später zusammen ab. Ich dachte, ich spiele heute deine Styling-Beratung. Leon sollen die Augen aus dem Kopf fallen, wenn er dich sieht.« Sie grinst.

»Hatten wir dieses Spielchen nicht schon einmal?«, frage ich sie seufzend.

»Ja, stimmt, aber da hast du dich für den Falschen aufgebrezelt. Leon ist anders, er ist …«

»Meinst du, Kai ist auch da?«, unterbreche ich sie nachdenklich.

Luise schüttelt ungläubig den Kopf. »Du fragst mich allen Ernstes, ob es heute Abend Arschlochalarm gibt?«

Sie hebt die Schultern. »Keine Ahnung. Wahrscheinlich schon. Aber das sollte dich überhaupt nicht interessieren. Der Einzige, der zählt, ist Leon. Er ist nicht nur verdammt heiß, sondern auch total verrückt nach dir und das ohne Wenn und Aber!«

»Ja, du hast ja Recht«, gebe ich widerstrebend zu.

Luise nickt zufrieden und reißt meine Schranktüren auf.

»Aber nichts Kurzes, es ist verflixt kalt draußen«, bitte ich sie.

»Wir halten uns ja nicht lange draußen auf.« Luise zwinkert mir fröhlich zu.

Nachdem sie mich in ein schwarzes Minikleid mit dazu passenden hohen Lederstiefeln gesteckt hat, dreht sie mir die Haare zu Locken und steckt sie mir am Hinterkopf zusammen. Anschließend verpasst sie mir Smokey Eyes und bepinselt meine Lippen mit rosa Lipgloss.

»Baby, du bist heißer als glühende Lava«, stellt sie am Ende fest, während sie zufrieden ihr Werk begutachtet.

Wenige Minuten später klingelt es an der Haustür.

»Annabell! Luise! Deine Freunde sind da!«

»Wann muss ich zu Hause sein?«, frage ich meine Mutter, die am Fuß der Treppe steht. Irgendwie habe ich ihr immer noch nicht verziehen, dass sie nicht den Mut besitzt, etwas an unserem traurigen Leben zu ändern.

»Meinetwegen open end. Wenn dein Vater zurückkommt, wird es wieder feste Zeiten geben, das weißt du. Genieße den Abend, aber übertreibe es nicht. Versprochen?«

Und das klingt nicht danach, als ob sich ihre Haltung jemals ändern würde. Ich nicke resigniert.

Luise schlingt Ben die Arme um den Hals, bei ihrem Anblick gehen ihm fast die Augen über. Leon begutachtet mich, allerdings ... irgendwie verhalten.

»Hallo, meine Schöne!«, sagt er und zieht mich eng an sich. Sofort lösen sich meine Zweifel in Luft auf, wahrscheinlich habe ich seinen Blick einfach falsch gedeutet.

***

Im WHY ist es brechend voll. Die ersten Kandidaten sind bereits auf der Bühne und geben »Atemlos« von Helene Fischer zum Besten. Der Vorteil von diesem Song ist, dass er prima zum Mitgrölen geeignet ist und es darum nicht schlimm ist, wenn man nicht gut singen kann.

»Komm, lass uns auch einen Zettel ausfüllen«, brüllt mir Luise ins Ohr und zieht mich zur Bühne, wo die Ordner ausliegen, aus denen man die Songs wählen kann.

Doch Leon ist schneller, er schnappt mich und zieht mich in eine Umarmung. »Süße, bleib bei mir. Ich habe dich so lange nicht gesehen.«

Um genau zu sein, seit heute Mittag nicht mehr. So langsam nervt mich Leons penetrante Belagerung, doch Luise zwinkert mir verschwörerisch zu und schreit über den Lärm hinweg: »Bleib nur bei ihm, ich erledige das für uns.«

»Willst du tatsächlich singen?«, fragt Leon.

»Klar, warum nicht? Deshalb sind wir doch hier, oder?«

»Sicher, Süße. Sicher!«, sagt er und presst mir die Lippen auf den Mund.

Während Leon mich küsst, wandert mein Blick suchend durch die Menge. Kai ist nirgends zu sehen, was aber nicht heißt, dass er tatsächlich nicht hier ist, denn in der Menschenmenge kann man kaum jemanden finden.

»Ich habe drei Lieder angegeben. Willst du wissen, welche?«, brüllt Luise, als sie zurückkommt.

Ich lächle ihr zu. »Klar!«

Luise und ich lieben Karaoke. Wir singen oft zu Hause auf der Wii und sind, glaube ich, mittlerweile ganz gut geworden.

»Jetzt gehen wir aber erst was trinken«, bestimmt Leon und zieht mich hinter sich her zur Bar.

Ich nicke Luise entschuldigend zu. Damit ist das Thema Titelauswahl wohl vorerst beendet.

Leon bestellt, ohne mich zu fragen, zwei Cola. Ich ärgere mich ein wenig darüber, versuche aber daran zu glauben, dass es einfach nett gemeint war.

»Als nächste Interpreten bitte ich Luise und Annabell auf die Bühne!«, ruft der Junge, der die Veranstaltung auf der Bühne moderiert.

Luise drängt sich zu mir durch. Ihre Augen glitzern vor Vorfreude. »Na los, Baby. Lass uns die Bühne rocken!«

»Lasst doch den Mist!« Leon runzelt missbilligend die Augenbrauen.

Luise lacht über Leons verärgerten Gesichtsausdruck.

»Keine Sorge, ich bringe sie dir gleich wieder zurück!«

Ich drücke Leon einen flüchtigen Kuss auf die Wange und schiebe mich hinter Luise zur Bühne.

»Was singen wir überhaupt?«, brülle ich ihr ins Ohr, als wir die Treppe hochgehen, doch da begrüßt uns schon der Typ, der die Karaoke-Anlage bedient, und spielt das Intro ein.

Luise hat »Liebe ist« von Nena gewählt, ein Song, der mir liegt und den ich immer gerne gesungen habe.

Wir grinsen uns an und legen los.

Als wir die ersten Zeilen gesungen haben, gleiten meine Augen unbewusst über die Menge und bleiben an einem Gesicht hängen. Kai steht etwas abseits, an die Wand gelehnt und starrt mich mit offenem Mund an.

Er hält meinen Blick gefangen und ich tauche widerstandslos in seinen ein – und plötzlich hat das Lied, das ich singe, eine ganz andere, ganz besondere Bedeutung.

»Was soll der Scheiß?«, zischt mir Luise schnell zu, als gerade eine Songtextpause ist.

Doch ich kann nicht reagieren. Seine Augen sehen mich so zärtlich an. Ich habe fast das Gefühl, als würden mich seine Blicke streicheln, und jedes einzelne Wort, das über meine Lippen kommt, hat plötzlich einen tieferen Sinn. Als er mir ein Lächeln schenkt, fliegt ihm mein Herz zu.

Gott! Ich liebe ihn nach wie vor so sehr, dass es fast schmerzt.

Als wir am Ende sind, ernten wir tosenden Applaus. Noch immer sind unsere Blicke ineinander verhakt.

»Bist du völlig irre?«, faucht Luise und zieht mich fast gewaltsam von der Bühne.

Sie lässt meine Hand nicht los und ich stolpere willenlos hinter ihr her auf die Toilette.

»Dir ist wirklich nicht mehr zu helfen, Bella. Du hast einen super Typen an der Angel und bei der erstbesten Gelegenheit wirst du wieder schwach. Kai ist ein verdammtes Arschloch, wann kapierst du das endlich? Und was glaubst du eigentlich, wie Leon sich jetzt fühlt? Scheiße, du hast Kai angeschmachtet, als wäre er ein Eis mit heißen Himbeeren, das du sofort verschlingen willst.«

Sie schüttelt mich an den Schultern.

»Wach auf, Bella. Er ist dein Bruder! Es ist so armselig, dass du ihm noch immer hinterherläufst.«

»Was soll ich denn tun?«, brülle ich und die Tränen laufen mir über die Wangen. »Verstehst du denn nicht, dass ich gegen meine Gefühle machtlos bin?«

»Wahrscheinlich steht er jetzt draußen und lacht sich den Arsch ab. Das war wirklich peinlich, Bella! Wie kann man sich so einem Kerl an den Hals werfen!«

Als sie sieht, wie sehr ich weine, zieht sie ein paar Tücher aus dem Spender neben dem Waschbecken und trocknet damit mein Gesicht.

»Reiß dich zusammen, Bella. Da draußen steht ein heißer Typ. Der wartet nur darauf, dass du zu ihm kommst, weil er es verdammt ernst mit dir meint … im Gegensatz zu Kai«, schiebt sie noch hinterher.

Mir ist klar, dass das, was Luise sagt, der Wahrheit entspricht, und doch schaffe ich es nicht, gegen meine Gefühle anzukämpfen. Kai … er ist einfach alles für mich!

Kai

Scheiße! Sie sah so wunderschön aus, wie sie da auf der Bühne stand, und sie sang einfach … perfekt. Ich musste ihr einfach zuhören und ich weiß, dass sie in dem Moment, in dem sie mich gesehen hat, das Lied nur für mich gesungen hat.

Doch als sie von der Bühne verschwand, wurde mir klar, dass ich mich schnellstmöglich verpissen muss, weil sonst etwas geschieht, was wir beide später bereuen werden.

Als ich aus dem WHY draußen bin, setze ich mich auf einen leeren Bierkasten, der etwas abseits steht, und atme tief durch. Schmidt hat mir angeboten, bei ihm zu übernachten, und hat mir tatsächlich seinen Wohnungsschlüssel gegeben, damit ich nicht klingeln muss, wenn ich zurückkomme. Auch wenn es mir widerstrebt, das zuzugeben, Schmidt scheint schwer in Ordnung zu sein.

Ich will mich gerade auf den Weg zu ihm machen, als die Eingangstür des WHY aufgeht und Leon und Annabell herauskommen. Meine Beine sind wie festgewachsen.

Leons Gesichtsausdruck nach scheint er mächtig angesäuert zu sein, was ich auch irgendwie nachvollziehen kann. Aber so richtig leid tut er mir trotzdem nicht. In mir regt sich sogar etwas wie Schadenfreude.

Auf die Entfernung hin kann ich sehen, wie er wild gestikulierend auf sie einredet, während sie ihren Blick zu Boden geheftet hat und nur immer wieder den Kopf schüttelt. Leon scheint das nur noch mehr in Rage zu bringen, denn mittlerweile brüllt er sie so laut an, dass einzelne Wortfetzen zu mir herüberwehen. Scheiße, der Kerl scheint hochgradig eifersüchtig zu sein.

Und was tut Annabell? Sie macht das, was sie immer tut. Sie kuscht und nimmt es einfach so hin, dass er ihr eine Riesenszene macht.

Ich beschließe trotz allem, mich zu verpissen. Das hier geht mich nichts an!

Doch im gleichen Moment höre ich ein klatschendes Geräusch. Mit einem Blick sehe ich, wie Anns Kopf zur Seite fliegt.

Nach einer Sekunde völliger Schockstarre kommt Leben in mich.

Dieses beschissene Arschloch wagt es, Hand an sie zu legen?

Ich kann mir denken, wie entwürdigend sich das für Annabell anfühlen muss. Schon wieder fügt ihr jemand körperliche Gewalt zu. Und auch wenn ich eigentlich beschlossen habe, mich nicht mehr in ihre Angelegenheiten zu mischen – das kann ich nicht tolerieren.

Als ich sehe, wie er erneut die Hand hebt, brennt in mir eine Sicherung durch. Wie von der Tarantel gestochen, springe ich auf, stürze mich auf diesen Wichser und reiße ihn zu Boden.

Ein Blick auf Annabell steigert meinen Zorn ins Unermessliche. In ihren Augen glitzern Tränen und ihre Wange leuchtet in der blassen Außenbeleuchtung glühend rot.

Leon schreit erschrocken auf und versucht sich aufzurappeln, doch ich bin schneller. Ich drücke ihn grob zu Boden und setze mich auf seinen Brustkorb. Mein Atem geht heftig. Ich hole aus und knalle ihm mit voller Wucht die Faust ins Gesicht.

»Du verfluchter Wichser! Wie kannst du es wagen, sie zu schlagen!«

Erneut trifft meine Faust auf sein Gesicht.

Leon stöhnt. Aus seiner Lippe sickert Blut, doch ich bin wie in einem Rausch. Immer wieder schlage ich zu.

»Kai!« Jemand fasst mich an der Schulter.

Ich will gerade meinen Ellbogen wütend in die Richtung rammen, als ich im allerletzten Moment erkenne, dass es Annabell ist, die mich berührt hat.

»Kai, hör auf. Du bringst ihn noch um!«

»Und wenn schon«, knurre ich verbittert. »Verdient hätte er es.«

»Ich bitte dich, Kai. Lass es gut sein!«

Wahrscheinlich ist sie der einzige Mensch, der mich dazu bringen kann, jetzt aufzuhören.

Ich will gerade von dem Wichser heruntersteigen, als er die Gelegenheit ausnutzt und mir mit seiner Faust direkt auf die linke Schläfe schlägt.

Für ein paar Sekunden wird mir schwarz vor Augen und ich kippe nach hinten weg.

»Fuck! Du dämliches Aas!«

Ich spüre, wie mir etwas Nasses über die Wange läuft. Vermutlich Blut.

Annabell zieht mich hoch. Ich taumle leicht und muss mich an ihr festhalten, um nicht das Gleichgewicht zu verlieren. Auch Leon kommt schwer atmend auf die Beine und muss sich an der Hauswand abstützen.

»Das ... das wird ein Nachspiel haben. Darauf kannst du dich verlassen!«, sagt er keuchend und deutet mit einem zitternden Zeigefinger auf mich. »Und dich ... du Schlampe, will ich nie mehr sehen!«

Als ich höre, wie er sie beschimpft, wird meine Wut aufs Neue entfacht. Ich hebe drohend die Faust und will auf ihn zuwanken. Doch Annabell hält mich fest und macht das Einzige, das verhindern kann, dass ich den Drecksack zu Brei schlage – sie küsst mich! Fuck! Und wie sie mich küsst! Verdammt, sie macht mich so an. Ihre warmen Lippen und der süße Geschmack ihres Atems bringen mein Blut zum Kochen.

Schwer atmend lösen wir uns voneinander. Ein Gedanke durchzuckt mein Gehirn: Wir werden niemals die Finger voneinander lassen können.

Ich hebe ihr Kinn an und zwinge sie mir kerzengerade in die Augen zu sehen.

»Ich verlasse die Stadt! Für immer!«, sage ich, weil ich weiß, dass es der einzige Weg ist, um Schlimmeres zu verhindern.

Scheiß auf meinen Schulabschluss! Scheiß auf alles. Hauptsache, dieser Irrsinn hat ein Ende. Es zermürbt mich, ihr immer wieder zu verfallen. Es macht mich kaputt und ich bin mir sicher, dass es ihr nicht anders geht.

»Das kannst du nicht machen, Kai. Ich liebe dich doch!« Tränen glitzern in ihren Augen.

»Und genau aus diesem Grund muss ich es tun!« Ich hauche ihr einen letzten Kuss auf die Lippen, bevor ich mich von ihr löse.

Als ich mich umdrehe, steht Mike plötzlich vor mir und grinst mich hinterhältig an.

Verfickte Scheiße! Der hat mir gerade noch gefehlt.

24. Kapitel

Annabell

Erst zu Hause in meinem Bett erlaube ich mir, all meinem Schmerz und Kummer nachzugeben. Ich weiß nicht, wie lange ich weine. Doch immer wieder muss ich an die schreckliche Wahrheit denken: Er ist alles für mich und jetzt geht er und ich werde ihn nie wiedersehen.

Bevor er die Stadt verlässt, scheint er jedoch noch einen Streit mit diesem Mike klären zu müssen. Kai ist aschfahl geworden, als er plötzlich vor ihm stand. Ich habe nicht die geringste Ahnung, was er von ihm will. Auf jeden Fall haben sie sich angeschrien. Heftig! Um was es ging, habe ich nicht mitbekommen, da Luise und Ben darauf bestanden haben, mich sofort nach Hause zu bringen.

Meine Mutter hat mir zur Begrüßung die Hiobsbotschaft überbracht, dass mein Dad morgen nach Hause kommt. Das ist mit Abstand der schlimmste Tag seit langem. Kai ist fort und mein Vater wieder da. Beschissener kann es nicht werden.

Irgendwann übermannt mich die Müdigkeit und ich schlafe ein. Kais Verschwinden wird mich nicht daran hindern, morgen ein Gespräch mit meinem Vater zu führen. Wenn ich schon einen Halbbruder habe, will ich wenigstens wissen, wie es dazu gekommen ist.

***

Meine Mum bietet mir am nächsten Morgen wieder an mich zur Schule zu fahren. Ich nehme ihr Angebot gerne an, denn ich weiß, dass das die letzten friedlichen Stunden sein werden, bevor unser Leben wieder von der Schreckensherrschaft meines Vaters bestimmt ist.

Ich bin kaum aus dem Auto gestiegen, als Luise mich zur Seite zieht.

»Raste jetzt bitte nicht aus«, sagt sie und nimmt mich in ihren Arm.

Ich sehe sie fragend an.

»Was ist los?« Meine Stimme klingt schwach und unsicher.

»Versprich mir zuerst, dass du nicht durchdrehst.«

Mein Herz klopft schnell und es schnürt mir die Brust zu, als läge eine Eisenschelle darum.

»Ist irgendetwas mit Kai? Luise, bitte sag es mir!« Panik breitet sich wie eine giftige Säure in mir aus.

Meine Freundin seufzt und nimmt meine Hand. Wenn sie nicht sofort den Mund aufmacht, drehe ich durch.

Luise holt tief Luft. »Kai sitzt im Knast«, sagt sie, den Blick zu Boden gesenkt.

»Wie bitte? Warum denn? Was hat er …?« Meine Stimme bricht.

»Leon hat es schon der halben Schule erzählt«, fährt meine Freundin fort.

»Leon? Ist es etwa wegen ihrer Schlägerei gestern?«

Luise schüttelt den Kopf. Sie drückt mich auf eine Bank, während ich die Hände vors Gesicht schlage.

»Beruhige dich, Bella!«

»Ich soll mich beruhigen? Du sagst mir, Kai sitzt im Gefängnis – und ich soll mich beruhigen?«

Wütend schleudere ich ihr die Worte ins Gesicht, obwohl ich genau weiß, dass Luise nichts dafür kann.

»Wenn du mich jetzt auch noch anschreist, erzähle ich überhaupt nichts mehr!« Störrisch verschränkt sie ihre Arme vor der Brust und meidet demonstrativ meinen Blick.

»Entschuldige, es tut mir leid. Es ist nur … ich liebe ihn immer noch so sehr.«

Luise stößt einen tiefen Seufzer aus. »Glaubst du, das habe ich nicht bemerkt? Spätestens seit du ihm auf der Bühne buchstäblich einen Heiratsantrag gemacht hast. Aber mir war ja vorher schon klar, dass du ihn einfach nicht vergessen kannst. Sorry für meine Offenheit, Annabell – er ist einfach nicht der Richtige für dich.«

»Das ist mir durchaus bewusst«, sage ich niedergeschlagen.

»Nur manchmal habe ich den Eindruck, dass ich dich daran erinnern muss …«

»Sagst du mir jetzt, was passiert ist?«

Luise nickt. »Leon ist heute Morgen hier aufgetaucht und hat überall verbreitet, dass Kai gestern Nacht bei ihm zu Hause eingebrochen ist und jetzt im Gefängnis sitzt. Die Alarmanlage ist losgegangen und Leons Vater hat Kai wohl auf frischer Tat ertappt. Er hat sofort die Polizei gerufen und die haben ihn in U-Haft gesteckt. Offenbar gab es immer wieder nächtliche Einbrüche und die Polizei hat den Verdacht, dass die vielleicht auch auf Kais Konto gehen.«

Ich beiße mir auf die Zunge vor Nervosität. Ich habe keine Ahnung, wie oft Kai an den Überfällen, die seine Gang durchgezogen hat, beteiligt war.

Doch ich habe Angst, dass sie ihm alles in die Schuhe schieben werden, einfach weil es leicht ist, wenn man einen Schuldigen gefunden hat.

»Ann?«

»Hm?« Mein Gehirn arbeitet auf Hochtouren. Es muss doch irgendeine Möglichkeit geben, Kai zu helfen. Ich weiß, dass er nicht vorsätzlich kriminell ist, seine Situation zwingt ihn einfach dazu.

»Versprich mir, dass du keinen Mist baust, okay?« Luise sieht mich argwöhnisch an.

»Okay«, flüstere ich und senke schnell den Blick, während ich fieberhaft überlege.

***

Als die Schule endlich aus ist, weiß ich, dass es nur eine Möglichkeit gibt, um Kai zu helfen. Auch wenn es das Schlimmste für mich ist, ich muss mit meinem Vater sprechen. Seine Kontakte reichen überallhin, und wenn jemand Kai helfen kann, dann er. Welch groteske Situation!

Mit klopfendem Herzen trete ich den Heimweg an und hoffe so sehr, dass der Flieger meines Vaters pünktlich gelandet ist.

Als ich die Haustür aufsperre und niemand zu Hause ist, bin ich enttäuscht. Achtlos werfe ich den Schulrucksack in die Ecke und setze mich auf das Sofa. Angespannt starre ich nach draußen, um nur ja seine Ankunft nicht zu verpassen. Vor Nervosität knabbere ich so lange an meinen Fingernägeln, bis einer von ihnen zu bluten beginnt. Ich will gerade aufspringen, um mir ein Pflaster zu holen, als der Wagen meiner Mutter um die Ecke biegt. Mit einem Satz bin ich im Flur und reiße die Haustür auf.

»Hallo, Dad«, sage ich, als er die Stufen heraufkommt. Meine Mutter folgt ihm und trägt einen Teil seines Gepäcks. Er wirkt irgendwie älter, fast so, als hätte ihn diese Reise ziemlich mitgenommen.

»Hallo, Annabell«, sagt er und geht irgendwie teilnahmslos an mir vorüber ins Haus.

Tolle Begrüßung! Immerhin haben wir uns seit Wochen nicht gesehen. Er scheint mich wirklich sehr vermisst zu haben.

Noch ehe ich zu Wort komme, geht mein Vater die Treppe nach oben.

»Gibt ihm etwas Zeit, der Flug hat ihn sehr angestrengt!«, raunt mir meine Mutter im Vorbeigehen zu.

***

Nachdem ein paar Stunden vergangen sind, halte ich es nicht länger aus. Ich muss einfach mit ihm reden und die Gelegenheit ist günstig, da Mum gerade zum Einkaufen gefahren ist.

Zaghaft klopfe ich an die Schlafzimmertür und wappne mich innerlich gegen alles, was kommen könnte. Doch dieses Mal ist es mir egal, wenn er mich schlägt, denn Kai im Gefängnis zu wissen, ist weitaus schmerzvoller.

»Was ist los?« Gedämpft höre ich die Stimme meines Vaters. Es ist unüberhörbar, dass er schlecht gelaunt ist.

Na prima! Super Voraussetzungen!

Scheu trete ich ein. Mein Vater liegt angezogen auf dem Ehebett und starrt teilnahmslos an die Decke. Als er mich hört, dreht er langsam den Kopf in meine Richtung.

»Annabell, was willst du von mir? Ich bin todmüde!«

Mein Blick huscht verlegen über den Boden. Ich schaffe es nicht, ihm in die Augen zu sehen, und bin froh, dass die Jalousien im Zimmer heruntergelassen sind. So kann auch er nicht sofort erkennen, wie unsicher ich bin.

»Wie war dein Auslandseinsatz?«, beginne ich vorsichtig das Gespräch, obwohl mich das im Moment nicht wirklich interessiert.

Mein Vater gähnt. »Es war ziemlich stressig und die Unterkünfte waren ein Graus. Um ehrlich zu sein, würde ich kein zweites Mal dort hinfliegen.«

»Hm.« Ich wickele mir nervös eine Locke um den Finger. Dabei überlege ich, ob ich noch weitere unverfängliche Fragen stellen soll, um ein Gespräch in Gang zu bringen. Doch dann halte ich es nicht länger aus.

»Kai sitzt im Gefängnis!«, platze ich heraus.

Mein Vater lacht rau auf. »Da gehört dieser Versager auch hin!«

Unwillkürlich krampfen sich meine Hände um das hohe Fußteil des Doppelbetts.

»Du musst ihn da rausholen! Bitte!« Ich versuche meiner Stimme einen festen Klang zu geben, was mir leider nicht wirklich gelingt.

Mein Dad stößt schnaubend die Luft aus. »Aber klar doch, mein Fräulein Tochter. Ich habe ja sonst nichts zu tun!«

Mein Herz klopft schneller, als er sich aufsetzt und sich das Kopfkissen hinter den Rücken stopft.

»Bitte, Daddy. Ich habe dich noch selten im Leben um etwas so sehr gebeten!«

»Ich werde diesem Kerl ganz sicher nicht helfen, aus dem Gefängnis zu kommen! Wir können froh sein, in einem Rechtsstaat zu leben, in dem uns solche Kriminellen vom Hals geschafft werden.«

In diesem Moment schlägt eine Welle des Hasses über mir zusammen. Ich verachte meinen Vater. Eigentlich hatte ich vorgehabt mit ihm vernünftig über die ganze Geschwistersache zu reden, doch jetzt wird mir klar, dass man mit ihm nicht normal reden kann.

»Du wirst ihm also nicht helfen?«, sage ich zornig.

Er grunzt unwillig. »Natürlich nicht und ich weiß nicht, was du mit ihm überhaupt noch zu schaffen hast. Ich hatte mich doch klar ausgedrückt, als ich sagte, dass du dich von ihm fernhalten sollst!«

»Ach ja, so wie du es all die Jahre auch getan hast, nicht wahr?«, schreie ich und mache damit meiner ganzen Wut und Enttäuschung Luft.

Er zieht die Augenbrauen zu einem einzigen bedrohlichen Balken zusammen, fixiert mich böse und steht vom Bett auf.

Instinktiv weiche ich zurück.

»Was willst du damit sagen?« Bedrohlich baut er sich vor mir auf und ich muss all meinen Mut zusammennehmen, um ihm den nächsten Satz ins Gesicht zu schleudern.

»Weiß Mama eigentlich davon?«

Er packt mich am Kragen meines Pullovers und dreht ihn zu einem Knoten, so dass er sich eng in meinen Hals schnürt.

»Wovon sprichst du?«, knurrt er. »Drück dich klar aus!«

Verzweifelt schlucke ich die aufsteigenden Tränen hinunter und bemühe mich tief Luft zu holen, damit meine Stimme mir nicht den Dienst versagt.

»Weiß Mama, dass Kai dein Sohn ist?«

Er schleudert mich gegen die Wand, an der ich langsam hinabsinke. Meine Augen brennen, doch ich gebe nicht nach. Dieses Mal nicht!

»Wer hat das behauptet? Etwa dieser Dreckskerl?«

»Ich weiß alles. Du hast jahrelang Schweigegeld an Kais Mutter bezahlt, damit niemand von deinem unehelichen Sohn erfährt.« Ich mustere ihn mit bohrenden Blicken.

»Und dabei wird es auch bleiben!«, erwidert er zornig. »Dass dieser asoziale Kerl im Knast hockt, kommt mir mehr als gelegen!« Sein Gesichtsausdruck spiegelt unendlichen Hass wider und seine ganze Haltung, seine Mimik, ist eine einzige Bedrohung.

Ich drücke meine Handflächen gegen die Wand und stemme mich Stück für Stück nach oben. In meinem Hinterkopf wummert der Schmerz und ich spüre, wie mir dort eine Beule anschwillt.

Doch ich ignoriere es und konzentriere mich ganz auf das, was ich gleich sagen werde. Ich schließe die Augen und hole tief Luft.

»Entweder du sorgst dafür, dass Kai aus dem Gefängnis kommt, oder ich werde Mama alles erzählen!«

Meinem Vater entgleiten die Gesichtszüge. Er kann es wohl nicht fassen, dass ich ihn tatsächlich erpresse.

»Du kleine Schlampe wagst es, mir zu drohen?«, brüllt er. Mit einem Satz ist er bei mir und schlägt mir mit voller Wucht ins Gesicht. Mein Kopf fliegt zur Seite.

Ich habe damit gerechnet, dass er mich schlagen wird, doch dieser Schmerz ist mehr, als ich ertragen kann. Meine Beine knicken ein und ich sinke auf den Boden, wo ich zusammengesackt wie ein kleines Häufchen Elend liegenbleibe.

Ich spüre, wie er meinen Arm fasst und mich in die Höhe zerrt. Gleich wird er wieder zuschlagen.

»Ich glaube, das hast du eben nicht gesagt ... So war es doch, nicht wahr?«, zischt er mir bedrohlich ins Ohr.

»Doch«, hauche ich unter Tränen. »Das habe ich. Und es war mein voller Ernst. Hol Kai aus dem Gefängnis oder Mama wird alles erfahren.«

»Manfred? Annabell?« Die Haustür fällt ins Schloss.

Mama ist zurückgekommen. Gehetzt sieht mein Vater zwischen mir und der Schlafzimmertür hin und her.

»Ich komme gleich, Margarete«, ruft er ihr zu. Dann beugt er sich wieder zu mir herunter und zischt: »Du sagst deiner Mutter kein Wort, hast du mich verstanden?«

»Manfred?« Ihre Stimme klingt ungeduldig.

»Ja, doch. Ich komme gleich!« Und zu mir gewandt fügt er noch hinzu: »Ich weiß nicht, ob es mir überhaupt gelingt. Aber ich hole ihn nur da raus, wenn du schwörst, dass du dich nie wieder in seiner Nähe blicken lässt! Verstanden?«

Ich nicke. Dieses Versprechen kann ich leicht geben, denn Kai hat sowieso angekündigt, diese Stadt zu verlassen.

»Und wage es ja nicht, diesen Namen auch noch ein einziges Mal in diesem Haus auszusprechen. Am besten, du denkst ihn nicht einmal mehr!«

Trotz der Drohung meines Vaters schlüpft ein Seufzer der Erleichterung über meine Lippen. Kai wird freikommen. Mein Vater hat einflussreiche Kontakte und ich bin mir sicher, dass es klappen wird.

***

Zwei Tage später, ich stehe gerade vor dem Spiegel im Bad und mache mich für die Schule fertig, betritt mein Vater plötzlich hinter mir das Zimmer.

»Damit du Bescheid weißt, er wird heute gegen Mittag entlassen. Die Strafanzeige wurde fallengelassen.« Er schnaubt ärgerlich. »Ich habe meinen Teil der Abmachung eingehalten, jetzt bist du dran!«

Mein Herz flattert. Kai kommt wirklich frei!

Ich nicke vorsichtig. Mein Vater muss eine riesige Angst davor haben, dass die heile Fassade unserer Familie zusammenbricht, falls meine Mutter von seinem Geheimnis erfährt. In mir regt sich das schlechte Gewissen, dass ich meiner Mutter das alles verschweige. Doch ich bin mir fast sicher, dass ich ihr damit eher einen Gefallen tue.

Sie würde es niemals wagen, sich von meinem Dad zu trennen, und an dem Wissen, jahrelang von ihrem eigenen Mann betrogen worden zu sein, zerbrechen.

Aber ich traue meinem Vater nicht. Deshalb beschließe ich heute die Schule zu schwänzen und mich mit eigenen Augen davon zu überzeugen, dass Kai tatsächlich das Gefängnis verlässt.

Kai

Scheiße, bin ich froh, da raus zu sein, auch wenn mir immer noch nicht klar ist, wieso. Man hat die Anzeige gegen mich fallenlassen. Mir wurde gesagt, dass es sich nur um ein riesiges Missverständnis gehandelt hätte. Ich sei ja eigentlich nur ein Freund von Leon, der in dieser Nacht bei ihm übernachtet habe. Fälschlicherweise wurde ich dann von seinen Eltern, die nichts davon wussten, für einen Einbrecher gehalten.

Klar würde ich gerne wissen, was der ganze Quatsch soll und warum Leons Eltern auf einmal eine Falschaussage machen, doch momentan bin ich einfach scheißfroh, aus diesem Loch herauszukommen.

Ein Wachmann öffnet mir die Pforte.

»Auf Wiedersehen!«, sagt er und grinst spöttisch.

Sicher nicht, du Arsch!

Als sich die Tür hinter mir schließt, heben sich vor Verblüffung meine Augenbrauen. »Was machst du denn hier?«

Annabell wirkt mit ihren hellen Haaren vor der dunklen, tristen Gefängnismauer wie mein persönlicher Schutzengel.

Sie schenkt mir ein schwaches Lächeln. Als der Herbstwind ihr das Haar aus dem Gesicht bläst, sehe ich, dass der Drecksack sie schon wieder geschlagen hat. Ihr Wangenknochen schimmert in einem hellen Blau.

»Ich wollte nur sichergehen, dass sich mein Vater an unseren Deal gehalten hat«, sagt sie leise.

»Deal? Ich verstehe nur Bahnhof. Das musst du mir erklären.«

Als Annabell mir die ganze Geschichte erzählt hat und mir bewusst wird, dass ich es ihr zu verdanken habe, frei zu sein, ergreift mich ein heißes Gefühl der Dankbarkeit.

In einem Anflug von überschwänglicher Euphorie reiße ich sie an mich und wirbele sie im Kreis herum.

Ihre Augen leuchten, als sie wieder auf dem Boden steht.

»Kleines, das werde ich dir niemals vergessen«, flüstere ich und lege meine Hand an ihre Wange.

Sie dreht den Kopf und haucht einen seidenweichen Kuss auf meine Handfläche, was mich bis ins Innerste erschaudern lässt.

»Wohin wirst du gehen?«

Ich hebe die Schultern. »Ich weiß es noch nicht. Erst einmal zum Bahnhof. Mal sehen, wo es mich hintreibt.« Ich versuche mich an einem Grinsen, das jedoch mehr als kläglich ausfällt.

»Tust du mir noch einen letzten Gefallen?«, flüstert sie und lächelt. »Keine Angst, es ist nichts Schlimmes – glaube ich zumindest.«

Ich zucke die Schultern.

»Küsst du mich noch einmal, bevor du gehst?«

Ich stöhne gequält und weiche vor ihr zurück. Was sie da von mir verlangt, ist unmenschlich. Fuck, ich bekomme sie sowieso nicht aus meinem verfickten Kopf und damit macht sie es mir noch schwerer.

Aber kann ich ihr nach dem, was sie für mich getan hat, diese letzte Bitte abschlagen?

Meine Hand gleitet in ihren Nacken. Sanft ziehe ich sie zu mir. Mein Herz klopft mir bis zum Hals, als meine Lippen ihre berühren.

Ich spüre, wie sie ihren Finger in meine Gürtelschlaufe hakt und mich mit einem Ruck noch näher zieht. Ich keuche, überrascht von so viel Leidenschaft. Meine Zunge gleitet in ihren Mund und spielt mit ihrer. Ich atme heftig, als sich ihre Hände in mein langes Haar wühlen und sie sich mit ihrem Körper gegen mich presst, als wolle sie in mich hineinschlüpfen. Scheiße, ein bestimmtes Körperteil von mir hat dabei Ähnliches mit ihr im Sinn.

Ich beende hastig diesen Kuss. Eine letzte liebevolle Berührung. Ein letzter sehnsüchtiger Blick. Dieses Bild, wie sie da vor mir steht, mit zerwühlten Haaren, vom Küssen geröteten Lippen und den funkelnden Augen, wird sich auf ewig in mein Gedächtnis brennen.

25. Kapitel

Annabell

Zu Hause breche ich zusammen. Der Schmerz stürzt über mir ein und nimmt mir die Luft zum Atmen. Soll das mein Leben sein? Ich habe schon so vieles ertragen – einen Vater, der mich ständig schlägt, eine Mutter, die nicht zu mir hält doch das ist zu viel. Ich weiß, dass ich ohne Kai nicht leben kann. Diese große Liebe, die ich für ihn empfinde, passiert einem Menschen nur einmal im Leben. Sie ist ein wunderbares Geschenk, das ich jedoch nicht annehmen darf. Ohne diese Liebe ... ohne Kai hat das Leben für mich keinen Sinn mehr.

Ich ziehe ein Blatt aus meinem Rucksack und schreibe einen Brief an Luise. Sie soll kein schlechtes Gewissen haben, wenn ich das tue, was ich jetzt tun will. Sie ist meine beste Freundin und hat immer zu mir gehalten. Luise ist lustig, lebensfroh und genau so soll sie auch bleiben. Ich kritzele fast eine Seite voll und stecke den Zettel anschließend in meine Hosentasche.

Ich habe ihr geschrieben, dass ich sie liebe und dass sie auf ewig in meinem Herzen sein wird, dass ich es aber nicht länger verkrafte, hier zu sein. Sie soll wissen, dass Kai zum Bahnhof gegangen ist, um sein Leben in dieser Stadt für mich aufzugeben, doch dass ich nicht fähig bin, ohne ihn zu sein.

Im Badezimmer greife ich mir die Schachtel mit den Schlaftabletten und stecke eine große Flasche Wodka aus Vaters Bar in meinen Rucksack.

Ich will keinen Tod, der schmerzhaft ist, davor habe ich zu große Angst. Ich will friedlich sterben. Einschlafen, mit dem Bild von Kai vor meinem inneren Auge.

Um sicherzugehen, dass Luise den Abschiedsbrief auch erhalten wird, mache ich mich auf den Weg in die Schule. Heute ist Theater AG und Luise ist begeistertes Mitglied.

Die Schule ist wie ausgestorben. Der Vormittagsunterricht ist schon längst vorbei. Nur die verschiedenen AGs finden nachmittags statt. Die meisten werden in Trakt A abgehalten, doch die Theatergruppe ist in Trakt C.

Ich schleiche mich in den Kostümfundus im Keller, wo die Schauspieler ihre Taschen abgestellt haben, und stecke Luise den Brief in ihren Rucksack.

Als ich gerade zur Tür hinauswill, sticht mir der Ärmel einer dunklen Jacke ins Auge, der mich an etwas erinnert.

Ich schlüpfe an einem Kleiderständer vorbei und entdecke eine alte Matratze, auf der ein Haufen Kostüme liegt. Mit bebenden Fingern hebe ich die dunkle Jacke auf und presse mein Gesicht hinein. Es ist eindeutig Kais Jacke. Sie trägt seinen unverkennbaren Duft. Gott, er muss hier geschlafen haben, als er nicht wusste, wohin er gehen sollte.

Schon wieder rinnen mir diese dummen Tränen über mein Gesicht und ich sinke auf der Matratze nieder.

Der erste Schluck ist ekelhaft. Der Wodka brennt in meiner Kehle und hinterlässt ein seltsam flaues Gefühl in meinem Magen. Es wird schnell gehen, ich habe heute kaum etwas gegessen. Ich stopfe mir die halbe Schachtel Schlaftabletten auf einmal in den Mund und spüle mit reichlich Wodka nach.

Es dauert nicht lange, bis sich mein Kopf und meine Gliedmaßen seltsam schwer anfühlen. Ich lege mich auf die Matratze und presse meine Nase in Kais Jacke. Genau so will ich sterben, umnebelt von seinem wunderbaren Geruch. Es ist fast so, als wäre ein Teil von ihm bei mir. Ich liebe dich, Kai!

Immer wieder nehme ich einen Schluck, bis ich merke, dass die Welt vor meinen Augen verschwimmt.

Kai

Ich sitze bereits seit Stunden in der Wartehalle dieses verfickten Bahnhofs, weil ich keine Ahnung habe, in welchen der Züge ich steigen soll. Das ist das Problem daran, wenn man eigentlich nicht fortwill, es aber trotzdem muss.

Irgendwann bin ich so angenervt von meiner Unentschlossenheit, dass ich auf ein Schild mit den Abfahrtszeiten der einzelnen Züge zugehe, meine Augen schließe und blind mit meinem Finger darauf tippe.

München! Okay, warum nicht? Ich war noch nie in München. Eine Stadt ist wie die andere, wenn man noch nirgends war und nirgends hinwill. Vielleicht schaffe ich es auch nicht bis dorthin, denn wenn der Zugführer mich beim Schwarzfahren erwischt, dann heißt es Endstation für mich.

Mir bleiben noch zehn Minuten bis zur Abfahrt. Ich drücke gerade die Glastür auf und will hinaus zu den Bahnsteigen, als mich ein schriller Schrei zurückhält.

»Kai!« Ich fahre herum.

Luise steht völlig aufgelöst und mit verquollenem Gesicht im Bahnhofsgebäude. Scheiße! Ich hab Luise noch nie heulen sehen. Ein ungutes Gefühl macht sich in mir breit. Irgendetwas muss passiert sein. Aber woher zur Hölle weiß sie, dass ich hier bin? Die Einzige, die weiß, dass ich zum Bahnhof will, ist ... Annabell!

Mit schnellen Schritten eile ich auf sie zu. »Was ist passiert?« Mein Herz pocht unruhig.

»Sie ... sie ist im Krankenhaus«, schluchzt Luise.

Meine Hände ballen sich zu Fäusten. Hat mein Alter also schon wieder zugelangt. Diesmal mache ich ihn kalt. Er wird sie nie wieder anfassen!

»Was hat er ihr angetan?«, zische ich.

Luise hebt ihr tränennasses Gesicht. »Ihr Vater?«

Ich nicke. »Wer sonst?«

Luise blickt mich an. Ihre Augen sind dunkel vor Schmerz.

»Kai, sie hat versucht sich umzubringen«, sagt sie mit brüchiger Stimme.

»Wie bitte?« Ich kann nicht glauben, was ich da höre. Sie wollte sich umbringen? Etwa wegen mir? Wegen uns? Wegen ihrem Vater? Aus Angst? Aus ... Scheiße, ja, es gibt in ihrem Leben eine Menge Gründe.

»Kai, bitte, komm mit. Die Ärzte ... sie wissen nicht, ob sie es schafft.«

***

Ich hasse den Geruch von Krankenhäusern. Es riecht dort immer gleich. Nach Krankheit, Schmerz und Desinfektionsmitteln. Luise zieht mich geradewegs zur Intensivstation. Durch eine Scheibe sehe ich, wie Annabells Mutter am Bettrand sitzt und die Hand ihrer Tochter hält. Annabells Gesicht ist hinter ihr nicht zu sehen. Frau Beck ist kreidebleich.

»Wo ist ihr Vater?«, flüstere ich Luise zu.

»Ich vermute, beim Chefarzt. Er hat vorhin ständig um ein Gespräch gebeten.«

Luise drückt vorsichtig und leise die Klinke nach unten. Wieso bemühen sich in Krankenhäusern immer alle, so leise zu sein? Ich meine, es ist doch scheißegal, ob Friedhofsruhe herrscht oder Partyalarm, deswegen wird niemand schneller oder langsamer wieder gesund. Im Gegenteil, mich würde eine fette Party eher ermuntern aus dem Bett zu steigen als Ruhe und eine Atmosphäre wie im Leichenhaus.

»Frau Beck?«

Annabells Mutter hebt den Kopf.

»Hier ist Kai«, flüstert Luise und zieht mich an der Hand zur Tür herein.

»Hallo, Kai«, sagt sie und lächelt mich unter Tränen an.

»Danke, dass du gekommen bist.«

Verwundert ziehe ich die Augenbrauen nach oben. Das klingt ganz anders als damals bei meinem Besuch bei ihnen zu Hause.

Ich trete ans Bett. Fuck, sie sieht so blass und hilflos aus, wie sie daliegt. Diese ganzen Geräte um sie herum und das weiße Bettzeug lassen sie schmal und ... leblos erscheinen.

Frau Beck steht auf und überlässt mir ihren Platz. Vorsichtig setze ich mich hin und nehme behutsam Annabells Hand in meine. Sie fühlt sich kalt an, als befände sich fast kein Leben mehr in ihr. Mein Daumen streichelt über ihre Haut, bis ich mich frage, woher auf einmal das Wasser kommt, das auf die Bettdecke tropft. Erst jetzt bemerke ich, dass ich weine.

Ich höre, wie die Tür hinter uns geöffnet wird.

»Was macht der hier?«, höre ich jemanden knurren.

Ich drehe mich um. Herr Beck steht in der Tür und taxiert mich wie ein Tiger sein Opfer, über das er jeden Moment herfallen wird, um seine Zähne hineinzuschlagen.

»Raus!«, zischt er. »Sofort!«

Normalerweise könnte mich in diesem Moment nicht einmal ein Meteoriteneinschlag davon abhalten, von Anns Seite zu weichen, doch ich will nicht, dass Herr Beck eine Riesenszene macht, wenn ich nicht gehe. Schließlich weiß ich nicht, wie viel Annabell in ihrem Zustand mitbekommt.

»Manfred, lass den Jungen hier«, versucht seine Frau ihn zu beschwichtigen.

»Margarete, halt deinen Mund!«, fährt der Wichser sie an.

Schnell stehe ich auf. Ich will nicht, dass sie vor Annabell zu streiten beginnen. Während ich das Zimmer verlasse, setzt sich Herr Beck neben seine Tochter.

Auf dem Gang lehne ich mich gegen die Wand und wische mir die Tränen aus dem Gesicht.

»Kai?«

Ich hebe den Blick. Frau Beck steht neben mir.

»Können wir ein Stück zusammen gehen?«

»Klar.«

Wir gehen in den Krankenhausgarten und laufen stumm nebeneinander her.

»Weißt du, Kai, ich wusste nicht, dass sie dich so sehr liebt, dass sie ohne dich nicht mehr leben möchte. Vielleicht hätten wir ihr den Umgang mit dir einfach nicht verbieten dürfen.«

Ich erwidere nichts darauf. Was zur Hölle hätte ich auch sagen sollen?

»Mein Mann und ich sind gerade in höchster Sorge um Annabell. Aber ich verspreche dir, wenn sie wieder gesund wird, dann werde ich ihm ins Gewissen reden und ihr dürft zusammen sein!«

Ich stoße verächtlich die Luft aus. »Ach, echt? Tun Sie das?«

»Ja, Kai, das werde ich.«

Fuck, die Alte hat wirklich keine Ahnung. Mittlerweile ist mir alles scheißegal. Hätte ich eher mein Maul aufgemacht, wäre das alles nie passiert. Aus falscher Rücksicht habe ich viel zu lange geschwiegen, und man sieht ja, was dabei herausgekommen ist.

»Es wäre besser gewesen, schon vor achtzehn Jahren mit Ihrem Mann klärende Gespräche zu führen. Vielleicht hätte er dann seinen Schwanz in der Hose gelassen und nicht in meine Mutter gesteckt. Dann wären Annabell und ich nämlich keine Geschwister. Wissen Sie, wie scheißweh es tut, gegen eine Liebe anzukämpfen, die chancenlos ist?«

Frau Beck sieht mich an, als hätte sie einen Geist gesehen.

»W…w…?« Ihre Stimme bricht und plötzlich tut sie mir einfach leid. Schließlich ist auch sie ein Opfer dieses alten Wichsers.

»Wollen Sie die ganze Wahrheit hören?«

Annabells Mutter nickt. Kraftlos sinkt sie auf einer der Gartenbänke nieder und ich erzähle ihr die verdammte Geschichte.

Als ich geendet habe, sitzt sie stocksteif da und sieht aus wie eine lebendige Leiche.

»Ich … ich kann das einfach nicht glauben, Kai.«

»Dann lassen Sie es!«, sage ich genervt und stehe auf.

26. Kapitel

Annabell

Als ich die Lider hebe, sehe ich nur weiß. Sieht so der Himmel aus? Licht flackert und blendet mich. Sofort schließe ich die Augen wieder. Ich spüre eine Hand, die sich sanft um meine Finger schließt.

»Hey, mein Engel. Gott sei Dank, da bist du ja wieder!«

Mein Herzschlag beschleunigt sich. Auch wenn diese Stimme absolut göttlich ist, sie gehört mit Sicherheit einem anderen als dem da oben.

Ich öffne noch einmal die Augen und wende den Kopf in die Richtung, aus der die Stimme kam.

»Ich dachte, du wärst fort«, flüstere ich.

»War ich auch. Fast. Aber man kann dich ja keine Sekunde aus den Augen lassen.« Ein Lächeln huscht über sein Gesicht. Er ist so wunderschön!

»Danke, dass du umgekehrt bist. Aber … es wäre besser gewesen, du hättest es nicht getan, denn jetzt werde ich dich schon wieder verlieren.«

Er hebt meine Hand an seine Lippen und küsst sie sanft, und ein Schauer rieselt durch meinen Körper.

»Und was ist, wenn ich dir verspreche, dass das nicht so sein wird?«

Ich ziehe meine Hand weg und drehe den Kopf zur Seite.

»Ach, Kai, lass die Späße. Du weißt so gut wie ich, dass das nicht möglich ist. Auch wenn es das Einzige ist, was ich mir wünsche.«

»Ich bin also alles, was du dir wünschst?«, sagt er heiter. »Ehrlich? Wow! Ich muss ja wirklich großartig sein.«

Ich verdrehe die Augen. Es nervt mich ungemein, dass er aus der ganzen Sache einen Witz macht und dann auch noch in dieser Situation. »Lass den Scheiß, Bruder!«

»Können wir bitte bei Kai bleiben?«

Ich drehe mich wieder zu ihm. »Hast du etwa ein Problem damit, die Dinge beim Namen zu nennen?« Ich funkele ihn böse an.

»Nein, das nicht. Aber die Bezeichnungen Schatz, Liebster, geilster Freund der Welt fände ich irgendwie passender!«

Wieso macht er das? Warum tut er mir absichtlich weh? Eine Träne läuft mir über die Wange, bis in die Lücke zwischen meinen Lippen.

»Kleines, nicht weinen!« Erschrocken streicht er mir das Haar aus dem Gesicht und küsst die Träne weg.

»Bitte, tu das nicht«, stöhne ich gequält. Ich will nicht fühlen, was ich fühle, sobald er mich berührt.

»Annabell, ich mach alles für dich. Doch diese Bitte muss ich dir leider abschlagen. Ich werde dich für den Rest meines Leben küssen – und zwar wann und so oft ich will.«

Er grinst mich spitzbübisch an.

»Bist du jetzt genug auf meinen Gefühlen herumgetrampelt?« Ich sehe ihn argwöhnisch an. Wieso sagt er mir all diese wunderbaren Worte, wenn er doch weiß, dass wir keine Zukunft haben können?

Kai steht auf, zieht einen Zettel aus seiner Hosentasche und reicht ihn mir. »Lies!«

»Was ist das?«

»Nun mach schon!« Er wirkt irgendwie nervös. Ich sehe, dass seine Hände ein wenig zittern.

Ich falte das Blatt auseinander.

TESTPERSONEN:
MANFRED BECK – geb. 25.3.1970
KAI KESTNER – geb. 12.11.1997

Ich überfliege das Schreiben.

Meine Augen bleiben am letzten Satz hängen.

»Die Vaterschaft ist zu 99,98 Prozent ausgeschlossen.«

Mein Mund fühlt sich an wie ausgedörrt. Ich will etwas sagen, doch die Worte wollen mir nicht über die Lippen kommen. Wie ein Fisch auf dem Trockenen schnappe ich nach Luft.

Kai setzt sich neben mir aufs Bett und nimmt mir den Zettel aus der Hand. Dann umfasst er mit seinen Händen liebevoll mein Gesicht.

»Verstehst du, was das für uns bedeutet?«

Ich bin immer noch völlig benommen. »Aber, du hast doch selbst gesagt … und mein Dad …«

In diesem Moment klopft es an der Tür und meine Mutter kommt herein. Doch ich blicke nach wie vor wie erstarrt auf den Vaterschaftstest in Kais Händen.

»Hallo, meine Kleine, wie geht es dir?« Sie zieht sich einen Stuhl an mein Bett und nimmt Platz.

»Weiß sie es schon?« Meine Mum deutet auf den Vaterschaftstest.

Überrascht keuche ich auf und ziehe mich ruckartig hoch, was mir mein Kopf ziemlich übel nimmt. Dröhnende Schmerzen hämmern darin und ich gleite stöhnend zurück in meine Kissen.

»Wieso weißt du von diesem Test?«, frage ich meine Mutter mit matter Stimme.

Aber die große Neuigkeit und mein glückliches Gefühl überdecken meine Neugier. Kann es tatsächlich wahr sein, dass Kai und ich keine Geschwister sind? Das wäre … o mein Gott, ich will nicht daran denken, was das wäre. Ich habe Angst davor, mich einer Hoffnung hinzugeben, die sich am Ende doch noch als falsch erweisen könnte. Aber der Vaterschaftstest war echt und eindeutig. Oder?

Kai

»Ich konnte nicht anders und hab deiner Mutter alles erzählt. Ich war so in Sorge um dich und so wütend auf deinen Vater – und auch auf dich, weil du dir das angetan hast … Scheiße, ich habe die ganze Welt gehasst. Anfangs dachte ich, es wäre ein riesiger Fehler gewesen, deiner Mutter alles zu sagen, doch jetzt …« Er wedelt mit dem Blatt Papier und mein Herz macht sofort einen Hüpfer.

Meine Mutter lächelt. »Ich konnte nicht fassen, was Kai mir da erzählt hat. Dass ihr Geschwister seid und mich dein Vater jahrelang belogen hat. Doch in Kais Augen stand die pure Verzweiflung. Ich war sicher, dass er sich so etwas unmöglich ausgedacht haben konnte.«

Meine Mutter setzt sich auf die andere Seite meines Bettes und nimmt meine Hand.

»Nachdem ich mit Kai gesprochen hatte, bin ich mit ihm zu seiner Mutter gefahren. Sie wollte uns den Vaterschaftstest zuerst nicht geben, doch dann …« Frau Becks Stimme bricht. Tränen schießen in ihre Augen.

»Kai, würdest du Annabell und mich bitte kurz alleine lassen? Du kannst dir sicher denken, dass das, was ich ihr jetzt sagen werde, sehr schwer für mich ist.«

Ich drücke kurz Annabells Hand und verlasse das Zimmer. Es wird ein langes Gespräch werden und kein leichtes, für keine der beiden. Was uns meine Mutter nach inständigem Betteln und Flehen gestanden hat, hat Frau Becks Leben völlig auf den Kopf gestellt.

Meine Mutter hat früher bei Herrn und Frau Beck als Hausmädchen gearbeitet. Annabells Vater muss sie wohl immer wieder sexuell belästigt haben, doch meine Mutter brauchte das Geld und wehrte sich nicht. Eines Abends kam Herr Beck betrunken nach Hause, ist über meine Mutter hergefallen und hat sie vergewaltigt.

Das erklärt, warum meine Mutter mich all die Jahre so schrecklich behandelt hat, auch wenn es keine Entschuldigung dafür ist.

Doch nach dem entsetzlichen Vorfall hat diese Frau eiskalt und berechnend gehandelt. Sie hat Herrn Beck niemals angezeigt, denn sie war überzeugt davon, irgendwann Kapital aus der Sache schlagen zu können. Nach meiner Geburt ließ sie einen Vaterschaftstest machen, der allerdings negativ ausfiel. Meine Mutter hat damals mit vielen Männern geschlafen, sie hatte ständig neue Beziehungen und konnte den Mann fürs Leben einfach nicht finden.

Obwohl Herr Beck laut diesem Test nicht mein Vater war, setzte sie ihn unter Druck. Er hat ihr geglaubt und fast zwei Jahrzehnte lang gezahlt. Er hat meine Mutter und mich finanziert, auch wenn ich keinen einzigen Cent davon gesehen habe.

Sie wollte mich nicht. Nie! Auch das hat sie mir bei dem Gespräch ins Gesicht geschleudert. Wie herzlos kann ein Mensch eigentlich sein? Nicht einmal als sie von Annabells und meiner Liebe erfuhr, hat sie ihr Maul aufgemacht. Es war ihr scheißegal, wie sehr ich gelitten habe. Ich will gar nicht wissen, was sie mir in meiner Kindheit noch alles angetan hat, an das ich mich nicht mehr erinnern kann. Ich will nur noch vergessen und mit dieser Person nichts mehr zu tun haben. Ich hasse diese Frau so sehr, wie man einen Menschen nur hassen kann. Doch den Vaterschaftstest hüte ich wie einen Schatz.

Ich darf Annabell lieben und endlich in eine bessere Zukunft blicken. Das Schicksal scheint es zur Abwechslung einmal gut mit mir zu meinen.

***

Herr Schmidt ist gestern im Krankenhaus aufgetaucht und … Scheiße, ich habe auch ihm den Rest der Story erzählt. Nach dem, was in den letzten Tagen alles auf mich eingeprasselt ist, brauchte ich einfach jemanden zum Reden.

Der Pisser ist tatsächlich ziemlich in Ordnung und hat mir das verrückte Angebot gemacht, dass ich bis zu meinem Abschluss bei ihm wohnen kann. Und verdammte Kacke, ich habe es angenommen, obwohl bei einem Lehrer zu hausen alles andere als cool ist. Mein Ruf ist damit wohl endgültig hinüber. Aber scheiß drauf, ich will hier in der Stadt bleiben. Bei Annabell. Schmidt hat mir sogar, ohne mit der Wimper zu zucken, die tausend Euro für Mike gegeben. Und ich schwöre, dass ich sie ihm irgendwann Cent für Cent zurückzahlen werde.

Ich kann es gar nicht erwarten, bis Ann endlich das verfickte Krankenhaus verlassen kann. Ich kann es noch immer nicht fassen, dass dieses wunderbare Geschöpf mein Mädchen ist. Verfluchte Scheiße, das Leben kann manchmal richtig geil sein!

27. Kapitel

Annabell

Zwei Tage später holen mich Kai und meine Mutter vom Krankenhaus ab. Ich bin nach wie vor ziemlich schockiert über das, was ich erfahren habe. Aber ich bin wahnsinnig stolz auf meine Mutter, die es tatsächlich geschafft hat, sich von meinem Vater zu trennen. Er wohnt in einem Hotelzimmer, bis er eine Wohnung gefunden hat. Mum ist immer noch ziemlich besorgt und blickt ängstlich in die Zukunft, aber ich bin sicher, dass sie es schaffen wird, ihr Leben zu meistern. So viele Menschen haben ihr ihre Unterstützung zugesagt: Kai, Herr Schmidt, Luises Eltern und zu guter Letzt natürlich ich.

Wir haben so viel miteinander geredet und ich bin bereit ihr zu verzeihen. Ich will die Vergangenheit hinter mir lassen und nur noch nach vorne schauen.

Kai hat mich bis zu meiner Entlassung jeden Tag nach der Schule besucht und ist bei mir geblieben, bis ich spät abends eingeschlafen bin. Mehr als einmal hat er sich mit den Krankenschwestern angelegt, die ihn aufgefordert haben zu gehen. Nachdem er ihnen irgendwann damit gedroht hat, hier vollends einzuziehen, haben sie es schließlich aufgegeben.

***

Es ist kalt draußen und ich glaube, den herannahenden Winter bereits zu spüren. Schneeflocken wirbeln durch die Luft, was für November ziemlich früh ist. Ich kuschele mich eng an Kai, der mich fest umschlungen hält. Er sieht einfach blendend aus. Bei Herrn Schmidt zu wohnen, scheint ihm gut zu bekommen. Er trägt das Haar jetzt kürzer, was sein Gesicht offener wirken lässt. Doch ich bin froh, dass er es nicht ganz kurz geschnitten hat. Ich hätte das weiche Gefühl, wenn ich mit den Fingern durch seine langen Locken gleite, wirklich vermisst. Ich bin total erleichtert, dass wir keine Geschwister sind und es uns endlich erlaubt ist, einander zu lieben.

»Mum?«, frage ich. Wir sitzen auf der Rückbank ihres Wagens und fahren zusammen nach Hause.

»Darf Kai heute bei mir übernachten?«

Ein Lächeln huscht über meine Lippen, als ich höre, wie er neben mir scharf die Luft einzieht und meine Hand noch ein wenig fester drückt.

»Ich ... ich weiß nicht, Annabell.« Nervös fährt sie sich mit der Hand durch ihr Haar. Solche Entscheidungen hat Dad ihr früher abgenommen.

»Na los, Frau Beck, geben Sie sich einen Ruck. Es passiert nichts, was Ihre Tochter nicht auch will.« Er grinst sie im Rückspiegel verschmitzt an und ich bemühe mich, mein Lachen zu unterdrücken.

»Genau das ist es, was mir Sorgen bereitet, Kai«, sagt sie und lächelt.

Schließlich gibt sie seufzend nach, allerdings nicht ohne uns vorher noch ermahnt zu haben, nichts Unüberlegtes zu tun.

Etwas Unüberlegtes wird sicher nicht passieren, eher etwas gründlich Durchdachtes und unser beider Herzenswunsch.

Zu Hause verdrücke ich mich zuerst ins Badezimmer und mache es mir in der Badewanne gemütlich. Ich will den miefigen Krankenhausgeruch von mir abwaschen.

Kai hat sich inzwischen auf mein Zimmer verzogen, um ein wenig vor dem Fernseher zu chillen.

Meine Nervosität war allerdings völlig unbegründet. Als ich die Zimmertür öffne, liegt Kai auf meinem Bett und schläft. Es ist nach fünf Uhr und fast dunkel draußen. Die Schneeflocken wirbeln gegen die Scheibe und ich höre den Wind, wie er um das Haus pfeift. Der Fernseher ist die einzige Lichtquelle. Behutsam, um ihn nicht zu wecken, schlüpfe ich neben ihm unter meine Decke und starre auf den Film, den er eingeschoben hat.

Es ist der Horrorstreifen, den Leon bei mir vergessen hat.

Eine Hand legt sich um meine Taille und zieht mich mit einem Ruck nach hinten.

»He, ich dachte, du schläfst?«

»Falsch gedacht und glaube nur nicht, dass du in dieser Nacht zum Schlafen kommst.«

Er vergräbt seine Nase in meinem Haar und zieht eine Spur von Küssen über meinen Nacken. Ein warmer Schauer fährt durch meinen Körper.

»Ich wusste gar nicht, dass du auf solche Filme stehst«, murmelt Kai an meinem Hals, als ein Mädchen laut aufkreischt, da der Axtmörder vor ihr steht.

»Der gehört Leon.« Shit! Ich bin so dämlich. Beklommen beiße ich mir auf die Lippe. Bestimmt rückt Kai jetzt gleich von mir ab und ist zutiefst gekränkt.

Doch nichts davon geschieht.

»So, Leon also.« Ich merke, wie er sich ein wenig aufrichtet. Seine Lippen wandern von meinem Ohr zu meinem Kinn.

Ich wende den Kopf, da ich es kaum erwarten kann, ihn zu küssen. Doch in diesem Moment hebt er den Blick.

»Hast du mit ihm geschlafen?«

»Was? Spinnst du?«

»Ist das ein Nein?«

»Natürlich ist das ein Nein!« Ich drehe mich vollends zu ihm um und blicke ihm entrüstet in die Augen.

Er neigt den Kopf und haucht samtweiche Küsse auf meine Wangenknochen, bevor er mir spielerisch ins Ohrläppchen beißt. Ich genieße die sanfte Qual und die Hitze, die sich in meinem Körper ausbreitet und sich an einer ganz bestimmten Stelle sammelt.

»Was habt ihr gemacht, als Leon hier war?«, flüstert er so nahe an meinem Ohr, dass sein warmer Atem über meine Haut streicht.

»Woher weißt du davon?«

»Ich habe sein Fahrrad vor dem Haus gesehen.«

»Du hast mich gestalkt?«

»Nennen wir es lieber ›observiert‹«, sagt er und lächelt verschmitzt.

»Du Spinner!« Liebevoll verstrubbele ich sein langes Haar, was ich so gerne tue.

Mein Herz geht auf, als ich erfahre, dass er mich nie aus den Augen gelassen hat, auch wenn wir getrennt waren.

Ich packe seinen Kopf und ziehe ihn zu mir herab, während sich mein Körper voller Leidenschaft an ihn schmiegt.

»Lass uns noch einmal beginnen und alles, was geschehen ist, einfach hinter uns lassen. Okay?«, flüstert er.

Ich nicke. »Es gibt nichts, was ich mir mehr wünsche.«

Ich dränge mich an ihn und kann es kaum erwarten, ihm alles zu geben.

Seine Finger streicheln mich quälend langsam und er nimmt sich unendlich viel Zeit. Immer wieder sieht er mir dabei in die Augen und schüttelt leicht den Kopf, als könnte er es nicht fassen, dass ich tatsächlich ihm gehöre.

Als sich seine Hand in meinen Slip schiebt und er unbeschreibbar schöne Gefühle in mir auslöst, stöhne ich leise.

Ich streichele über seine Wangen und fahre die Konturen seiner Lippen mit meinem Zeigefinger nach, während mein Blick in seinen taucht. Ich will mir jedes einzelne Detail von ihm einprägen, um es für immer in meinem Herzen zu tragen.

Während er mit seinem Finger in mich gleitet, küsst er mich von meinem Kinn hinauf zu meinem Ohrläppchen. Seine Bartstoppeln kratzen leicht auf meiner empfindlichen Haut, was ich ungemein erotisch finde. Ich fasse in sein langes, lockiges Haar und ziehe ihn zu mir herab, um meine Zunge in seinem Mund zu versenken.

Er schenkt mir Küsse, die nicht von dieser Welt sein können, und ich verliere mich in seiner Liebe und den sanften Berührungen, die er mir schenkt. Behutsam löst er sich von mir. Sein Atem geht schwer und sein Blick birst vor Leidenschaft.

»Okay?«, flüstert er und sieht mir tief in die Augen.

»Okay«, hauche ich.

Er setzt sich auf und zieht ein Kondom aus seiner Hose. Es knistert leise, als er es aufreißt. Dann ist er sofort wieder bei mir. Er nimmt seine Augen keine Sekunde von meinem Gesicht, sieht jede Regung darin, während er behutsam meine Beine auseinanderschiebt.

Vorsichtig legt er sich auf mich.

»Ich liebe dich, Annabell«, wispert er in mein Ohr, als er in mich eindringt.

Zur Antwort vergrabe ich mein Gesicht an seinem Hals und schlinge die Arme um ihn. Als er sich in mir zu bewegen beginnt, ist es noch tausendmal schöner, als ich es mir jemals erträumt habe.

***

Später liegen wir eng aneinander gekuschelt und lassen die letzten Wellen der Erregung verebben.

Ich bin überwältigt von all den Gefühlen, die Kai in mir ausgelöst hat.

»Meinst du, das kann für immer sein?«, sage ich und blicke ihn aus fragenden Augen an.

»Daran zweifle ich keine Sekunde!«, sagt er, umfängt mein Gesicht mit seinen Händen und küsst mich, als gäbe es kein Morgen. Doch das gibt es für uns. Und nicht nur ein Morgen, sondern ganz sicher ein »bis ans Ende unserer Zeit«.

Ende

© privat

Veronika Mauel wuchs in einer Kleinstadt in der schönen Oberpfalz auf. Bereits als Jugendliche schrieb sie selbst erfundene Geschichten. Auch während und nach ihrer Ausbildung zur Erzieherin begeisterte sie mit ihren Erzählungen ihre Schützlinge im Kindergarten. Ihre Leidenschaft gilt Jugendbüchern mit einem Touch Romantik.